U0091001

古典文學研究輯刊

二五編

曾永義 主編

第6冊

文學與哲學的交匯
——中國古典小說敘事及思想論叢

吳秉勳 著

國家圖書館出版品預行編目資料

文學與哲學的交匯——中國古典小說敘事及思想論叢／吳秉勳著 -- 初版 -- 新北市：花木蘭文化事業有限公司，2022〔民111〕

序 2+ 目 2+186 面；19×26 公分

（古典文學研究輯刊　二五編；第 6 冊）

ISBN 978-986-518-788-0（精裝）

1.CST：中國小說 2.CST：古典小說 3.CST：文學評論

820.8　　110022412

ISBN-978-986-518-788-0

古典文學研究輯刊

二五編　第六冊　　ISBN：978-986-518-788-0

文學與哲學的交匯

——中國古典小說敘事及思想論叢

作　者　吳秉勳

主　編　曾永義

總編輯　杜潔祥

副總編輯　楊嘉樂

編輯主任　許郁翎

編　輯　張雅琳、潘玟靜、劉子瑄　美術編輯　陳逸婷

出　版　花木蘭文化事業有限公司

發行人　高小娟

聯絡地址　235 新北市中和區中安街七二號十三樓

電話：02-2923-1455 ／傳真：02-2923-1452

網　址　http://www.huamulan.tw 信箱 service@huamulans.com

印　刷　普羅文化出版廣告事業

初　版　2022 年 3 月

定　價　二五編 19 冊（精裝）台幣 48,000 元

文學與哲學的交匯

——中國古典小說敘事及思想論叢

吳秉勳 著

作者簡介

吳秉勳（1979～），新竹人，東海大學文學博士，現任廈門大學嘉庚學院人文與傳播學院副教授，主要從事中國文學和思想方面的研究，並參與高等院校通識教育核心課程教材《大學寫作基礎教程》（蘇新春主編，北京：清華大學出版社，2019年）的撰寫工作，也曾參與城邦出版集團商周出版社的古文新創寫作，以及前臺中縣大肚鄉公所鄉志／發展史、台中市龍井區公所鄉志／發展史的撰寫工作。

提　　要

《文學與哲學的交匯——中國古典小說敘事及思想論叢》一書，是筆者在中文學界求學治學近15年來所自撰自選的12篇單篇學術論文。這幾篇論文的主題皆與哲學性的學術思想領域以及文學性的敘事文化學領域和有關，是筆者這十餘年來嘗試以敘事學理論並且結合哲學思想來分析古典文學作品的一系列研究成果。筆者希望藉由這種跨領域的研究方式，使得中國古典文學與思想能夠和敘事學甚至是其他學科作一定程度的聯繫，目的是為了彰顯中國傳統文化的價值以及其現代意義。雖然這12篇論文的原稿曾經在國內外的期刊、大學學報和學術會議上獲刊或發表，但是為了這本論著的出版，筆者已在原稿的論述主軸等大方向不變的前提之下，對這些論文的標題、內容、結構和表述方式等，做更進一步地凝煉，並且做出很大幅度地修正和刪改，最後再加以統整，編排成偏向於理論性探討的「溯源」、跨專業或跨學科的「匯流」以及嘗試將古典文學思想和現代或未來對接的「展望」三大部分。值得一提的，是第三輯「展望」的選篇原則，旨在把古典文學、哲學思想和敘事學放置在近代乃至於現代的實際生活中，讓彼此產生碰撞，藉以激發具有學術意義和價值的火花，更借此證明「學院派」的學術思想和文學理論，仍然可以在如今日新月異的現代社會裡得到落實，依然可以渾然地融入在現代人的日常生活裡。

本書為廈門大學
嘉庚學院青年教師科研啟動專案
學校社科專案
（專案編號：JG2018SRF04）科研成果

自　序

《文學與哲學的交匯——中國古典小說敘事及思想論叢》一書，是筆者在中文學界求學治學近 15 年來所自撰自選的 12 篇單篇學術論文。這幾篇論文的主題皆與哲學性的學術思想領域以及文學性的敘事文化學領域和有關，是筆者一直以來想要嘗試進行的研究方式——讓中國古典文學思想能夠和敘事學甚至是其他學科作一定程度的聯繫，藉以彰顯中國傳統文化的價值以及其現代意義。另外，在發表時空的跨度上，本書所收錄的學術論文，有幾篇是被刊載於海峽兩岸的大學學報和學術期刊上，或者是筆者參加國內外的學術會議之後，由主辦單位集結成論文集而出版的文章，時間歷經 2005 年到 2021 年，是從筆者從碩士班一年級「初試啼聲」參加臺北東吳大學中國文學系舉辦的學術研討會（第二屆「有鳳初鳴」年會），再歷經攻讀博士班並在臺灣數間大學兼職授課時，在為了工作而奔波之餘寫下的文章，乃至於博士畢業後任職廈門大學嘉庚學院人文與傳播學院時所發表的研究成果。

因此，這幾篇論文除了是筆者對於自身治學方向的求索和反思，也彷彿回顧了自己從求學到謀職再到晉升的這一條邁向學術道路的過程，以及在這個過程中所發生的一些研究興趣上的轉變。不過，也正因為通過這樣的回首過往，才赫然發現自己早年發表的研究成果在文字上、表述上等的青澀與不成熟。所以刻意藉由這次出版專書的機會，在原稿的主題結構和論述主軸等大方向不變的前提之下，對這些論文的標題、表述方式、註腳格式以及段落呈現等，作更進一步地凝煉、修正和刪改，最後加以統整並集結成書，編排成偏向理論性探討的「溯源」、跨專業或跨學科的「匯流」以及嘗試將古典文學思想和現代或未來對接的「展望」三大部分，這三大區塊所選錄的論文也並非按照發表的時間作排序，而是根據上述的思路而重新安排篇目，最終促成本書三個專輯共計 12 篇的最終面貌。

文末，筆者希望藉由本書的出版，由衷地感謝一直陪伴我的家人，他們始終對我所選擇的人生方向表達最大的支持，也感謝母校臺北輔仁大學和臺中東海大學諸多師長的鼓勵和提攜，更真心地感念任職廈門大學嘉庚學院至今，遇上總是主動關懷和照顧我的上司和同事，甚至包括了教學現場的學生，讓我能在博士班一畢業便立即攜家帶眷「飄洋過海」一股腦地投入職場之後，立刻在工作上、生活上等方面都進入最好的狀態！更特別感謝我校的林祁教授，在筆者出版專書的過程中，無私地提供寶貴的修改建議，作為後學的我，感念之心溢於言表，用此自序以表謝忱。

吳秉勳
2021 年 10 月 8 日
序於廈門大學嘉庚學院經管大樓

目次

第一輯　溯　源

第一篇　《左傳》《國語》中「氣」概念的思想史意義

一、前言

《左傳》和《國語》的成書時間都約在戰國中期以前，兩部作品不僅年代相近，部分所記之事亦可互相參證，〔註1〕雖然部分內容與文辭已經被後人編纂、添加和潤飾，然而所記大抵為春秋史實；所載史實在時代上僅次於《易》、《書》、《詩》等古籍，故可以視為春秋時期思想的總成，以及戰國諸子百家萌發的肇端，這是近現代學術界的普遍共識。〔註2〕兩部作品論及「氣」觀念之處亦同，今日學者多推舉其為中國「氣」思想的肇端，唯此說之所以成立，皆是從哲學概念與範疇之形成與否的角度而論，〔註3〕對於「氣」概念在此時期

〔註1〕例如顧立三《左傳與國語之比較研究》一書即針對二部作品所載之歷史事件的互為補缺、添省處作分析研究。顧立三：《左傳與國語之比較研究》，臺北：文史哲出版社，1988年。

〔註2〕此可參考馬岡（馮友蘭）：《中國思想史資料導引》，臺北：牧童出版社，1977年，頁72～73。屈萬里：《先秦文史資料考辨》，臺北：聯經出版社，1993年，頁365～370。莊耀郎：《原氣》，臺北：臺灣師範大學國文研究所碩士論文，1985年，頁18。

〔註3〕莊耀郎、程宜山、張立文、李志林、李存山和曾振宇等學者皆主張此說，然而諸位學者在論述時仍稍有差異。此可參考莊耀郎：《原氣》，臺北：臺灣師範大學國文研究所碩士論文，1985年，頁9～26。程宜山：《中國古代元氣學說》，湖北：湖北人民出版社，1986年，頁5、7。張立文：《氣》，臺北：漢興書局，1994年，頁23～29。李志林：《氣論與傳統思維方式》，上海：學林出版社，1990年，頁5。李存山：《中國氣論探源與發微》，北京：中國社會科學出版社，1990年，頁31～39。曾振宇：《中國氣論哲學研究》，山東省濟南市：山東大學出版社，2003年，頁26～33。

所呈現的思想價值，以及其所涉及之時代課題，皆未見清晰明確之論述。

筆者認為，《左傳》和《國語》所述及的「氣」概念，具有一定程度的思想史意義，其不僅代表孔子的「血氣」〔註 4〕與老子「自然之氣」〔註 5〕二種概念的逐步成熟，並以明確的文字敘述，將二者作思想性的聯繫，使二者在宇宙生成論上各有定位，可謂春秋至戰國中期以前中國哲人對「氣」概念之集大成者。再者，二書利用「血氣」連結人類之生命本質與思維意志，並以「即時」、「持守」與「宣散」說明充實與涵養「血氣」的工夫，使其成為連繫人類身、心之中介，此皆是二書在總結前代哲人之後的再發展，極富思想史意義。

因此，本文試圖利用不同以往的研究視角，特別標舉「氣」概念來審視這兩部作品。雖然這個時期的「氣」思想，仍尚存在若干留待解決的學術問題，不過卻可以綜合上文所述的觀點而一同作為啟迪後代之處。例如《左傳》和《國語》言「氣」大抵有二：「天地自然之氣」與「個體生命內在之氣」，〔註 6〕此與上文所謂老子「自然之氣」和孔子「血氣」兩個概念相仿，唯《左傳》和《國語》明確認為「自然之氣」產生於天地之後，並以「血氣」連結人類之生命本質與思維意志，又試圖聯繫「自然之氣」和「血氣」，故本文特別標舉上述的兩個概念以區別其與孔、老所論之不同。職是，本文於結論處試從「氣」概念論後世哲人對《左傳》和《國語》之承繼與開創，希冀以此作為學者先進在論證其學術貢獻時的補充。

二、對「天地自然之氣」的解釋與概念性的確立

（一）《國語》說明人為力量足以改變「自然之氣」的運行

《國語・周語》記載伯陽父解釋地震的成因：「夫天地之氣，不失其序；

〔註 4〕《論語》言「氣」之處有四例，除了《鄉黨》第八篇的「不使勝食氣」解釋作「餼」義之外，在《泰伯》、《季氏》與《鄉黨》第十篇中，或者指涉「血氣」；或者指涉與「血氣」有關的引申義。

〔註 5〕《老子》言「氣」之處僅有三例，分別見於第十章、第四十二章和第五十五章。雖然《老子》述及「氣」之處以「血氣」概念為主，不過《老子》論述「道體」時，經常賦予其「自然之氣」的能量意涵，目的是為了方便說解「道」的流行方式，這是本文所謂《老子》言「自然之氣」者。

〔註 6〕莊耀郎：《原氣》，臺北：臺灣師範大學國文研究所碩士論文，1985 年，頁 22。莊耀郎認為《左傳》和《國語》之「氣」概念大致可分為「自然之氣」和「生命之氣」，不過筆者在下文的論述以及觀點，與莊氏之說不甚相同。

若過其序，民亂之也。陽伏而不能出，陰迫而不能烝（蒸），於是有地震。」其認為天地間的陰、陽之氣一旦無法調和而亂了次序，便會產生地震。此外，陰陽二氣之失調，也會造成川源阻塞，故下文云：「陽失而在陰，川源必塞；源塞，國必亡。」伯陽父將「自然之氣」失調而發生的天災，歸咎於人為的破壞，其明言天地間的自然之氣本有一定的運行規律，但是人為的力量卻足以破壞這個秩序。

既然陰陽之氣不能正常蒸騰、發散會造成各種自然災難，若是人類能遵循自然界的定數常理，依照天地之間「氣」的流衍而作息，則以農業社會為主的先民，自然能夠尋求一套與之共處的生活規律，故《周語》記載了虢文公對周宣王的勸諫：「陽癉憤盈，土氣震發，農祥晨正，日月底於天廟，土乃脈發。」並且引用太史告稷之語：「自今至於初吉，陽氣俱蒸，土膏其動。弗震弗渝，脈其滿眚，穀乃不殖。」由此可見，當時的先民認為自然界的「氣」的規律運行，與農事、農務密切相關。

此即說明，先民認為自然之氣的運行與人類生活關係密切，而人為力量也足以改變自然界，這是《周語》記載太子晉勸諫周靈王時，有「川，氣之導也」、「疏為川穀（山谷），以導其氣」等語，說明君王當視河川為導「氣」之處，使之「氣不沈滯，而亦不散越」，如此一來自然能夠「天無伏陰，地無散陽，水無沈氣，火無災燀，神無間行，民無淫心，時無逆數，物無害生。」又《魯語》記載裏革破壞宣公之漁網時，以「助宣氣」來強調國君必須根據四時節氣的需要，帶領人民從事適時適宜的漁牧工作，以幫助宣散地下的陽氣。這些論述都呼應了伯陽父「陽失而在陰，川源必塞」之理，也足以說明統治者當以遵循自然界萬物運行的規律作為治國方針，並且善用人為力量來改善地表景物。

（二）兩部作品對於「自然之氣」的概念性確立

《左傳》和《國語》所記述的內容，可以作為春秋末年乃至於戰國初期思想上承先啟後的代表，其對於「自然之氣」的解釋亦同，相較於老子描述其狀態的隱晦不顯，〔註7〕兩部作品不僅清楚的說明「自然之氣」是產生於天

〔註 7〕老子並未具體描述「氣」的形成與狀態，以及「道」是否為「氣」的流布等問題，但其行文之中許多描述「道體」的文字，猶似今日吾人對於「氣」概念的理解方式。例如《老子》十四章：「無狀之狀，無物之象，是謂惚恍。迎之不見其首，隨之不見其後。」《老子》二十五章：「有物混成，先天地生，

地之後的物質，用以區別於自然界規律循環的「天道」，並且賦予了更為明確的概念性說解。這些論述都足以顯示《左傳》和《國語》中「氣」思想的時代性特色，也具有戰國以降，諸子對於「氣」概念能有更多元之認識與說解的啟蒙地位，使得吾人能夠窺見春秋到戰國時期「氣」概念的發展脈絡。關於這兩部作品對「自然之氣」的概念性說解，大致可歸納為三點：

第一，「氣」是天道規律運行的環節之一。〔註8〕《國語》中透露著濃厚的「天道」思想，或者純粹指涉自然界循環規律的總原則；〔註9〕或者賦予「天神」、「上帝」等含有意志成分之主宰者概念；〔註10〕又或者以「德行」作為基礎，形成與《論語・述而》的「天生德於予」相仿之「天人合德」思想。〔註11〕《左傳》也經常在「天」字中賦予了一種超越自然萬物而具主宰地位的涵義，因此這樣的「天」甚至能懲善罰惡、賜福降禍與決定國家興亡，例如《左傳・昭公十八年》裡，子產所言的「天道」；《左傳・昭公元年年》的醫和、《左傳・哀公十五》的芋尹蓋、《左傳・哀公十七年》子高所言的「天命」等，都是一種具備道德意識或神格化的「天」。〔註12〕根據當時

寂兮寥兮，獨立不改，周行而不殆……。」這些「暫時借用」以描述「道」的詞語，往往透露著創生孕育、流動不居的作用與概念，足以說明《老子》言「道」，確實包含了一股具有流動性質的「氣」能量觀念。

〔註8〕不論《國語》或《左傳》中描述自然萬物運行的總原則；或者神格化而具主宰地位之「天」義；或者具道德意識的「天」，皆是先民對其所生存的世界有一「統攝」、「主宰」等形而上地位的景仰，這些都是本文所謂的「天道」思想。

〔註9〕例如《周語》記載景王問鐘律於伶州鳩，對曰：「紀之以三，平之以六，成於十二，天之道也。」其說明天、地、人孕育出來之後，再由人類配合四時節氣等自然界循環之道，產生十二律呂，正與天時的十二月互相擬配，故云「天之道」也。換言之，「天之象」即「天之道」。又《周語》記載太子晉在勸諫靈王時云：「象物天地，比類百則，儀之於民，而度之於群生。」此處的言論以天地、星辰運行的自然規律，配合人事運作而成為人民生活的準則，確實具備了「天道」意涵，是「天道」的代稱。《越語》中也有不少提及「天象」與描述天象的詞語，至於《晉語》則是多論述星象與人事之間的相互關係。

〔註10〕例如：《晉語》記錄子產所言的「上帝」是具有賞善懲惡的作用，實指人格化或神格化的意志之天。

〔註11〕例如《周語》記載單襄公重視人品修養能相合於天道，認為君王應合於天命，並且本身就具有美德。又《周語》記載內史過藉由論神來說明人事時，也闡明了一套「以德配天，敬天保民」之思想。

〔註12〕不論是《國語》或者《左傳》，其所言之「天」皆至少具有二種意涵，除了本文此處所云之「天道」以外，尚有一種純粹作為自然界中與「地」相對概念之「天」，這個「天」概念不論是哲學成分或者境界層次，皆略次於前者，例如筆者在下文論述產生「六氣」之「天」即是如此。

的人對於「天道」思想的各種認定以及其高度遵奉、崇敬的心理，可以發現先民因為農業社會的需要，必須配合自然環境來進行勞動，使得其相信自然界必然存在了一種足以主宰、統攝一切之物，繼而產生了敬畏天神、重視自然界規律循環等的觀念，《國語・晉語》中甚至記錄了山崩之後，國君與人臣所應盡之禮，這是先民崇敬天地山川等自然事物的鮮明例證。若是利用這個角度來觀察《周語》之伶州鳩與周太子晉諫靈王時所述的「天象」等概念，可以發現其不僅指涉天候星象，更是代表了萬物運行的總規律，是配合人事的運作而成為人民生活的準則，這樣的思維模式足以作為「天道」的代稱。換言之，舉凡星辰運行、天象變化、四時交替、物換星移與人事運作，皆包含於「天道」之內，至於「自然之氣」的流布運作、陰陽二氣的消融盈滿，也當是構成「天道」概念的其中一個環節。因此「自然之氣」的流動與陰陽的交會雖然有定則，但是在先民的觀念裡，卻仍然不足以作為一切事物的定數常理，他們理解的「氣」僅是天道運行總規律的環節之一。

第二，「氣」並非一切事物的本原。根據筆者於上文所述，既然當時的人認為「自然之氣」的流衍是天道運行總規律的環節之一，可見他們理解的「天」或「天道」確實高於「氣」的概念。此外，《國語》和《左傳》中的「天」與「地」也皆有作為事物本原的可能性，兩部作品敘述到的「氣」概念，並非萬物的最初創生者。例如「六氣」這個概念，《周語》記錄單襄公論及晉周將得到晉國這件事情的時候，襄公說：「天六地五，數之常也。經之以天，緯之以地。經緯不爽，文之象也。」認為天有六氣，地有五行，本是天地之間的定數常理。至於《左傳》對於「六氣」的描述則更加詳細：

> 《昭公元年》：天有六氣，降生五味，發為五色，徵為五聲。淫生六疾。六氣曰陰、陽、風、雨、晦、明也，分為四時，序為五節，過則為菑：陰淫寒疾，陽淫熱疾，風淫末疾，雨淫腹疾，晦淫惑疾，明淫心疾。
>
> 《昭公二十五年》：則天之明，因地之性，生其六氣，用其五行。氣為五味，發為五色，章為五聲。淫則昏亂，民失其性。……。民有好惡、喜怒、哀樂，生於六氣，是故審則宜類，以制六志。

此即說明，「六氣」是由天地化生而得，是產生於天地之後的六種基本自然現象或氣候的變化。「六氣」和「五行」成形之後，自然界開始蓬勃地萌生滋養，舉凡各種自然現象、味道、顏色、聲音，甚至人類好惡、喜怒、哀樂，皆由此而發，依此形成「天地→六氣、五行→一切自然現象與人類生理感官」的宇宙生成順序，可見當時的人普遍認為，具有自然物質屬性的「天」和「地」，不論地位及其創生時間，皆優先於「氣」概念。

綜合上文所述，若是將《左傳》與《國語》中「天」、「天道」、「天象」和「六氣」等概念合而觀之，可以推敲出先民對於「氣」地位的認知以及萬物生成的大致輪廓，雖然這個時期的學者並不能清楚地界定「氣」與「六氣」之間的相互關係以及先後順序，然而萬物產生於「天地」之後；「氣」並非一切事物的本原，已經在這兩部文獻中被清楚地描述出來。

第三，賦予了「氣」的物質性概念。戰國以前的哲人對於「氣」的物質性描述並不明顯，文獻典籍中也沒有相關的論述，雖然老子曾經暗示了「氣」的物質性和運動性，〔註 13〕不過其是否為一種具體的物質性存在，仍缺乏可靠的文獻證據。本文認為，《左傳》和《國語》中對於「氣」的物質性描述，可與上述的二項特色合而論之——「天道」雖然具備抽象概念，但是其底下規律運行的「天」和「地」已屬於自然界物質，由天地化生的「氣」，其物質屬性也已在兩部作品的文獻中自明。又《國語．周語》：「夫山，土之聚也；藪，物之歸也；川，氣之導也；澤，水之鍾也。」這是古代文獻中首次將「氣」概念與其他自然界物質並列、對比的例子，這足以說明「氣」在當時已經可以用於指涉一種自然物質。再考察《國語》、《左傳》中對於「六氣」、「五行」、「雷」、「電」、「上帝」、「天神」等抽象與具象概念的細膩描述，以及其與人事之間的緊密連繫，可以發現先民對於自然界的各種物質與現象已有深刻的認識，此種對於概念描述的成熟性，可以視為當時明確賦予「氣」物質特性的思維方式的一項旁證。

（三）與「自然之氣」相關的「祥」、「氛」、「祲」等概念

本文認為，先民對於「自然之氣」的理解，並非僅是充盈於天地間的流動之氣，雲氣的變化以及其所代表的意義，同樣受到先民的關注，例如《左傳．僖公五年》：「五年，春，王正月辛亥朔，日南至。公既視朔，遂登觀台以望，而書，禮也。凡分、至、啟、閉，必書雲物，為備故也。」文獻中記載了古代國君或諸侯定期登「觀臺」察看雲色氣象，占其吉凶水旱豐歉並且加以

〔註 13〕張立文：《氣》，臺北：漢興書局，1994 年，頁 35。

記載的禮制。〔註 14〕然而視「氣」作「雲氣」在《國語》和《左傳》中並不多見，由是本文把它視為「自然之氣」的較為特殊意義者。又《國語・晉語》記載：「獻公田，見翟柤之氛，歸寢不寐。郤叔虎朝，公語之。」先民言「雲氣」，吉者曰祥，凶者曰氛，〔註 15〕而且「祥」、「氛」亦可純粹指涉「雲氣」，例如《國語・楚語》記載伍舉論臺美而楚殆一事：「先君莊王為匏居之台，高不過望國氛，……。」此處的「氛」字已經涵蓋了「氛」、「祥」兩種概念，其後伍舉又云：「先王之為台榭也，榭不過講軍實，台不過望氛祥。」也是將「祥」、「氛」二字連用而一同成為「雲氣」的代稱。這些都是《國語》以「雲氣」判斷吉凶的文獻材料，足以說明雲氣的變化所賦予的人事吉凶意涵，已經影響了先民對於行為處事的判准。

《國語》中以「雲氣」判斷吉凶的內容僅有上述三例；用以指涉「表凶象之雲氣」者，唯有「氛」這一個字。《左傳》記載「雲氣」及其相關概念者也僅有四例，而且「氛」字之義與上述《國語》的說法又稍有不同，本文分成三點說明：首先，「氛」字在《左傳》中可以指涉「霧氣」、「妖氣」或者「不吉利之氣」，這些例子都在《昭公》篇裡，例如《左傳・昭公十五年》記載梓慎的言論：「禘之日其有咎乎！吾見赤黑之祲，非祭祥也，喪氛也。」又《左傳・昭公二十年》有「梓慎望氛」一語。雖然上述的「氛」義大致與《國語》相仿，然而其是否能直接指涉雲氣，抑或作為「天地間所蒸騰上升之氣」、「霧氣」等，仍有待商榷。其次，「氛」字似乎可以從「凶氣」再度被引申，作為比《國語》中兼具吉、凶二義更為廣泛的「氣氛」，例如《左傳・襄公二十七年》的「楚氛其惡」即隱含了這種概念。最後，《左傳》中除了「氛」字以外，另外還有「祲」字可以作為「妖氣」的涵義，上述《左傳》記載梓慎所言「赤黑之祲」，杜預認為是指紅黑色的「妖氛」、「惡氣」是古代迷

〔註 14〕《周禮》卷二十六《宗伯禮官之職》也記載：「保章氏：掌天星，以志星辰日月之變動，以觀天下之遷，辨其吉凶。……。以五雲之物，辨吉凶、水旱降、豐荒之祲象。以十有二風，察天地之和、命乖別之妖祥。凡此五物者，以詔救政，訪序事。」參考《周禮》鄭注，第二冊，臺北：中華書局據永懷堂本校刊印行，1981 年，頁 9～11。

〔註 15〕此採段玉裁《說文解字注》的說法。參丁福保：《說文解字詁林》第二冊，臺北：臺灣商務印書館，1970 年，頁 211～212。但是杜預注《左傳》：「氛，祥氣也，從氣分聲。」、「非祭祥也，喪氛也。」其把「氛」字解釋為「惡氣」，因此引發了歷來文字學者的爭議，這個情況詳參丁福保：《說文解字詁林》第二冊，臺北：臺灣商務印書館，1970 年，頁 211～212。

信思想中的「不祥之氣」〔註 16〕，此足以說明古代曆算家判斷「氣」或「雲氣」對於人事的影響，不再只有吉、凶兩種相對的概念，亦有以「氣」的顏色作為判准之例。

客觀來說，在《國語》和《左傳》中，與「雲氣」相關的「祥」、「氛」、「祲」等概念並不多見，也未見兩部作品作詳盡或精闢的說解。推究其因可能有二：或者如後代學者所謂「雲氣為氣字之本義」〔註 17〕，故「雲氣」義在當時已經是一個司空見慣的概念，因此不需要特別強調；或者「雲氣」之義當屬晚出，約莫《國語》和《左傳》之成書年代前後才開始逐漸成熟，故所見的使用資料不多。筆者考察兩部作品以前的文獻材料，也確實很難尋得有關「雲氣」的明確描述之例，因此本文寧可暫且以後者的推論為主，視「雲氣」為「雲氣」的相關、後起或引申義，這似乎比較符合歷史事實。

三、「個體生命內在之氣」高度發展了「血氣」概念

「血氣」概念經過孔、老思想的說解，在《國語》和《左傳》中得到高度發展而成為一個重要的哲學範疇，這兩部作品不僅描述其循環過程，更利用人類身體作為中介，聯繫天地間「自然之氣」，使得二股能量得以結合，成為宇宙萬物與人類緊密交融而為一體的表現。為了突顯這個時期的這種特色，因此筆者以「個體生命內在之氣」區別其與初期「血氣」思維的不同。〔註 18〕由於文獻中的記載較為紊亂龐雜，故本文分成下列五點來加以說明：

（一）利用「血氣」聯繫個體生命與意志

《國語》和《左傳》中出現的「血氣」多與個體的生命力有關，若是要更嚴格的界定，則實指「體魄」，是《國語・魯語》中所謂「血氣強固」者，因此《左傳・襄公二十一年》記載了薳子馮裝病推辭令尹一職，當國君派醫生

〔註 16〕《春秋左氏傳》杜氏集解，第四冊，第二十三卷，臺北：中華書局據相台嶽氏家塾本校刊印行，1981 年，頁 16。

〔註 17〕許慎、段玉裁等文字學家乃至於今日學者多主張此說，參考程宜山：《中國古代元氣學說》，湖北：湖北人民出版社，1986 年，頁 6。張立文：《氣》，臺北：漢興書局，1994 年，頁 21。

〔註 18〕不論是「天地自然之氣」或「個體生命內在之氣」都是筆者為了突顯《左傳》和《國語》的「氣」概念時所賦予的名詞，但《左傳》和《國語》在行文中，仍然時常以「血氣」稱之，為了方便本文的論述與貼近作者原意，故下文適時地將「血氣」、「個體生命內在之氣」、「生命之氣」和「內在生命之氣」等詞彙互用。

探視，醫生回報其身體狀況：「瘠則殃，而血氣未動。」其描述薳子馮即使裝作重病，體內運行不已的血氣仍然正常，這是血氣影響個體生命的旺盛與否之例證。既然當時的人認為「血氣」可以影響生命力的盛衰，然而其是否天生本俱，或者源自於天地間「自然之氣」；又個體生命及其思維的產生，是否源自於「血氣」，《國語》和《左傳》皆未能有明確的說解。但是從這兩部作品中所謂的「血氣」和「意志」之間必須透過一些中介轉化而產生關聯，就足以說明了兩部作品都認為「血氣」不僅會和「意志」互相影響，甚至個體生命與意志之間，也會因為血氣而得以聯繫。因此《國語・周語》記載單穆公諫景王鑄大鐘一事時有謂：「口內味而耳內聲，聲味生氣。氣在口為言，在目為明。」其認為滋味與聲音進入人體之內即產生了氣，表現於口是言；表現於目是明，這並非僅是人類感官的知覺能力，而是透過思維意志的轉化和控制所顯現出來的行為表現，這也是《左傳》所謂的「味以行氣，氣以實志」的概念〔註 19〕。

誠如上文在討論「自然之氣」時所述，「六氣」產生了味道、顏色和聲音，人類也可以通過知覺感官，體驗「五味」、「五色」和「五聲」，進而產生「六志」。因此《國語・周語》在記載周定王論「不用全烝」一事時，以「五味實氣」說明人類品嘗酸、苦、甘、辛、鹹等五種肴烝的美味，是充實「血氣」的來源，而「血氣」又能因此充實「意志」，依此形成了一個「血氣－個體生命－思維意志」三者緊密聯繫與循環的觀念。此即說明，當時的人認為天地間「自然之氣」產生的味道，經過人類器官的接觸與感知以後，使之充實血氣與意志。由是觀之，「六氣」概念並非僅是指個體的生命活動力，其實已經灌注了「意志」成分，這樣的說法已經超越了《老子》和《論語》中對於「血氣」概念的認識，而是緊密的聯繫並影響了個體生命及其心靈意志。

《國語》和《左傳》所謂的「血氣」也存在於天神上帝以及動物身上，並非僅止於人類體內，這說明了當時的人認為自然萬物都需要「血氣」來充實個體生命。不過這個時期對於「血氣」的認識，僅是賦予其生命活動力旺盛與否的意涵，並不帶有思維意志成分，《國語》和《左傳》中各有一條材料，例如《楚語》記載了觀射父論「絕地天通」時，以「禍災薦臻，莫盡其氣」描述災禍頻起而天神、人類皆毫無生氣的情狀；又《僖公十五年》以「亂氣狡憤，陰血周作，張脈僨興，外強中乾」形容馬匹因體內氣血急速奔流，使之狡

〔註 19〕《左傳・昭公九年》：「味以行氣，氣以實志，志以定言，言以出令。」

亂狂躁。這足以說明「血氣」概念在當時已經可以使用於人類以外的生命體，可惜這一類的材料甚少，無法分辨這種說法是否為一種特例；又或者已被廣泛使用，而且與動物同具生命力的植物是否含有血氣，亦無從得知。

（二）重視「血氣」的充實與涵養：「即時」、「持守」和「宣散」

《國語》曾經記載先民認為「天道」之所以「盈而不溢」，是因為其氣旺盛廣大卻不驕狂〔註 20〕；《左傳．昭公十年》又謂「凡有血氣，皆有爭心」，人類爭奪之心起于旺盛的生命之氣。因此，若是人類自身若不知調理，又或者調和不當，則如《國語．周語》記載定王的觀點：「夫戎、狄，冒沒輕儳，貪而不讓。其血氣不治，若禽獸焉。」另外，《左傳》甚至有視妖孽之興，與氣焰（血氣）過度旺盛有關之例。〔註 21〕此即說明，當時的人頗為重視血氣的充實與培養，因而也提出了一些調理「血氣」之法：

> 《國語．周語》：口內味而耳內聲，聲味生氣。氣在口為言，在目為明。……。若視聽不和，而有震眩，則味入不精，不精則氣佚，氣佚則不和。
>
> 《左傳．昭西元年》：僑聞之，君子有四時：……。於是乎節宣其氣，勿使有所壅閉湫底以露其體，茲心不爽，而昏亂百度。今無乃壹之，則生疾矣。
>
> 《左傳．昭公十一年》：單子會韓宣子于戚，視下言徐。叔向曰：「單子其將死乎！朝有著定，會有表；衣有禬，帶有結。會朝之言必聞於表著之位，所以昭事序也；視不過結禬之中，所以道容貌也。言以命之，容貌以明之，失則有闕。今單子為王官伯，而命事於會，視不登帶，言不過步，貌不道容，而言不昭矣。不道，不共；不昭，不從。無守氣矣。」

兩部作品都強調人類個體生命的存續皆需旺盛的「血氣」，但是在旺盛之餘仍然需要合於節度。另外，再從文獻材料中的嚮往天道、重視天人合德的先民描述天道之「盈而不溢，盛而不驕」等觀點，使得吾人自能比附於其時代背景之下，理解當時的人對於經驗現象界的「血氣」必須充盈而又能持守涵養的觀點。

〔註 20〕《國語．越語》：「天道盈而不溢，盛而不驕，勞而不矜其功。」

〔註 21〕在《左傳．莊公十四年》中，申繻回答鄭厲公的問題時云：「人之所忌，其氣焰以取之。妖由人興也。人無釁焉，妖不自作。人棄常，則妖興，故有妖。」其把人類氣焰（血氣）的盛衰視為妖孽產生的原因。

此外，根據上文援引諸例，可以發現先民嘗試利用「血氣－個體生命－思維意志」三者的緊密聯繫與循環來說明生命之氣的「持守」工夫與「血氣涵養之即時性」，其認為一旦視聽不和諧，滋味入口就不能產生精（氣），氣因此不能精純而逐漸散佚，使得四體、五官皆不和。因此，血氣若是不能調和得當，意志無法充實；思緒也不能清明，人類便無法有效控制身體的各種行為舉止，於是乎「有狂悖之言，有眩惑之明，有轉易之名，有過慝之度。」〔註 22〕上文援引《左傳・昭公十一年》的叔向評論單子其的情況亦然，其「視不登帶，言不過步，貌不道容，而言不昭」的偏差行徑，皆是不知「守氣」之故。

換言之，先民認為，雖然「血氣」有持守保養的必要性與及時性，但是不能使之專任於某處，而且必須要有節制性的發散。例如以《左傳》記載公孫僑（子產）說明晉侯生病一事而論，公孫僑認為君子必須善於規劃平日行程，在規律的作息中自然而有節制地發散體氣（血氣），晉侯之所以生病，其實是不知「節宣其氣」，再加上過度旺盛的血氣專任於某個特定之處，因此疾病由是乎生。

綜合上文所述，可以發現先民認為血氣的涵養，要在味道進入口中之際即已經開始進行，並利用「持守」、「適時宣散」等工夫，使得意志能在血氣有節度地充實之下控制行為舉止。而且從其云「不精則氣佚」可知，先民認為血氣的涵養重在「精粹」；血氣的旺盛關鍵在質而不在量，這樣的觀點頗能與《左傳》中描述馬匹「亂氣狡憤，陰血周作」的情狀互相呼應。

（三）凝聚個體「血氣之勇」成為作戰時所需要的「士氣」

雖然從《國語》和《左傳》的材料中可以發現先民強調持守、宣散等工夫，是一種充實與涵養「血氣」之法，但是在當時戰爭頻繁的年代，「血氣」的過份旺盛仍然會因為時代環境的需要而被刻意提倡。所謂「凡有血氣，皆有爭心」，作戰時最需要的便是這種爭奪之心，領兵作戰的將帥會利用人人皆有的「血氣」，引發出來而作為戰時必備的勇氣，這雖然看似悖反於涵養血氣的觀點，然而這兩種思維實際上並無衝突。因為先民雖然承認「血氣」過於旺盛會造成意志的妄念妄作，故主張持守與涵養，但是仍然不諱言「血氣之勇」有其發展的合理性和正當性，這是因為身處兵荒馬亂的非常時期，培養

〔註 22〕《國語・周語》記載單穆公言「不精則氣佚，氣佚則不和」之下所云。

士兵的勇氣，是戰爭勝利的關鍵之一。又「血氣」是存在於每個生命個體裡的一股內在能量，當這種能量不斷積聚，甚至在一個團體中形成強烈的氛圍時，此時「血氣」的旺盛不僅是個人「勇氣」的象徵，也是團體中的一股集體意識——「士氣」。例如《左傳》便記載了當時的人關注於「勇氣」和「士氣」之例：

> 《莊公十年》：十年，春，齊師伐我。公將戰。……，公問其故。對曰：「夫戰，勇氣也。一鼓作氣，再而衰，三而竭。彼竭我盈，故克之。……。」
>
> 《僖公二十二年》：子魚曰：「君未知戰，勍敵之人，隘而不列，天贊我也；阻而鼓之，不亦可乎？猶有懼焉。……。三軍以利用也，金鼓以聲氣也。利而用之，阻隘可也；聲盛致志，鼓儳可也。」
>
> 《定公八年》：公侵齊，攻廩丘之郛。主人焚沖，或濡馬褐以救之，遂毀之。主人出，師奔。陽虎偽不見冉猛者，曰：「猛在此，必敗。」猛逐之，顧而無繼，偽顛。虎曰：「盡客氣也。」

根據上引諸例，可以發現先民普遍認為，當「血氣之勇」不足的時候，影響行為能力的意志也會受到牽連，縱有強健的軀體，在氣不滿、志不足的情況之下，仍然無法提升戰鬥的意志，這是陽虎所謂「客氣」。因此，統治階級必須善用每個單獨個體的「血氣之勇」，凝聚作戰時具有渲染、感應能力的「士氣」，尤其首重其爆發力的特性，在積聚到極致時瞬間引爆，此之謂「一股作氣」。又勇氣和士氣的激勵與提振，可以利用外在的工具輔助，這是子魚所謂的「金鼓以聲氣」，其認為可以藉由這種方式來壯大聲勢與振奮士氣。《國語·周語》在記載景王問鐘律一事中，伶州鳩云：「王以黃鐘之下宮，布戎於牧之野，故謂之厲，所以厲六師也。」這種說法也是希冀君王能如武王一般，利用音律勉勵六軍、宣養士兵的氣德，藉以提升「士氣」。

除了「士氣」以外，在《國語》中另有一「民氣」的概念，意指積聚於眾人體內的某種特定氛圍，與「士氣」的概念相類，例如《國語·楚語》記載觀射父論祭祀與牲禮時云：「夫民氣縱則底，底則滯，滯久而不振，生乃不殖。其用不從，其生不殖，不可以封。」其認為民氣不得放縱，否則必然停滯而不能振作，一切生物便無法繁衍生殖。另外，《楚語》中也有「夫民心之慍」一語，這句話也含有「民氣」的概念。這足以說明，先民認為具有生命力的「血氣」不再僅存在於單一或特定生命個體內，不同的單獨生命個體，也能依靠人為力量凝聚成同一種氣質而分散於不同的個體中。若能善用血氣在團體中的凝聚性，可成為剛健與勇力的「士氣」；反之，則導向了畏懼和怠惰的面向。

所謂「血氣之勇」約相當於今日現代人所理解的「勇氣」概念，可以視為「血氣」的引申義，這是學者莊耀郎所謂「用有不同，故異名以別之」〔註 23〕，筆者於上文論述的「士氣」、「民氣」亦復如是，唯「士氣」和「民氣」又在「血氣」引申義上，賦予其積聚成群體氛圍或能量的功能，這是今日學者研究戰國氣論時，鮮少關注和提及之處。

（四）利用「血氣」轉化「聲波」而成為「音律」

考察《左傳》和《國語》的內容，可以發現兩部作品已經賦予了「聲音」兩層含意〔註 24〕，一是源自天地間自然之氣的類似「聲波」概念；二是經由人類「血氣」轉化的「音律」。這兩種觀念雖有不同，然而卻可以通過「自然之氣→聲波→生命血氣→音律」思維而產生聯繫。《左傳・昭公二十五年》：「則天之明，因地之性，生其六氣，用其五行。氣為五味，發為五色，章為五聲。」其認為「氣」所顯示的五種聲音是一種自然界現象，在人類未經感官認知之前即有，這樣的說法約莫可見先民面對自然界氣體流動、碰撞而造成聲響時所認知的初期「聲波」觀念〔註 25〕。五種聲音產生之後，人類再透過「血氣－個體生命－思維意志」而轉化為「音律」，這是莊耀郎所謂「生命活力發為聲音」的論述〔註 26〕。因此《左傳・昭公二十年》記載晏子的言論：「聲亦如味，一氣，二體，三類，四物，五聲，六律，七音，八風，九歌，以相成也。」其認為聲音的組成最初是「一氣」，而後產生「二體，三類，四物，……」等人類所認知的物件，再相互組成而產生美妙的音樂。《國語・周語》也記載：「先時五日，瞽告有協風至……。膳夫贊王，王歆大牢，班嘗之，庶人終食。是日也，瞽帥、音官以風土。」其說明身居司樂之職的「瞽」者，能夠通過自身的血氣意志，將氣流動產生的「和風」轉化為音律，藉以考察風土。

〔註 23〕莊耀郎：《原氣》，臺北：臺灣師範大學國文研究所碩士論文，1985 年，頁 20。

〔註 24〕《左傳・襄公三十一年》北宮文子有所謂的「聲氣可樂」，這種「聲音氣度」的涵義與筆者論述的「聲音」所指的「聲波」、「音律」等觀念無關。

〔註 25〕李約瑟（Joseph Needham）：《中國之科學與文明》第七冊，臺北：臺灣商務印書館，1980 年，頁 224～225、335～336。

〔註 26〕莊耀郎：《原氣》，臺北：臺灣師範大學國文研究所碩士論文，1985 年，頁 20。

另外，《國語·周語》記載伶州鳩說明古代的音樂理論：

> 夫六，中之色也，故名之曰黃鐘，所以宣養六氣、九德也。由是第之：二曰太蔟，所以金奏贊陽出滯也。三曰姑洗，所以修潔百物，考神納賓也。四曰蕤賓，所以安靖神人，獻酬交酢也。五曰夷則，所以詠歌九則，平民無貳也。六曰無射，所以宣佈哲人之令德，示民軌儀也。為之六間，以揚沈伏，而黜散越也。元間大呂，助宣物也。二間夾鐘，出四隙之細也。三間仲呂，宣中氣也。四間林鐘，和展百事，俾莫不任肅純恪也。五間南呂，贊陽秀也。六間應鐘，均利器用，俾應複也。律呂不易，無奸物也。……，故先王貴之。

伶州鳩說明自然之氣經過人類的發揚之後，可以制定而成為與四時之氣相佐的「黃鐘」、「大呂」等十二律呂〔註 27〕。伶州鳩舉周武王為例，說明其以表示「中正之色」的「黃鐘」之聲宣養士兵的氣德，藉以提升軍隊之士氣〔註 28〕，故君王當知四時之氣能與音律相配合，並且利用音律促使士兵產生勇氣。換言之，先民認為天地間的四時之氣，可以透過人為血氣意志的轉化，與人事相配合，成為積聚於人體甚至群聚於多數人的共同之「氣」。這如同《左傳·僖公二十二年》記載子魚所云「金鼓以聲氣」，是自然界四時之氣經過人類的知覺感官感受以後，轉化成可以充實血氣與意志的音律，這是子魚所謂的「聲盛致志」。

（五）與「血氣」相關的「魂魄」概念

關於「魂魄」的釋義，在《左傳》中有四見，其中以《昭公七年》子產的論述最具有代表性：

> 鄭人相驚以伯有，曰伯有至矣，則皆走，……。及子產適晉，趙景子問焉，曰：「伯有猶能為鬼乎？」子產曰：「能。人生始化曰魄，既生魄，陽曰魂。用物精多，則魂魄強，是以有精爽，至於神明。匹夫匹婦強死，其魂魄猶能馮依於人，以為淫厲，況良霄——我先

〔註 27〕《國語·周語》描述的「十二律呂」不僅與天地四時之氣相佐，也能相應於天象、落實於各卦象與政治軍事等人事之關係上。這不僅闡明了人、神、數、聲相應之理，也呼應筆者「氣是天道運行規律的環節之一」的論述。

〔註 28〕《國語·周語》：「王以黃鐘之下宮，布戎於牧之野，故謂之厲，所以厲六師也。」

君穆公之胄、子良之孫、……從政三世矣。鄭雖無腆，抑諺曰：蕞爾國，而三世執其政柄，其用物也弘矣，其取精也多矣，其族又大，所馮厚矣，而強死，能為鬼，不亦宜乎！」

子產認為「魄」是在人類開始化生時即已產生的物質，隱含著人類軀體之意；當血氣充實個體生命，流動蒸騰的陽氣在人類體內形成一股能量，使之產生旺盛的活動力，此之謂「魂」。而血氣又能充實思維意志，使得旺盛強健的「魂魄」得以控制行為舉止並且使之合於規範，反之，則如《左傳·昭公二十五年》樂祁預言其國君將死時所云：「心之精爽，是謂魂魄。魂魄去之，何以能久？」

《左傳》和《國語》的其他篇章中，也出現了若干「魂」、「魄」概念的使用之例，例如在《左傳·宣公十五年》和《左傳·襄公二十九年》裡，都以「魄」概括「魂」、「魄」二義，說明人類若多行不義，又或者壽命已盡，上天將會取回其所賦予的魂魄，故言「天奪之魄」、「天又除之，奪伯有魄」；《國語》也把「魄」視為「魂魄」的通稱，引申為比較抽象而與思維意志相關的「形跡」之義〔註 29〕。從這些「魂魄」的概念可以推知先民對於人類產生的大致輪廓，也呼應了筆者的「血氣－個體生命－思維意志」觀點。

四、結論：《左傳》和《國語》對「氣」概念的開創與啟迪

（一）聯繫「天地自然之氣」和「個體生命內在之氣」

從「氣」概念來研究《左傳》和《國語》的記載，可以發現這兩部作品皆透露了「自然之氣」與人類生活息息相關的想法，並且都會利用這個概念來促使先民重視其與人事的密切配合。兩部作品的文獻材料中，舉凡以四時之氣配合農務；或者說明統治者當用人為力量，遵循自然界萬物運行的規律來改善地表景物；或者言「六氣」的降生各種聲音、味道、顏色以及人類的喜怒好惡；或者觀察天上的雲氣和周遭的氣息來預知人事吉凶，甚至將其運用在軍事上，成為作戰前的戰情分析之一，〔註 30〕這些文獻材料都明顯的說明了先民因為日常生活處處仰賴自然界，進而對自然物質的遵奉與崇拜，最終推

〔註 29〕《國語》言魂魄僅此一例，見《國語·晉語》：「公子重耳其入乎？其魄兆於民矣。若入，必伯諸侯以見天子，其光耿於民矣。」

〔註 30〕例如《國語·晉語》記載鄢陵之戰，描述楚國在六月的最末一日佈陣陳兵，但是這一天稱作「晦」──「六月甲午晦」，是陰氣最盛之日，乃兵家大忌，因此郤至評論楚師「陣不諱忌」。

展出一套與自然界共同作息之生活方式。

此外，「天地自然之氣」和「個體生命內在之氣」的緊密聯繫，也是這個時期的重要思想，從兩部作品中敘述「六氣」時的「降生五味，發為五色，征為五聲」到「味以行氣，氣以實志」，以至「民有好惡、喜怒、哀樂，生於六氣」，已經透顯出二個概念的聯繫程度。而且「六氣」中所述及的「陰」、「陽」二概念，也可以作為二者密切聯繫的輔證，其不再單純指涉日光的照射和山水地理形勢，而實有二股不同性質、優劣強弱的能量之分別，〔註 31〕並利用此二股能量的交流，論述天地與人類身體的關係，〔註 32〕這不僅是前代文獻典籍皆未能明言之處，也代表了「陰」、「陽」二概念發展的逐漸成熟，而「自然之氣」和個體生命的「血氣」，亦依陰、陽的交流密切而有一定程度的聯繫。

再如《國語・周語》中伶州鳩所述之「十二律呂」，則是一套與「自然之氣」相應的「音律」。其中「六律」通過人類的「血氣－個體生命－思維意志」而感知之後，可以宣養天之六氣、地之九德與幫助陽氣出滯，並且具有凝神安人、洗潔萬物的效果，這個文獻材料的例子足以說明，先民認為天地之間的「自然之氣」和個體生命的「血氣」二股能量，本可相互交流而不具明顯分別，這也是一項「天地自然之氣」和「個體生命內在之氣」緊密聯繫的明證。

（二）從「氣」概念論二部作品對後代哲人的啟迪

《左傳》和《國語》確立了「氣」的物質性概念，並且明確的說明其產生於天地之後，是構成萬物現象的基礎，雖然兩部作品都還未能明言「氣」是否為萬物的最本原物質，但是已經可以視為這種思維的開端。此外，兩部作品試圖聯繫「天地自然之氣」和「個體生命內在之氣」，這種觀點不僅對「氣」思維的發展有開創之功，也加強了其「天人合德」、「天、地、人相應」等思想的合理性。雖然這個時期的「氣」思想仍尚存若干問題，例如「血氣」是否源自「自然之氣」抑或是天生本俱；具有生命力的植物是否含有「血氣」亦無從

〔註 31〕「陰、陽」概念在最初始時，亦非指日光照射方向和山水地理形勢。目前出土的甲骨文材料中未出現「陰」字，而「陽」僅指「好天氣」，與「雨」字相對應。

〔註 32〕例如《左傳・昭西元年》：「陰淫寒疾，陽淫熱疾，……。女，陽而晦時，淫則生內熱惑蠱之疾。今君不節、不時，能無及此乎？」

得知；而依靠「血氣」聯繫的個體生命與意志之間看似相關卻又有所分別，兩部作品皆未能有更明確的說解。又《國語》記載定王所云「血氣不治，若禽獸焉」時涉及一個思想問題，亦即道德觀念是否為後天形成，故必須治了血氣才能講道德；抑或人類的「血氣」和「道德」是先天同時並存而不具有先後順序。

上述這些問題或許皆是先民的抽象本體思維以及宇宙生成等觀念尚未成熟所致，但是這些留待解決的課題，卻足以啟迪後世哲人。例如孟子明確的區分了「血氣」和「意志」，並且提出一股可以擬配「義」和「道」的「浩然之氣」，進而肯定了「血氣」和「道德」二者是不相衝突的先天並存；莊子認為自然萬物皆「與氣同體」，因此「自然之氣」當遍流於宇宙與萬物體內；荀子則在萬物體內皆含存「自然之氣」的前提之下，以「生命」、「知覺」和「德義」等概念，區分了人類、禽獸、草木與自然界的水、火等物質之別。〔註33〕又《禮記》中對「魂魄」概念的論述頗多，例如《郊特牲》說明「魂氣歸於天，形魄歸於地」；《祭義》借仲尼之口而言：「氣也者，神之盛也；魄也者，鬼之盛也；合鬼與神，教之至也。眾生必死，死必歸土：此之謂鬼。」又：「骨肉斃於下，陰為野土；其氣發揚於上，為昭明，焄蒿，悽愴，此百物之精也，神之著也。」其將「魂魄」觀念聯繫天地間「自然之氣」以說解其生成方式，是自《左傳》和《國語》之後，首次能清楚界定「魂」、「魄」二概念者。而《左傳》的「味以行氣，氣以實志」的「血氣－個體生命－思維意志」課題，也在《管子》與兩漢哲人中得到高度的發展，成為後世「精氣」和「元氣」等觀念的思想雛形。

《左傳》述及的「氣」義，以「血氣」及其引申義居多，若以篇章而論，又以《昭公》篇的材料最多；《國語》則是「生命之氣」和「自然之氣」兼雜，而「自然之氣」則多集中於《周語》，而且多與「四時節氣」有關。這是筆者為方便研究而作的粗略統計，並不欲依此推斷其成書的先後順序，也沒有證據根據這種現象來說明「氣」概念為何總集中於某一篇章的有趣現象；對於「氣」思想的探討，也僅為時代性通論，未能分辨其地域性特色，甚為遺憾。本文所欲明辨者，是透過二部作品中對「氣」概念的闡發來突顯其承先啟後的學術價值，說明約莫戰國中期以前，「氣」字從一純粹「乞求」的字形，幾

〔註33〕《荀子．王制》：「火有氣而無生，草木有生而無知，禽獸有知而無義，人有氣、有生、有知，亦且有義，故最為天下貴也。」

經春秋哲人的說解，在《左傳》和《國語》中得到概念性的確立，其不僅說明了「自然之氣」和「生命之氣」的生成流衍皆對現實人生造成影響，並讓二義得以聯繫，進而成為戰國諸子百家興起前夕的「氣」思維前身，往後歷代哲人，也皆依自身關注之處而圍繞此二義而發，唯思想傾向的不同而影響其偏重之處耳，《左傳》和《國語》的思想貢獻即是在此。

篇後小記

本論文原本刊載於 2011 年《東海大學文學院學報》第 52 期（台中：東海大學文學院，2011 年 7 月，頁 243～264）上，論文原題為「從『氣』概念論《左傳》與《國語》之思想史意義」。這篇文章是筆者在攻讀博士班時參加韓國全北國立大學的研討會論文《兩種學科的交會：從先秦諸子「氣」思想論「氣」字本義為「雲氣」之疑議》(《2010 年韓國全北大學校人文大學國際學術大會》，2010 年 10 月，中文版在頁 98～112，韓文版在頁 288～295）之後的延伸研究。這些年來經過數度的內容和主題以及格式上的反復修正之後，以本書的論文標題和再度修改的內容作為最後的研究成果。

參考文獻

一、古籍文獻

1. （周）左丘明傳，（晉）杜預注：《春秋左氏傳杜氏集解》，臺北：中華書局據相台嶽氏家塾本校刊印行，1981 年。
2. （周）左丘明著，（三國吳）韋昭注：《國語》，臺北：中華書局據士禮居黃氏重雕本校刊印行，1981 年。
3. （周）作者不詳：《管子》，臺北：中華書局據明吳郡趙氏本校刊印行，1981 年。
4. （周）呂不韋：《呂氏春秋》，臺北：中華書局據畢氏靈岩山館校本校刊印行，1981 年。
5. （漢）趙岐注，（宋）孫奭疏：《孟子注疏》，臺北：中華書局據阮刻本校刊印行，1981 年。
6. （漢）鄭元（玄）注，（唐）賈公彥疏：《周禮注疏》，臺北：中華書局據永懷堂本校刊印行，1981 年。
7. （漢）鄭元（玄）注，（唐）孔穎達等正義：《禮記正義》，臺北：中華書局據阮刻本校刊印行，1981 年。
8. （魏）何晏注，（宋）邢昺疏：《論語注疏》，臺北：中華書局據阮刻本校刊印行，1981 年。
9. （魏）王弼等著：《老子四種》，臺北：大安出版社，2003 年 8 月，一版二刷。
10. （清）郭慶藩編、王孝魚整理：《莊子集釋》，臺北：萬卷樓，1993 年。
11. （清）王先謙：《荀子集解》，臺北：藝文印書館印行，1988 年。
12. 丁福保：《說文解字詁林》，臺北：臺灣商務印書館，1970 年。

二、近人著作

1. （日）小野澤精一、福永光司、山井湧編：《氣的思想》，上海：上海人民出版社（據東京大學出版會 1980 年第三次印刷版譯出），1992 年。
2. 王聰明：《左傳之人文思想研究》，臺灣師範大學國文研究所碩士論文，1986 年。
3. 寺嶋勇雄：《左傳與先秦儒家思想考論》，臺灣大學中國文學研究所碩士論文，2003 年。
4. （英）李約瑟（Joseph Needham）：《中國之科學與文明》，臺北：臺灣商務印書館，1980 年。
5. 李志林：《氣論與傳統思維方式》，上海：學林出版社，1990 年。
6. 李存山：《中國氣論探源與發微》，北京：中國社會科學出版社，1990 年。
7. 李杜：《中國古代天道思想論》，臺北：藍燈文化，1992 年。
8. 屈萬里：《先秦文史資料考辨》，臺北：聯經出版社，1993 年。
9. 周國正：《左傳「人生始化曰魄」辨》，《台大文史哲學報》第 57 期，2002 年 11 月，頁 211～221。
10. 柳秀英：《「左傳」的神鬼觀》，《美和技術學院學報》，2002 年 4 月第 20 期，頁 25～41。
11. 唐君毅：《中國哲學原論：原道篇》，臺北：臺灣學生書局，1976 年。
12. 馬岡（馮友蘭）：《中國思想史資料導引》，臺北：牧童出版社，1977 年。
13. 莊耀郎：《原氣》，臺灣師範大學國文研究所碩士論文，1985 年。
14. 張端穗：《左傳思想探微》，臺北：學海出版社，1987 年。

15. 張舜徽：《周秦道論發微》，臺北：木鐸出版社，1988 年。
16. 張立文主編：《氣》，臺北：漢興書局，1994 年。
17. 陳福濱主編：《哲學與文化》(中國哲學氣論專題)，臺北：哲學與文化月刊雜誌社，革新號第 387 期（第 33 卷第 8 期)，2006 年。
18. 程宜山：《中國古代元氣學說》，湖北：湖北人民出版社，1986 年。
19. 傅佩榮：《儒道天論發微》，臺北：臺灣學生書局，1988 年。
20. 曾振宇：《中國氣論哲學研究》，山東濟南：山東大學出版社，2003 年。
21. 楊儒賓主編：《中國古代思想中的氣論及身體觀》，臺北：巨流圖書公司，1993 年。
22. 楊儒賓、黃俊傑編：《中國古代思維方式探索》：臺北：正中書局，1996 年。
23. 楊儒賓、祝平次編：《儒學的氣論與工夫論》，臺北：臺灣大學出版中心，2005 年。
24. 顧立三：《左傳與國語之比較研究》，臺北：文史哲出版社，1988 年。

第二篇　從《世說新語》的《容止》《任誕》探討魏晉人士的個體自覺

一、前言

本文認為魏晉玄學之所以興；清談風氣之所以盛，除了學術思想的承接或流變；政治環境的複雜和紛亂，關於魏晉人士本身的自我覺醒，也當有必然的關係。魯迅、劉大杰、余英時乃至於時下諸多學者先進，也在這方面多所描述和詮釋。故本文嘗試以《世說新語》的《容止》和《任誕》兩篇中所提及的人物作為主幹，輔以相關書籍的見解，探討魏晉人士在面對所處的紛亂環境中，如何表現自己的言行舉止、如何品評周遭形形色色的人物，甚至是對服飾和儀表的考究，藉以顯現當代士子的個體自覺以及其與政治社會的互動關係。此外，筆者認為，魏晉時代的服散和飲酒之風，是構成《容止》和《任誕》中人物形象的重要因素，也是魏晉人士對人生態度的覺醒之旁證，因此本文也希望透過這一部分的論述，對整個個體自覺的思潮作更進一步地側寫。

二、魏晉時代服散和飲酒的風氣

（一）違背醫學的「服石」之風

《世說新語・容止》第二條：「何平叔美姿儀，面至白。魏明帝疑其傅粉……」。何晏的朱唇粉面或許是出自于天生，但是魏晉時代確實有追求這一類容貌的風氣，一個人若是天生麗質，當然不需要外在的敷粉，但是仍然可以利用其他方式作為補強，其中服用「五石散」即是一例。陳書良提及魏晉人士服散有三個目的，其中一個即是為了「人倫識鑒的需要」〔註1〕，因為服用少量的「五石散」確實可以作為強壯劑、美容劑，致使魏晉當代的人士趨之若鶩，紛紛利用服散以期望獲得美好的面容和體態，服石之風也因此成為一種時髦。

魏子孝等人所著《中醫中藥史》說：「寒石散只需一方配製而已，流傳更廣，其對社會的危害，與晚清鴉片無二。」〔註2〕陳書良更認為，整個三世紀超過三百年的魏晉時代，是一個吸毒運動〔註3〕。所謂「寒石散」即「五石散」，魯迅《魏晉風度及文章與藥及酒之關係》根據唐代孫思邈《千金翼方》的記載，認為「五石」是指白石英、紫石英、石鐘乳、赤石脂和石硫磺〔註4〕，而金政耀則認為「五石」是白石英、紫石英、赤石脂和岩石，是魏晉時人根據東漢名醫張仲景的兩方子「侯氏黑散」和「紫石寒石散」合併加減而成〔註5〕。雖然歷代學者對於「五石」的組成配方有不同見解，但是成分中含有毒物質、長期服之會使人中毒卻是公認的事實。筆者認為，「服石」之後的形象與舉止等，與《世說新語・容止》中所敘述的人物儀表，以及時人表現任誕的名士風流有一定程度的關聯。

據說一個人在初期服用「五石散」時，確實能加強消化機能和改進營養情況：「服足下五色石散膏，身輕行動如飛也。」(《全晉文》卷二十六《王羲之帖》)。此即說明，當時的人認為若是適當的少量服用「五石散」，可以呈現雙目有神、面色紅潤、精神健旺等現實效力。但是「服石」之後身體會逐漸發熱，稱作「散發」，此時身體會煩躁難耐而影響情緒，魯迅在《魏晉風度及文章與藥及酒之關係》甚至指出，服石之後皮膚容易磨破，所以不宜穿新的衣服，穿舊的也不能常洗，不常洗便多虱，是很不舒服的，因此說話瘋瘋癲癲、糊糊塗塗；性情暴躁易怒無常。而且長期服用，會導致中毒。另外，宋天彬等人所作的《道教與中醫》則是引用晉代皇甫謐《寒石散論》的記載，描述魏晉時期有人在「服石」之後，導致「舌縮入喉」、「癰瘡陷背」、「脊肉爛潰」等恐怖的情狀〔註6〕。綜合上述，足以令人興起一種有趣的推測——《世說新

〔註1〕陳書良：《六朝煙水》，北京：現代出版社，1990年，頁29。

〔註2〕魏子孝、聶莉芳：《中醫中藥史》，臺北：文津出版社，1994年，頁123。

〔註3〕陳書良：《六朝煙水》，北京：現代出版社，1990年，頁32。

〔註4〕魯迅《魏晉風度及文章與藥及酒之關係》，轉引自張瀛玉、呂榮君：《魯迅全集》第三卷，臺北：谷風出版社，1989年，頁499。

〔註5〕轉引自陳書良：《六朝煙水》，北京：現代出版社，1990年，頁25。

〔註6〕宋天彬等人：《道教與中醫》，臺北：文津出版社，1997年，頁47。

語・容止》中嵇康的「蕭蕭肅肅，爽朗清舉」、王戎的「眼爛爛如岩下電」是否會是服散所致？夏侯太初的「朗朗如日月之入懷」是否是一種初期服散時所呈現的姿態？至於李安國的「頹唐如玉山之將崩」或許便是藥物中毒、病入膏肓的情況了〔註7〕！

（二）魏晉人士服石和飲酒行為所呈現的個體自覺

余嘉錫在其《寒石散考》中開宗明義的說：

> 人非有大不得已，計無複之，或激於義憤，殺身成仁，固未有飲毒藥而甘之者。若夫明知其為毒藥，而樂於嘗試以快一時之欲，幸其旦夕不至於死，卒之形神交敝，奄奄待盡而不悔，為禍之烈，……。無故飲鴆以殺其身，可謂至愚極惑，不近人情矣。雖然，未足怪也。考之于古，故亦有之。魏晉之閑，有所謂寒石散者，服之往往致死，即或不死，亦必成為痼疾，終身不癒，痛苦萬狀，殆非人所能堪。

之後又云：

> 夫人莫不樂生而惡死，而服毒藥者讀以自戕其生為樂，此不可解也。吾嘗推求其故，蓋叔季之世，農工交困，教育不興，舉世之人，群焉不事其事，端居多暇，嗜欲中之，故其好尚之偏，古今如出一轍，而其國亦遂大亂不止。昔者夷狄作酒而美，進之禹。禹飲而甘之曰：「後世必有以酒亡其國者。」遂疏儀狄而絕旨酒。嗚呼，庸詎知後人乃以毒藥為嗜好，其禍人家國，有千百於酒者乎，長民者奈何其不為之所也。〔註8〕

余嘉錫把「服石」的風氣歸咎於黑暗的政治社會環境，認為「服石」的最主要原因是當時魏晉人士的教育程度不高，而且無所事事。不過筆者認為，吾人讀其《寒石散考》，除了必須明白魏晉人士服石的外在原因之外，也當分析余嘉錫所謂「固未有飲毒藥而甘之者」，這句話其實具有一定程度的發人省思之處，因為其道盡了魏晉人士之所以服散的矛盾心理狀態。

〔註7〕按：雖然嵇康《與山巨源絕交書》自云：「性復疏懶，筋駑肉緩，頭面常一月十五日不洗，不大悶癢，不能沐也。」又云：「性復多虱，把搔無已，而當裹以章服，揖拜上官，三不堪也。」這些都有可能是其服散之後，藥性發作的行徑。但是本文只能作此推測，並沒有十分確切的證據。

〔註8〕以上參考余嘉錫：《余嘉錫論學雜著》，臺北：河洛圖書出版社，1976年，頁181～182。

張方說：「在中國封建社會，許多過了頭的行為正是長期壓抑所致，都具有某種反叛的意味，所謂『魏晉風度』，本來就是對傳統的人倫觀念的挑戰和逆反。而文人士大夫對情欲的放縱也未嘗不具有反叛意味。」〔註9〕張方所云極是，因為魏晉人士身處渾濁之世，心中對於現實環境的事物大都存有太多的憤懣和不平，《任誕》第五十一條的王大說：「阮籍胸中壘塊，故須酒澆之。」即是一例。阮籍用酒精的麻痹作用，解放原本被束縛的壓抑情感，甚至有希望酒精能引領他到現實世界所不能及的自由境界的傾向。再如《任誕》第三十五條的王光祿云：「酒，正使人人自遠。」；《任誕》第四十八條的王衛軍說「酒正引人箸勝地。」；《任誕》第五十二條的王佛歎曰：「三日不飲酒，覺形神不復相親。」，諸如此類的心境，都是魏晉人士意圖擺脫現實世界的具體徵兆。

換言之，人在意識清醒的時後，往往很難拋開世俗利害得失的顧慮，一旦黃湯下肚，酒精特有的麻痹功能發生效果，使得後天訓練的理智思考等功能逐漸模糊消退，原始的欲望和生命力開始活躍，這樣的心理過程不僅很容易達到王佛所言的「形神相親」，也極易暫時地在主觀意識上將物、我之間的藩籬消除，對魏晉人士而言，在某種程度上，這似乎是身處亂世時的一種解脫之道〔註10〕。今日一些學者甚至認為，這種現象近似於二次大戰以後某些以「嘻皮」為主幹的吸毒者語言——「幻遊旅行」一般，亦即在過程中所體驗的其實是一個變形的外部世界，此時真實的「自我」並不存在。直言之，就是「自我的消失」和「自我的零散化」的心理過程，是依靠外力而變質的、而且是價值觀偏差的、扭曲的「物我合一」。

阮籍、劉伶好酒而狂，嵇康服藥而懶，雖然態度消極，卻也說明了這些風流名士在現實生活中，因為對整體環境的悲觀，因此試著藉由物質的享樂來麻醉自己，這種「悲觀的麻醉」透露出魏晉人士及時行樂的特殊想法——人生苦短、政治黑暗，現實生活的重心只剩下遠離殺身之禍而已。這種看似消極、頹唐的服石飲酒，其實反映出魏晉人士對於自我的覺醒、對人生價值的重視，以及對於短暫生命的留戀！

〔註 9〕張方：《風流人格》，北京：新華書局，1997 年，頁 178。

〔註10〕以上參考廖柏森：《世說新語中人物美學之研究》，台中：東海大學哲學研究所碩士論文，1987 年，頁 57。

三、《世說新語・容止》的儀表種類

（一）陰柔的儀表舉止

張蓓蓓《中古學術論略・世說新語容止篇別解》曾經詳細的介紹「容止」一詞〔註 11〕，本文在張氏的基礎上，通過《禮記・月令》的內容作更進一步的論述。《禮記・月令》：「有不戒其容止者。」鄭玄注云：「容止，猶動靜。」所謂「容止」是指經由容貌（靜）和舉止（動）所綜合顯示出來的神態和威儀。東漢時期的士人大都會以身材高大、明眉秀目為美，例如《後漢書》卷二四《馬援列傳》：「為人明鬚髮，眉目如畫。」、《後漢書》卷三五《鄭玄傳》：「身長八尺，飲酒一斛，秀眉明目，容儀溫偉。」、《後漢書》卷六八《郭林宗傳》：「身長八尺，容貌魁偉，褒衣博帶，周遊郡國。」、《後漢書》卷八十《文苑列傳・趙壹》：「體貌魁梧，身長九尺，美須豪眉，望之甚偉。」此即說明，至少在東漢中後期，陽剛之美是大多數的士人心中所希企的美姿美儀，但是進入漢魏之際乃至於晉代，這種充滿男性陽剛的氣質卻逐漸消失，這樣的例證在《世說新語・容止》的記載甚多，例如：

> 《容止》第二條：何平叔美姿儀，面至白。魏明帝疑其傅粉，……。
>
> 《容止》第九條：潘安仁、夏侯湛並有美容，……。
>
> 《容止》第十條：裴令公有儁容姿，……。
>
> 《容止》第十四條：驃騎王武子是衛玠之舅，俊爽有風姿。
>
> 《容止》第二十五條：王敬豫有美形，……。
>
> 《容止》第二十六條：王右軍見杜弘治，歎曰：「面如凝脂，眼如點漆，此神仙中人。」
>
> 《容止》第三十九條：有人歎王恭形茂者，云：「濯濯如春月柳。」

根據《容止》篇的描述和記載可以發現這個時期的審美觀的轉變傾向，亦即用來形容人物的詞彙，已經從《後漢書》中的「宏」、「偉」、「魁」等字，變成了「秀」、「儁」、「脂」等字，甚至會利用「珠玉」、「璧人」和「玉人」等詞彙來描述男子舉手頭足之間所散發出來雅潔、秀氣的陰柔美，這可以視為魏晉人士已經開始對於「女性美」的追求的思維傾向。

客觀來說，如果僅就文學的角度而言，這種對於「美」的追求可以視為

〔註 11〕張蓓蓓：《中古學術論略》，臺北：大安出版社，1991 年，頁 159～160。

一種偏向於唯美、浪漫主義的思考方向，但若是針對當時魏晉品評人物的思潮而言，這種對於「美」的追求未免有些病態。以《容止》篇第二條的「何平叔美姿儀，面至白。魏明帝疑其傅粉」為例，《三國志》魏志《曹爽傳》注引《魏略》形容何晏：「動靜粉帛不去手，形步顧影」，可見何晏隨時帶著脂粉上街，而且走動時會不自覺地轉頭欣賞自己的身影，愛美的程度不下於女子。因此《晉書》卷二七《五行志上・服妖》甚至記載：「尚書何晏好服婦人之服，傅玄曰：此服妖也。」何晏是魏晉時期追求「陰柔美」、「女性化」風尚的代表人物，其崇尚女性所希冀的容止——白皙光潤的皮膚，與傳統男子應有的陽剛氣質完全相背，而魏晉人士竟趨之若鶩，這是一種非常特殊的時代風氣。

不過，這種風潮雖然是魏晉人士追求的形貌的趨勢之一，然而卻也不能完全以偏概全的認為魏晉時代皆是如此。客觀來說，這種追求「陰柔美」、「女性化」的風尚主要流行於當時的上層社會，因此縱有《容止》篇何晏的「美姿儀」、潘岳和夏侯湛的「美容」、裴楷的「儁容」以及王敬豫的「美形」，但是這些追求陰柔美感的人士，大都以王公貴族或者以「風流名士」自居者為多數，其實綜觀魏晉時期，仍有如嵇康的「爽朗清舉」、劉伶的「土木形骸」等不同的容止，而且他們也依然受到時人的崇拜和讚賞。

（二）清朗和頹唐的形象

《容止》篇當中最多而且最特出的容止，當屬「清朗」和「頹唐」的形象。上述二者雖然看似相反，卻都是發自內在的氣質外顯於儀表的結果，充分顯示出魏晉人士注重的「形神並重」的思維觀念。此即說明，魏晉人士對容止的觀察與評論，已經不僅僅拘泥於鬚髮、身材和眼睛等「形」的方面的外在因素，其藉由形以察神的想法有越來越突出的傾向。

魏晉人士相信，人內在的氣度和才識，會自然的顯露在外表，所以一個人的外顯風姿，經常是魏晉人士作為品藻的最大重點。這種內在的氣度和才識外顯於個體的模樣，有積極的、精神奕奕的；也有消極的、土木形骸的，二種極端不同的風格同為魏晉人士所稱賞，這是一件很有趣的現象。根據《容止》篇的記載，當時表現出「清朗」形象者，例如：夏侯太初的「朗朗如日月之入懷」（第四條）、嵇康的「蕭蕭肅肅，爽朗清舉」（第五條）以及王安豐的「眼爛爛如岩下電」（第六條）；能表現出「頹唐」形象者，如：李安國的「頹唐如玉山之將崩」（第四條）、劉伶的「悠悠忽忽，土木形骸」（第十三條）以及庾子嵩的「頹然自放」(第十八條)。

客觀來說，以「清」字形容人物，多少包含了一個人物的道德情操、精神品格以及言語文章等方面的高雅境界，也概括了其作為士人的風姿神貌的魅力。至於先天沒有美好的容止，又不能呈現陰柔氣質，也沒有能力通過「服石」來改善，甚至不能想辦法呈現「清朗」形象的時候，此時若是能追求頹廢、恍惚的樣子，在魏晉人士眼中也能呈現特殊的美感：

《容止》第十三條：劉伶身長六尺，貌甚醜悴，而悠悠忽忽，土木形骸。

《容止》第十八條：庾子嵩長不滿七尺，腰帶十圍，頹然自放。

根據上述的材料，可見醜惡、短小的外表，縱然也有出現「左太沖絕醜，亦復效岳遊遨，於是群嫗齊共亂唾之，委頓而返」的窘狀(《容止》篇第七條)，但若是能將頹唐、恍惚的樣子處理得當，讓自身充滿彷彿方外之人、不與世俗為伍的精神形象，似乎無礙於其名士的形象。此外，劉伶、庾子嵩的長相不甚美好，身材也不高，但他們均能放乎自然，以醜為美，亦足見其強烈之自信。

余嘉錫《世說新語箋疏・容止》共列三十九條，其中描寫清朗和頹唐的形象者，經過筆者整理，約莫十六條左右〔註 12〕，將近占了《容止》的一半之數量，王能憲甚至明確的強調「清」是《世說新語》中人物品題使用頻率最高的詞語，也是稱譽人物最高的評價〔註 13〕。可見這種容止在魏晉時代並非少數，也足以證明魏晉時代不是單純以「陰柔美」為主。此外，筆者整理以上十六條當中，也出現了形容人物目光、眼神者，例如：

《容止》第六條：裴令公目王安豐：「眼爛爛如岩下電。」

《容止》第十條：裴令公有俊容姿，一旦有疾至困，惠帝使王夷甫往看。裴方向壁臥，聞王使至，強回視之。王出，語人曰：「雙眸閃閃若岩下電，精神挺動，體中故小惡。」

《容止》第三十七條：謝公云：「見林公雙眼黯黯明黑。」孫興公見林公：「棱棱露其爽。」

根據《容止》篇第十條可以推得一個論點，亦即魏晉人士相信人的「眼神」具

〔註 12〕分別是《容止》篇的第四、五、六、十、十一、十三、十八、二十、二十四、二十九、三十、三十一、三十三、三十五、三十七、三十八條。

〔註 13〕王能憲：《世說新語研究》，江蘇：江蘇古籍出版社，1992 年，頁 145。

有持久性和恒定性，一經形成之後便不會喪失，即使疾病纏身，也不會有絲毫的改變。這種以人物的目光、眼神等作為判定人物品格之說，最早出自《孟子．離婁章句》：「存乎人者，莫良於眸子。眸子不能掩其惡。胸中正，則眸子瞭焉；胸中不正，則眸子眊焉。聽其言也，觀其眸子，人焉廋哉？」曹魏重臣之一的蔣濟也提出了這種「觀人目以知其人」的概念，《三國志》卷二八《鍾會傳》：「鍾會字士季，潁川長社人，……。中護軍蔣濟著論，謂：『觀其眸子，足以知人』。會年五歲，繇遣見濟，濟甚異之，曰：『非常人也』」這種「觀目知人」的方法，在魏晉人士「形神並重」觀念底下，作為傳神之形的眼睛，必定成為品鑒人才的重要因素之一。

（三）仍未消失的「英雄形象」

雖然魏晉人士追求陰柔的「女性美」是一項歷史事實，但是連接東漢以來的「英雄容止」也並未就此消失。

> 《容止》第一條：魏武將見匈奴使，自以形陋，不足雄遠國，使崔季珪代，帝自捉刀立床頭。既畢，令間諜問曰：「魏王何如？」匈奴使答曰：「魏王雅望非常；然床頭捉刀人，此乃英雄也。」魏武聞之，追殺此使。

余嘉錫援引了程炎震、李詳等學者的說法而認為這一條材料的真實性未必可信〔註 14〕，但是至少反映出英雄的形象在魏晉時代，未必完全被貶低。尤其《後漢書》卷二七《承宮傳》記載：「永平中，徵詣公車。車駕臨辟雍，召宮拜博士，遷左中郎將。數納忠言，陳政，論議切愨，朝臣憚其節，名播匈奴。時北單于遣使求得見宮，顯宗敕自整飾，宮對曰：『夷狄眩名，非識實者也。臣狀醜，不可以示遠，宜選有威容者。』帝乃以大鴻臚魏應代之。」《後漢書》所載此事與《世說新語》裡魏武帝的捉刀故事的發生時間相距不遠，所以筆者認為《世說新語》的記載未必毫無事實根據。

劉孝標在《容止》第一條下注引《魏氏春秋》：「武王姿貌短小，而神明英發。」，《三國志》卷一二《崔琰傳》：「琰聲姿高暢，眉目疏朗，須長四尺，甚有威重，朝士瞻望，而太祖亦敬憚焉。」雖然曹操或許是因為姿貌短小而「自以形陋」，但是根據劉孝標的描述，可以想見其英偉豪傑之氣仍沛然發露，因此匈奴使者以「英雄」稱之，至於崔琰之所以被匈奴識破，正是缺少這

〔註 14〕余嘉錫：《世說新語箋疏》，臺北：華正書局，1984 年，頁 607～608。

種「英雄氣質」的緣故。

關於「英雄形象」並未消失的例子，《容止》第二十七條的材料是更為強力的證據：「劉尹道桓公：『鬢如反蝟皮，眉如紫石棱，自是孫仲謀、司馬宣王一流人。』。」其所謂的「鬢如反蝟皮」、「眉如紫石棱」等面貌特徵，都是非常清晰的典型豪傑形象，可見魏晉人士在品評人物的時候，並不排斥如此陽剛的樣貌。此外，除了小說體裁的《世說新語》，正史當中也有記載此類英雄的形象，例如《晉書》卷三八《宣五王傳・琅邪王伷》附《司馬繇傳》形容司馬繇「美鬚髯，性剛毅，有威望……。」;《晉書》卷五十《庾峻傳》附《庾敳傳》形容庾敳「長不滿七尺，而腰帶十圍，雅有遠韻。」;《晉書》卷五四《陸機傳》形容陸機「身長七尺，其聲如鐘。」等。曹操、桓溫都是統治階級的身分而具備並強調「英雄」的容止，至於當時的一些王公貴族和名士們，卻競相追逐陰柔之美，這倒是一個很奇特的對比。

四、《世說新語・任誕》中人物的行為表現

（一）魏晉人士的自覺追求

王能憲認為，魏晉風流的表現形式主要由三方面構成：「談玄」、「品題」和「任誕」〔註 15〕，而當時所謂的「風流」乃是特指魏晉士人那種自由的精神、脫俗的言行以及超逸的風度。利用這種概念來定義魏晉風氣或時代特徵並不是後人所賦予的，這其實是魏晉人士一種自覺上的明確追求與崇尚，也由於他們的爭相仿效，一時蔚為風氣，形成了這個時期的極為特殊士人風貌〔註 16〕。魏晉人士的「任誕」行為多表現在服藥、飲酒、裸裎、隱逸以及言行舉止等方面。這是魏晉人士在面對險惡的政治社會環境和崇尚老莊哲學的影響之下，為了遠禍全身所採取的一種極端頹廢的、消極的行為。

但是根據余嘉錫《世說新語箋疏・任誕》所云「自曹操求不仁不義之人……」等語〔註 17〕，其似乎認為「任誕」行為肇端於曹魏時代，曹操才是導致節義衰亡的始作俑者，而司馬氏維護阮籍反禮法的言行，使得禮教蕩然無存，種下了五胡亂華的幾乎亡國亡族的禍因，至於《任誕》篇中的人物則多是歷史罪人，行徑實無可取，不足為道，《世說新語》所載任誕事蹟，足以

〔註 15〕王能憲：《世說新語研究》，江蘇：江蘇古籍出版社，1992 年，頁 117。
〔註 16〕王能憲：《世說新語研究》，江蘇：江蘇古籍出版社，1992 年，頁 113～116。
〔註 17〕余嘉錫：《世說新語箋疏》，臺北：華正書局，1984 年，頁 726。

使後人知所警惕和鑒戒。

余氏秉持傳統儒家角度的批判者立場，認為曹操時代以降，乃至於《任誕》中所記載的許多人物，都是造成往後外族入侵、中原人士無力反抗的重要因素。這是每個人對於歷史定位與觀點的不同，余氏之論也自有其獨到之處，筆者的寫作之旨必非評論其對於魏晉發展史的觀點，只是希望突顯出《任誕》篇中人物的行為特色，藉由強調這種自覺自發的行為表現來證明當時的時代風尚。也就是說，若是以較為「不帶道德色彩」的角度觀之，則《任誕》篇中各個人物的言行舉止，是根源於當時追求自由精神的一種表現方式，從而形成了士子爭相追求的「名士風流」現象，這是唐君毅所謂「魏晉思想重人，則是重人情感之自然表現。」〔註 18〕如果根據唐氏所論的角度看待魏晉人士，似乎比較能對於當時的政治背景和社會氛圍產生同情的理解，也能讓後人更加體會魏晉人士對於人生觀的特殊價值取向。所以古苔光說：「『任誕』是縱任放誕之義，著重在不循禮法而行的一面」〔註 19〕。此即說明，魏晉人士之所以不循禮法而行，其實具有其深厚的歷史時代背景，這種自覺性的、刻意表現的放蕩行為，並不全然是狂縱而不知節制的。

（二）《任誕》人物行為概述——以阮籍為例

栗子菁把「任誕」定義為「任性誕行」並且將魏晉人士的任誕行為區分成二種，亦即真正率性而為的純真個性和違背世俗的荒謬行徑：

> 「任誕」一詞就字面及參考史傳、《世說新語》等記載任誕士人的事蹟而言，實應取「任性誕行」二層涵義較為妥當。任性乃針對任誕士人一任性情之真率，自然流露，不拘泥於有形的禮教束縛而言；「誕行」則指其放誕荒謬之實際行為表現。將這兩方面統合觀之，正明顯反映出魏晉時代任自然，越名教的特殊風貌來。〔註 20〕

若是利用栗氏的觀點，則《任誕》所記載的五十餘條故事大致上確實可以因此一分為二，而其所謂的「任性」是根源於自由精神的任誕行為，這可以視為魏晉人士在個性上的率真表現，是純真而且出於天性的，最明顯的例子便

〔註 18〕唐君毅：《中國人文精神之發展》，臺北：臺灣學生書局，1979 年，頁 22。

〔註 19〕古苔光：《魏晉任誕人物的分類與行為的探討》，《淡江學報》第 12 期（1974 年 3 月），頁 287。

〔註 20〕栗子菁：《魏晉任誕士風研究》，臺北：臺灣大學中國文學研究所碩士論文，1987 年，頁 20～21。

是阮籍：

> 《任誕》第二條：阮籍遭母喪，在晉文王坐進酒肉。司隸何曾亦在坐，曰：「明公方以孝治天下，而阮籍以重喪顯於公坐飲酒食肉，宜流之海外，以正風教。」文王曰：「嗣宗毀頓如此，君不能共憂之，何謂？且有疾而飲酒食肉，固喪禮也！」籍飲啖不輟，神色自若。

> 《任誕》第九條：阮籍當葬母，蒸一肥豚，飲酒二鬥，然後臨訣，直言：「窮矣！」都得一號，因吐血，廢頓良久。

> 《任誕》第十一條：阮步兵喪母，裴令公往吊之。……。或問裴：「凡吊，主人哭，客乃為禮。阮既不哭，君何為哭？」裴曰：「阮方外之人，故不崇禮制。我輩俗中人，故以儀軌自居。」時人歎為兩得其中。

根據《世說新語》描述的「神色自若」的態度，已經可以清楚的呈現出阮籍蔑視禮法的外在行為表現。對於一般人而言，遭逢母喪如何能有心情大啖酒肉？無論是真心還是假意，總得表現出哀傷至極、食不下嚥的模樣。不過，若配合阮籍生活年代之前的《禮記．檀弓》和《莊子．漁父篇》等文獻材料來論述，便能推斷出阮籍此舉的合理性。

《禮記．檀弓》：「子路曰：吾聞諸夫子：喪禮，與其哀不足而禮有餘也，不若禮不足而哀有餘。」而《莊子．雜篇．漁父》亦云：「處喪則悲哀，處喪以哀為主。處喪以哀，無問其禮矣。禮者，世俗之所為也。」阮籍的喪母之痛在表面上看似不守禮制，實際上是超越了一般禮俗的規範，其看似輕浮放蕩的個性，反而是勇於表現真實自我的舉動。因此，當《世說新語》用「神色自若」等詞彙來描寫阮籍表現出來的態度，再配合其所時代背景和生活處境，足以透顯出主人公刻意展現的「要殺要剮，任君處置」的高傲個性。或許阮籍不是怕死，反而是尋死！阮籍遭逢母喪，內心並非真的不哀傷，其「因吐血，廢頓良久」的形象已經暴露了高傲面孔底下的真實性格和心緒。或許後人應該如此理解——阮籍所反抗的是禮教的外在形式，是反抗禮教箝制人的部分，對於禮法的原始美好精神，阮籍反而無法抗拒。

此外，根據上引的《任誕》第十一條也足以推斷，雖然魏晉時代也有「遵循名教、深疾阮籍」等的何曾這一類人士（《任誕》篇第二條），但是基本上「不崇禮制」和「以儀軌自居」的兩種極端不同人物形象，在當時魏晉的社會氛圍底下是可以相容而且並存。這即是說，當禮教的外在形式充斥於社會環境時，禮教是否會束縛人心，其實是因人而異的：裴楷認為自己是居於世俗的人，故而依循禮法行事；阮籍則是方外之人，因此任其性情之真而為，二者各得其所，並不衝突。可見魏晉時代，這二者情況不僅可以並存，而且依循禮法者，其道德標準也似乎不如前代嚴肅，故能大方地接納諸如阮籍這一類人物。

大體而言，阮籍的舉止是可愛而不令人生厭的，即便稍有違禮悖法之處，仍然能被世俗所接受，其為了飲酒之便，自願為「步兵校尉」(《任誕》篇第五條)；又基於對酒精的貪戀和美色的愛好，不避嫌的「從婦飲酒」、「眠其婦側」(《任誕》篇第八條)。中國傳統社會道德中最被嚴守之事是「男女之防」，阮籍卻視若無睹，所以故意說出了看似狂放輕挑的「禮豈為我輩設也？」的豪語(《任誕》篇第七條)。換言之，阮籍清楚地表現出不願被禮教設限的個性，這也是其深知自己的本性，無法與高度發展、束縛的禮教相容，因此刻意而且強烈地區別群己之間的關係，藉以突顯對於禮教制度的厭惡，甚至隱含了「道德本是多餘之物」的思維傾向。這種心境與劉伶說「我以天地為棟宇，屋室為幝衣，諸君何為入我幝中！」的心境甚是相似(《任誕》篇第六條)，兩者的差別只是在於阮籍是強硬且有目的而為之，是公然的昭示天下表示不願意被禮教束縛；劉伶則是以狂放而無厘頭的方式，用玩笑心態來表示自己的不羈。

實際上，阮籍心中所不滿而且欲對抗的事物，是以名教為治國手段的統治階級，其並非全然否定傳統禮教和固有的人倫關係，阮籍並不想成為傷風敗俗的「敗德者」，只是努力的表現出天生率真的個性，藉以表達自己對於當時政治社會環境的不滿情緒，這是對抗當權者的一種手段，其實內心是非常矛盾的，所以《任誕》篇中的王大會說，阮籍是利用酒精來澆胸中之壘塊。(《任誕》篇第五十一條)，是在鬱鬱不得志的情況之下，轉而尋求「酒精」的麻痹。魯迅說：「破壞禮教者，實在是相信禮教到固執之極的。」〔註 21〕這也正是《晉書》卷四九《阮籍傳》所謂「籍本有濟世志，屬魏晉之際，天下多故，名士少有全者，籍由是不與世事，酣飲為常。」的最真實心境。

〔註 21〕魯迅《魏晉風度及文章與藥及酒之關係》，轉引自張瀛玉、呂棨君：《魯迅全集》第三卷，臺北：谷風出版社，1989 年，頁 499。

（三）「放達任真」和「放蕩誕行」的區別

除了阮籍，《任誕》篇中也記載了劉昶「與人飲酒，雜穢非類」的尊卑不分；劉寶逕自接受酒食而且有恩必報的個性；山季倫「酩酊無所知」；張翰「使我有身後名，不如即時一桮酒！」的曠放任達思想，這些魏晉人士也都是天真浪漫性格的具體寫照。另外，《世說新語》記載：

> 《任誕》第三十六條：劉尹云：「孫承公狂士，每至一處，賞玩累日，或回至半路卻返。」

> 《任誕》第四十七條：王子猷居山陰，夜大雪，眠覺，開室命酌酒，四望皎然。因起彷徨，詠左思招隱詩。忽憶戴安道。時戴在剡，即便夜乘小舟就之。經宿方至，造門不前而返。人問其故，王曰：「吾本乘興而行，興盡而返，何必見戴？」

孫統賞游山水，半路而返，這和王徽之的雪夜訪友興盡而返的旨趣相似。二人都是隨興所至、隨興而返，一切任其自然的天性，也是率真個性的具體表現。而王徽之的「任真」、「任性」，在《任誕》篇第四十九條中的與桓伊的互動，更是表現深刻：

> 《任誕》第四十九條：王子猷出都，尚在渚下。舊聞桓子野善吹笛，而不相識。遇桓于岸上過，王在船中，客有識之者云：「是桓子野。」王便令人與相聞，云：「聞君善吹笛，試為我一奏。」桓時已貴顯，素聞王名，即便回下車，踞胡床，為作三調。弄畢，便上車去。客主不交一言。

王徽之與桓伊二人素不相識，然而棄官出都的王徽之毫不避諱地請桓伊吹笛讓他欣賞，正值官位顯達的桓伊也不以為忤，不但不覺得被冒犯或者被輕視，反而大方的接受邀請，吹畢掉頭即走，從吹奏開始到結束走人，二人之間沒有任何禮節上的寒喧、作揖，一切俗禮和客套以及官位、士族等階級的禮制都不存在於二人之間，更無法箝制兩人內心的放達。王徽之以這種不客氣的「無禮」待之，桓伊不但不以為意，反而適得其所，充分的表現初二人之間的不落俗套、無任何虛偽矯飾的率真性情，雙方都以「盡在不言中」的方式，表現出對於彼此的互相敬佩。

上述《任誕》篇記載的人物，諸如：阮籍、劉昶、劉寶、山季倫、張翰、畢茂世、羅友、張驎、王徽之、周伯仁、殷洪喬、王光祿等人，多以表現天真曠達、任性而為的言行舉止而見於世，雖然偶爾還是會出現違背禮俗的行止，但是卻僅止於表現個人的特質，以期自我能夠達到瀟灑、不牽於俗累的精神境界，所以常為世人所欣賞，這是筆者所謂「任真」者。在《世說新語．傷逝》中，王戎說「聖人忘情，最下不及情。情之所鍾，正在我輩。」(《傷逝》篇第四條)，便是在說明這種「任真」之人的心境——自比於聖人和俗人中間的名士地位。

換言之，上述這些人物，認為自己不及聖人、做不到聖人「無哀樂之情」的境界，然而世俗的虛偽矯飾又是他們不屑一顧的，因此自我期許成為一名風流名士，認為唯有真正發自內心的真誠來應對世間俗事，才是名士一輩的首要之務。

但是，魏晉人士裡也有如劉伶、阮咸等人物，他們藉由放蕩、縱禮的任誕行為來展現自己的個性，這是栗子菁所謂的「誕行」者，這或許就是余嘉錫眼中所謂「亡國」、「亡種」的肇始者：

> 《任誕》第三條：劉伶病酒，渴甚，從婦求酒。婦捐酒毀器，涕泣諫曰：「君飲太過，非攝生之道，必宜斷之！」伶曰：「甚善。我不能自禁，唯當祝鬼神自誓斷之耳！便可具酒肉。」……。伶跪而祝曰：「天生劉伶，以酒為名，一飲一斛，五斗解酲。婦人之言，慎不可聽！」便引酒進肉，隗然已醉矣。
>
> 《任誕》第六條：劉伶恒縱酒放達，或脫衣裸形在屋中。人見譏之，伶曰：「我以天地為棟宇，屋室為褌衣，諸君何為入我褌中！」

劉伶的政治傾向雖然不如阮籍明顯，但是縱酒而狂的個性卻頗為相似，《任誕》篇中一共記載了三條有關劉伶行止之處，都和「縱酒」有關。上引《任誕》篇第三條的故事中，只表現出劉伶的嗜酒和輕謾的個性，其言行舉止並無過分狂放無度之處而與一般任誕名士無異。至於《任誕》第六條的「脫衣裸形在屋中」，則為後世衛道人士所詬病之處，這種行止雖然勉強可以說是不羈的率真表現，卻被稍後的貴族子弟們提供了一個錯誤的示範。沈約《宋書．五行志》：「晉惠帝元康中，貴遊子弟相與為散發裸身之飲，對弄婢妾。逆之者傷好，非之者負譏，希世之士，恥不與焉。」晉代的達官子弟錦衣玉食、酣暢任答，對於政治環境沒有太多痛苦的回味，其任誕之行為也非某些正面意義上的追求，只是隨著時代風尚空虛沈浮、縱情享樂。此即說明，漢末以來的放誕之風，經過竹林名士，下迄晉初，雖然未嘗中斷，但是原本內在精神的放達卻是愈傳愈失其真。

《世說新語》中所記載的阮咸「與豬同醉」、「與鮮卑婢有染」等行徑，比之於劉伶，更是有過之而無不及：

> 《任誕》第十二條：諸阮皆能飲酒，仲容至宗人間共集，不復用常杯斟酌，以大甕盛酒，圍坐，相向大酌。時有群豬來飲，直接去上，便共飲之。

> 《任誕》第十五條：阮仲容先幸姑家鮮卑婢。及居母喪，姑當遠移，初云當留婢，既發，定將去。仲容借客驢，著重服自追之，累騎而返，曰：「人種不可失！」即遙集母也。

根據上引《任誕》記載的材料，足以說明阮咸追求的、表現出來的純粹只是恣意而為的官能之欲，其與阮籍、劉昶、王徽之等人的「放達任真」格調具有很大的差異。另外，再如《世說新語・豪爽》篇第二條中王敦「常荒恣於色，體為之弊」、《世說新語・簡傲》篇第六條中王澄「脫衣巾，徑上樹取鵲子」也都是類似的行徑。

綜合《世說新語》對於上述這些人物行止的記載，足見「任真」和「放誕」可以是一體的兩面，因為二者都是以追求個人精神和生命的解放為目的，同為魏晉士人行為的鮮明標誌。但是這些展現「任真」的人士並不會刻意去違背禮法，他們只是在反對封建傳統的道德觀，從而在日常生活中試圖展現出率真的自我，即便飲酒之後，也只是表現出稍加放蕩、輕佻的樣貌，其行為舉止經常是無傷大雅而且可以被理解的，他們顯示出來的是魏晉名士的超凡的風流逸氣。至於「放誕」之士則反之，這些人物放浪形骸、狂放不羈，某些行為舉止總是清楚地與世俗觀念和禮教制度互相違背，只為了追求並獲得名士風流的頭銜，他們似乎是刻意為之，卻又太過光怪陸離而讓人摸不著頭緒，其飲酒的方式也多以狂飲、濫飲為主，因此經常不被時人乃至於後世所稱賞。所以湯一介說：「有的人是『行為之放』，僅得『放達』之皮相，……有的是『心胸之放』，則得『放達』之骨骸，……有的人是『與自然為一體之放』，則得『放達』之精髓……。」〔註22〕也就是說，魏晉人士的放達任行之舉，本因目的及其表現方式的不同，而有了境界高下之分。

〔註22〕湯一介：《郭象與魏晉玄學》，臺北中和：谷風出版社，1988年，頁31。

五、從審美、審才觀念和任誕行為探討魏晉人士的個體自覺

（一）形神並重的思想導致某些士人對「形」的刻意追求

傳統道家普遍主張「重神絀形」，例如《莊子・大宗師》云：「墮肢體，黜聰明，離形去知，同於大通，此謂坐忘。」這種觀點到了魏晉時代，逐漸發展成為「形神並重」的思想，嵇康《養生論》：

> 精神之於形骸，猶國之有君也；神躁於中，而形喪於外，猶君昏於上，而國亂於下也。是以君子知形恃神以立，神須形以存，悟生理之易失，知一過之害生，故修性以保神，安心以全身。

嵇康認為外在的「形」是由「神」而發，這足以說明魏晉人士認為外表的儀容形體是內在精神或者其思想的反映，所謂「象由心生」即是由一個人的外在形象來獲知其內在氣質。徐復觀說：「《世說新語》的作者所說的容止，不止於一個人外面的形相，而是通過形相所表現出來的，在形相後面蘊藏的，作為一個人的存在的本質。」〔註23〕。

本文認為，關注魏晉人士是否真正把握與落實形神並重，是研究魏晉思想必須處理和解決的一項課題。因為「神」固然是魏晉人士在進行人物品評時的一個重要關鍵，但是根據《容止》篇的記載，魏晉人士所表現出來的各種容止，經常過分的關注「形美」部分，從而變成了一味追求「重形好色」的情況，導致對「形」的刻意追求，卻忽略了「神」的重要性。以嵇康《養生論》為例，其原意旨在試圖說明「以神養形」的重要性，藉以達到「形神兼備」的統一美感，所謂「由外以知內，由形而徵神」，嵇康認為「形」和「神」之間最後必須達到和諧與統一的地步，所以不論擬欲呈現哪一種美感形象，都是希望能把自己內在的某種異於常人的氣質內在顯揚出來。

這種「由形而征神」的重要性在《容止》篇第二十一條中記載有關王訥和王恭的故事即可略知一二：「周侯說王長史父：『形貌既偉，雅懷有概，保而用之，可作諸許物也。』」再如《容止》篇第三十九條則記載時人讚歎王恭「濯濯如春月柳」。可以想見王訥的「形貌既偉」而使得周顗稱其為非一器之用，王恭也因為「如春月柳」的外形受到時人的愛重，至於賞識王訥的周顗，本身也是以「雍容好儀形」的美男子姿態見於當世者（《言語》第四十條）。不過筆者認為，魏晉時代對這種「由形而徵神」的觀點並沒有完全依照正常的

〔註23〕徐復觀：《中國藝術精神》，臺北：臺灣學生書局，1992年，頁154。

路線發展下去，某些名士們頑固地抱持「形能徵神」的想法，反而演變出希望藉由「形美」來襯托「神美」的變相風氣。如此一來，人的外在形貌反而成為這些人士的首要追求目標，從而忽略了原本應當更注重的精神和氣質等內在層面，魏晉時期的庾亮便是一例：

> 《容止》第二十三條：石頭事故，朝廷傾覆，溫忠武與庾文康投陶公求救。陶公云：「肅祖顧命不見及。且蘇峻作亂，釁由諸庾，誅其兄弟，不足以謝天下。」……庾風姿神貌，陶一見便改觀，談宴竟日，愛重頓至。

又《晉書·庾亮傳》也記載庾亮「美姿容，善談論，性好老莊，風格峻整，……。」東晉時代發生的蘇峻之亂，庾亮承擔了不可推卸的責任，大將軍陶侃說「誅其兄弟，不足以謝天下」是殺機已露的表現，但是「庾風姿神貌，陶一見便改觀，談宴竟日，愛重頓至。」其如此的容止，竟能使得陶侃化解心中的芥蒂和仇隙，不但赦免其罪過，甚至對他十分喜愛。換言之，庾亮的容止之美竟然能使得這位征戰沙場的將軍消除原本蓄勢待發的欲殺之心，由此可見一些魏晉人士重視「形」的程度。

上述這種「重視形、忽略神」的程度發展到最後，已經變成了筆者所謂「重形好色」的地步，這種情形在《容止》篇第七條的記載中即可得見：

> 《容止》第七條：潘岳妙有姿容，好神情。少時挾彈出洛陽道，婦人遇者，莫不聯手共縈之。左太沖絕醜，亦復效岳遊遨，於是群嫗齊共亂唾之，委頓而返。

根據上引材料，潘岳和左思同是游於洛陽道上，卻因為外形容貌的美醜之別，得到的待遇竟然也不相同。左思作《三都賦》，後世的成語「洛陽紙貴」之典故即出於此，但是絕佳的才情卻抵不過美好的容止。本文認為，正是這種「重形好色」的情形，使得沒有先天美姿美儀的名士們，甚至開始利用「五石散」等後天的物品及方法來補強，藉此顯示出看似「發自內在」的風流才氣。

（二）依然重視「神」的概念又崇拜異人和真人等形象

綜合上文所述，「重形好色」以及對於「形」的刻意追求，說明了某些魏晉人士對於價值觀的扭曲的現象，從而讓「形神並重」的觀念被誤用，但是這並不代表所有魏晉人士的立場，許多魏晉人士不但非常重視「神」的概念，甚至願意將其加以發揚。中國古代關於「神」概念的產生時間甚早，《老子》

三十九章即有「神得一以靈」一語，《老子》所關注的「神」是個體內在的精神層面，其希望能以「神」的清明虛靈來達到最高境界——「道」，並且認為如此一來便會產生自然的靈覺以體驗萬物。其後莊子發展這個概念，將「神」提升至個體形軀之外的一種精神實體，所以《莊子‧養生主》中的庖丁能夠「以神遇而不以目視，官知止而神欲行」，而《莊子‧達生》也有「津人操舟若神」、「用志不分，乃凝於神」等說法，《莊子》甚至認為能藉由這種精神上的超脫而達到所謂的「神人境界」，諸如《逍遙遊》的「神人無功」、《天下》的「不離於精，謂之神人」以及《天地》的「體性抱神，以遊世俗之間者」都是這種境界的一種展現。

魏晉思想受到道家的影響甚深，因此「神」在許多魏晉士人心目中仍然具有極高的地位，當時不論是個人的言行舉止、品藻識人，都著重於「神」的概念，因此湯用彤說：「漢代相人以筋骨，魏晉識鑒在神明」〔註24〕。魏晉時代的「神」至少包含三義，其一是由外在形體所散發出來的「內在精神」，這是廣義的「神」概念，亦即由內而外所散發的個人氣質，它可以是《容止》記載的那些人物所呈現的陰柔或者清朗、頹唐、英雄等形象。其二是指名士的內在精神的逍遙自適、沖淡無為，這是偏義的「神」概念，是將「神」限制在名士的清朗、頹唐等姿態舉止，以及《任誕》篇中人物從容自若、無憂無懼、無拘無羈的「任性」行為。其三是狹義的「神」，是魏晉時人稱譽名士們所用的形容詞匯，用以指涉某個名士所達到的境界，此時的「神」成為魏晉人物在品鑒名士的一個重要詞藻，而這個詞藻也是一般魏晉人士最為追慕希企的境界，是世俗凡人不容易到達的人格境界，亦即「神人」、「奇人」或「異人」等方外之人的形象，從《任誕》和《容止》的記載當中，可以清楚的察覺魏晉人士對於這種境界的極度嚮往程度：

> 《容止》第二十六條：王右軍見杜弘治，歎曰：「面如凝脂，眼如點漆，此神仙中人。」
>
> 《容止》第三十一條：王長史嘗病，親疏不通。林公來，守門人遽啟之曰：「一異人在門，不敢不啟。」
>
> 《容止》第三十二條：或以方謝仁祖不乃重者，桓大司馬曰：「諸君

〔註24〕湯用彤《魏晉玄學論稿‧言意之辨》，收於《魏晉思想》乙編三種，第三部分，臺北：里仁書局，1995年，頁38。

莫輕道，仁祖企腳北窗下彈琵琶，故自有天際真人想。」

《容止》第三十三條：王長史為中書郎，……，長史從門外下車，步入尚書，著公服，敬和遙望，歎曰：「此不復似世中人！」

《任誕》第十一條：阮步兵喪母，裴令公往吊之。……。裴曰：「阮方外之人，故不崇禮制。我輩俗中人，故以儀軌自居。」時人歎為兩得其中。

根據《任誕》和《容止》的記載，許多魏晉人士會以「神仙中人」、「異人」等詞語來讚美其所欲稱讚的對象，可以想見當時的人追慕一種超脫世俗、絕塵的形象，這是當時理想人格的最高境界，並不具有儒家道德意識的成分。這是因為儒家雖然也重視外在形式的儀表，但是這種儀表容止，必須具有一定程度上的節度、典範之姿態，藉以引起旁人、後人發自內心的對倫理道德等規範的希企和肯定。

另外，除了《任誕》和《容止》篇以外，再如《企羨》篇第六條的王恭「乘高輿，披鶴氅裘」，使得孟昶大歎其為「此真神仙中人」；又如《顏氏家訓・勸學》所云「貴遊子弟無不熏衣剔面，傅粉施朱，駕長簷車，跟高齒屐，坐棊子方褥，憑斑絲隱囊，列器玩於左右，從容出入，望若神仙。」等，這些都足以說明魏晉人士對於這種超脫於俗士之外的「奇人」、「異人」和「神仙」等形象的崇拜、企羨與追求。

（三）以某個自然事物的特性來客觀比喻人物之美

考察魏晉以前的文獻材料，可以發現其在借由自然事物來比附人物的時候重在「比德」，亦即以某個自然事物的某種特性或象徵來比附某人的德行，這種比喻方式著重在道德品質、社會屬性以及精神境界，也經常包含了主觀的個人情感在內。例如傳統儒家所關注的人物美，是個人道德修養的完滿，《詩經・碩鼠》的內容旨在暗喻人的無良、《論語・雍也》：「知者樂山，仁者樂水。」、《論語・子罕》：「有美玉於斯，韞櫝而藏諸？」。道家人物則著重於精神個體的逍遙自由境界，例如《莊子・逍遙遊》：「乘天地之正，而御六氣之辯，以遊無窮者」、《莊子・大宗師》：「乘雲氣，騎日月，而游乎四海之外，死生無變於己」以及《莊子・天下》：「上與造物者遊，下與外死生、無終始者為友」等的心境。這即是說，人和自然之間聯繫的媒介，往往是人類的主觀思想、情感和意志，將這些投射在自然界的事物上，這是所謂的「移情作用」（Empathy）〔註25〕。

這種「移情作用」在魏晉時代逐漸從主觀的情感投射，轉而演變成客觀的視覺投射。魏晉人士利用自然界萬物的自然屬性、外在形式姿態等，以客觀審美的角度作為前提，將人物的特性比附於自然物之美，形成一種極度客觀的審美價值，因此其比附的物件和比附之物，都去除了「品行」、「道德」、「經世」、「致用」等成分，成為單純以二者之間所呈現的生機風采作為直接的欣賞對比。此外，在魏晉人士的心目中，名士和自然物二者所呈現出來的美感性質，似乎可以直接相通，例如《任誕》篇第四十六條：「王子猷嘗暫寄人空宅住，便令種竹。……王嘯詠良久，直指竹曰：『何可一日無此君？』」此即說明，自然物不僅作為品題人物時的最高讚揚語詞，甚至因為自覺的自比於此物，所以把這些自然物當作現實生活中的朋友一般，寄以自己能取法於這些欣賞的自然事物，這種心境以及比附的方式，與魏晉以前的人士有很大的差異。

六、結論

累世的動亂，益以政治的黑暗，魏晉人士的生活環境可以說是籠罩在一片死亡的陰影之下，隨時會因為政局的轉變而導致家毀人亡。既然世間的環境荒謬不堪，個人的生命也充滿著不確定性，所以名士寧可依循自己性情的所好，選擇自己所認同的道德價值觀，藉以適應如此危在旦夕、如履薄冰的年代。他們意識到自身存在的真正價值並不是為了經世致用；其存在的目的也非追求以往儒家聖賢強調的偉業成就，而是努力的活出具有個人特色的真實自我，《容止》篇人物的各種風姿儀表、《任誕》篇人物的各種行為舉止，都是具體的例證。

然而魏晉士人自覺到生命的寶貴，雖然因此珍視、熱戀生存的價值，卻又讓他們體悟到面臨死亡時的強烈悲哀。這種在乎死亡的心態，沒有讓魏晉人士發展出「在死亡期限來臨之前，有效利用短暫生命以成就個人道德，期望能流芳百世」的入世精神，反而促使他們意識到生命的苦短，進而推展出「笑看、笑談死亡」的人生觀，這種心境是相當複雜的，是積極和消極參半、悲觀卻強作歡娛的矛盾心理。積極的態度表現在違禮悖俗、坦然面對生死問題，例如《世說新語・雅量》第二條記載嵇康「臨刑東市，神氣不變，索琴彈

〔註25〕朱光潛：《文藝心理學》，臺北永和：智揚出版社，1986年，頁40～63。

之，奏廣陵散」，其在行刑之前神色自若的毫無畏懼精神，展現了「生死何足懼」的勇者形象。至於消極的態度則表現在感物、惜時、傷別等心態上，甚至發展出強顏歡笑的「以死亡自娛」傾向：

《任誕》第四十三條：張湛好於齋前種松柏。時袁山松出遊，每好令左右作挽歌。時人謂：「張屋下陳屍，袁道上行殯。」

《任誕》第四十五條：張驎酒後挽歌甚淒苦。桓車騎曰：「卿非田橫門人，何乃頓爾至致？」

《任誕》第五十四條：王長史登茅山，大慟哭曰：「琅邪王伯輿，終當為情死！」

這些《世說新語》記載的故事不僅印證了本文所言的「任性」、「任真」的表現，也凸顯了隱藏在不拘泥於感情之下的時代性悲哀。張湛喜種松柏，袁山松、張驎唱挽歌，王伯輿寧可輕易地為情而死，他們分別通過不同的方式來說明自己偏愛死亡或者偏愛象徵死亡的事物，讓自我的精神心境處在生命極限的氛圍之中，將感受死亡的滋味，當作一種審美、自娛的方式。

綜合上述，不論是積極或消極又或者強顏歡笑，又或許他們認為這是一種懦夫心態，風流放達的名士不應該畏懼於此，因此魏晉人士總不願活在「否定死亡」的文化裡。然而這種心態在實質上卻是極度悲觀的，是人類處在兵荒馬亂的時代中，因為無法掌控任何有關於自己的事物時所發展出來的極端行為，他們幻想能以自我主體的精神，完全掌控、涵蓋一切外在的客體，並以不羈的個性來面對肉身死亡的問題。也就是說，一旦瞭解魏晉當代的歷史、剖析當代士人的心態，我們當以同情的理解、憐憫的目光，代之以戲謔和指責，畢竟這是人類生命經過各種苦難的洗濯之後，欲呈現的一種自我的超脫，藉此對於自己身處的生活環境，提出最無奈的、最深沉的自我表白。

篇後小記

本論文原本刊載於 2005 年《有鳳初鳴年刊》第 2 期（臺北：東吳大學中國文學系，2005 年 7 月，頁 243～254），論文原題為「魏晉人士的個體自覺表現——以《世說新語》〈容止〉和〈任誕〉篇為例」。本論文是筆者治學以來最早的一篇作品，是筆者在碩士班一年級參加東吳大學舉辦的學術研討會之後，根據當時的論文評論人、與會的學者先進以及會議主辦單位等的綜和意見進行修改之後，獲刊在會議主辦單位出版的論文集裡。如今在本書出版前夕回顧本論文的最早樣貌，不論是主題、內容乃至於表述方式，都非常地青澀而且不成熟，因此相較於本書的其他文章，筆者對於本文的改動幅度最大。

參考文獻

一、古籍文獻

1. 余嘉錫：《世說新語箋疏》，臺北：華正書局，1984 年。
2. 顧久釋注：《抱朴子內篇》，貴州人民出版社授權，臺北：臺灣古籍出版社印行，2000 年。
3. 《後漢書》（宋紹興刊本），臺北：臺灣商務印書館印行，1981 年。
4. 《三國志》（宋邵熙刊本），臺北：臺灣商務印書館印行，1988 年。
5. 《晉書》（宋本），臺北：臺灣商務印書館印行，1988 年。

二、近人著作

1. 王能憲：《世說新語研究》，江蘇：江蘇古籍出版社，1992 年。
2. 古苔光：《魏晉任誕人物的分類與行為的探討》，《淡江學報》，1974 年 3 月第 12 期，頁 287～318。
3. 古苔光：《魏晉任誕人物的研究》，《淡江學報》，1978 年第 16、17 期，頁 161～185（上）（16 期），頁 85～107（下）（17 期）。
4. 朱光潛：《文藝心理學》，臺北：智揚出版社，1986 年。
5. 湯一介：《郭象與魏晉玄學》，臺北：谷風出版社，1988 年。
6. 余英時：《士與中國文化》，上海：上海人民出版社，2003 年。
7. 余嘉錫：《餘嘉錫論學雜著》，臺北：河洛圖書出版社，1976 年。
8. 張方：《風流人格》，北京：新華出版社，1997 年。
9. 張蓓蓓：《中古學術論略》，臺北：大安出版社，1991 年。
10. 張瀛玉、呂榮君編輯：《魯迅全集》，臺北：谷風出版社，1989 年。
11. 陳書良：《六朝煙水》，北京：現代出版社，1990 年。
12. 胡衛國、宋天彬：《道教與中醫》，臺北：文津出版社，1997 年。
13. 栗子菁：《魏晉任誕士風研究》，臺灣大學中國文學研究所碩士論文，1987 年。
14. 徐復觀：《中國藝術精神》，臺北：臺灣學生書局，1992 年。

15. 廖柏森：《世說新語中人物美學之研究》，東海大學哲學研究所碩士論文，1987 年。
16. 魏子孝、聶莉芳：《中醫與中藥史》，臺北：文津出版社，1994 年。

第三篇　劉鶚《老殘遊記》哭泣哲學新探

一、前言

劉鶚《老殘遊記．自序》中曾反復強調「哭泣」一事，後世很多的學者也針對這項課題而多有闡發，但總圍繞在作者憂慮當代中國社會的未來路線、為彼時不知所措的生民表示痛悼等方面，依此歸結出其政治思想和愛國主義情感。不過，若是單純從劉鶚的語言敘述的邏輯思維去剖析，可以發現劉鶚哭泣的理由並不如想像中的消極悲觀，反而是積極的化悲憤為力量，並希望以文字的力量在當時的社會中獲得共鳴。另外，再藉由對劉鶚影響極深的太谷學派思想淵源入手，研究劉鶚的政治觀和人生觀，進而探究《老殘遊記．自序》中作者哭泣的原因。也就是說，在思想性和文學性兩種研究方法的「跨領域合作」之下，利用哲學邏輯性的思維角度分析這部文學性著作，實能激蕩出不同以往的學術火花，進而重新體現作者的人生觀和價值觀。

二、學界普遍共識與哲學式分析下的新視野

劉鶚《老殘遊記》的故事內容有不少耐人尋味且值得探究的課題，諸如：主人公老殘通過吃酒之後的恍惚夢境，利用「破船」的隱喻來述說自己的愛國主義情感（《老殘遊記．第一回》）、在「明湖居聽書」中利用細膩鮮活的語言文字，生動地敘述白妞王小玉的聲音魅力（《老殘遊記．第二回》）、以匿名「玉賢」、「剛弼」的兩位殘暴「清官」來影射當時清朝的重臣毓賢與剛毅，除

了清楚呈現清末的現實社會原貌，更露骨地刻劃出剛愎自用的「清官」形象，而「苛政猛於虎」、「愛名的清官比愛利的貪官更為可怕」的主題思想誠然已呼之欲出。

此外，在《老殘遊記·自序》中關於「哭泣」的陳述也被當代的學界所關注，認為劉鶚「哭泣」的主因是憂慮彼時中國社會的未來路線，是對於帝國主義的侵略、不知所措的生民表示痛悼，因此劉鶚之孫劉厚澤在編纂《劉鶚及老殘遊記資料》即特別提到，這是劉鶚心中的「強烈的愛國主義情感」，並且和《老殘遊記·第一回》中「破船」隱喻，同為作者個人在政治思想的一種展現〔註1〕，今日學者普遍皆對這種說法表示贊同，也總能針對這個理論前提而多有闡發。

畢竟劉鶚在《老殘遊記》第十二回對於眼前黃河結冰的景況下所做出的感歎，確實是一段感情真切而且生動精彩的描述：

> ……眼見斗杓又將東指了，人又要添一歲了。一年一年的這樣瞎混下去，如何是個了局呢？」又想到《詩經》上說的「維北有斗，不可以挹酒漿。」——「現在國家正當多事之秋，那王公大臣只是恐怕耽處分，多一事不如少一事，弄的百事俱廢，將來又是怎樣個了局，國是如此，丈夫何以家為！」想到此地，不覺滴下淚來，也就無心觀玩景致，慢慢回店去了。一面走著，覺得臉上有樣物件附著似的，用手一摸，原來兩邊著了兩條滴滑的冰。初起不懂什麼緣故，既而想起，自己也就笑了。原來就是方才流的淚，天寒，立刻就凍住了，地下必定還有幾多冰珠子呢。

通過這段文字，足以發現化名主人公老殘的劉鶚即便此時早已無心於學業和仕途功名〔註2〕，但是傳統大士夫血液中的濟世之志尚存，因此面對國家正值危急存亡之秋而大丈夫有心卻不能有所作為、無力回天，只能彷徨無助地垂淚並藉景抒情以表達唇亡齒寒的感歎，深刻的愛國熱忱、憂患意識等思想感情躍然紙上。

另外，劉鶚詩作《除夕》：「北風吹地裂，蕭瑟送殘年。僕告無儲米人來

〔註1〕劉德隆等人編：《劉鶚及老殘遊記資料》，成都：四川人民出版社，1985年，頁8～29。

〔註2〕例如《鐵雲詩存》卷一《芬陀利室存稿》的自序中即云：「予少年多病廢學，於詩文涉獵尤淺。中年饑驅，奔走於四方，學益廢。匪惟境遇所牽，不好學亦其天性也。」

索貫錢。饑鳥啼暮雪，孤雁破寒煙。念我尚如此，群生更可憐。」(《鐵雲詩存》卷一《芬陀利室存稿》) 以及《登太原西城》的「摩天黃鵠毛難滿，遍地哀鴻淚不收。眼底關河秦社稷，胸中文字魯春秋。」(《鐵雲詩存》卷一《芬陀利室存稿》) 若是將這類詩歌以及《老殘遊記》第十二回所描寫的情狀和《老殘遊記．自序》所陳述的「哭泣」相互參看，確實頗能感受其政治思想中對於清廷孱弱不堪、處境可危而平民百姓因此生活不濟等的悲歎。

不過筆者認為，若是將研究角度聚焦在《老殘遊記．自序》的部分，則劉鶚在此處關於「哭泣」的陳述，實有更深層次的含義，因為它不僅能用哲學思想的理路加以分析和探究，更能藉此高度體現劉鶚的人生價值觀，是作者在面對當時現實世界應世時的一種雖然看似消極、卻實已然化悲憤為力量的積極人生觀。

三、《老殘遊記．自序》區分了各種「哭」的類別

《老殘遊記．自序》中細膩地區分了不同程度的「哭」的分別。首先，劉鶚強調了「哭」在人類世界尋常性，把「哭」當作一種情感的自然抒發、靈性的來源，甚至以「最近人者」的猿猴為例，認為人類的哭泣和猿猴之所以善啼都是一種靈性的象徵〔註 3〕，否則就猶如終生庸碌、供人驅使的牛馬一般：「馬與牛終歲勤苦，食不過芻秣，與鞭策相終始，可謂辛苦矣。然不知哭泣，靈性缺也。」劉鶚通過這上述的種說法來解釋「有一分靈性即有一分哭泣」的個人特殊觀點。其次，劉鶚甚至認為「人品之高下，以其哭泣之多寡為衡」，把人類一生哭泣的「份量」，當作「人品」高低的評判標準，這就名正言順的為其《自序》的「哭泣」行為表現，提供了合理性與正當性。

劉鶚在上述的理論前提下，開始分辨「有力類」與「無力類」的哭泣方式，以及「以哭泣為哭泣」和「不以哭泣為哭泣」的異同。劉鶚認為世間平凡的癡兒傻女「失果則啼，遺簪亦泣」，總是為了物質世界的有形事物的得失而傷心掉淚，這種只能算是「無力類之哭泣」的境界，但是杞梁之妻的哭夫、娥皇和女英妃對舜帝病故的痛哭，都是對亡夫的情深意切，故足以哭倒城郭、將眼淚染遍山野竹林，所以這些故事被劉鶚特別提出來：「城出杞婦之哭，竹

〔註 3〕《老殘遊記．自序》:「猿猴之為物，跳擲於深林，厭飽乎梨栗，至逸樂也，而善啼。啼者，猿猴之哭泣也。故博物家云：『猿猴，動物中性最近人者。』以其有靈性也。」

染湘妃之淚，此有力類之哭泣也。」對於作者而言，這和上述的單純迷戀於男歡女愛、執著於兒女情長和物質欲望的癡兒傻女，其「哭的力道」實際上已有很大的不同。

四、區分「哭」的判別標準是「哭泣本質」

近世學界普遍以「痛苦的哭泣」來概括《老殘遊記．自序》裡面的言論。不過筆者認為，劉鶚除了細緻的區分各種哭泣的類別，甚至為哭泣的方式提供了判准，他所謂的「有力類」與「無力類」二種哭泣方式，與其說是因為「力道」上的不同而有所區別，不如說是這兩類人對於「哭泣本質」的認知不同，更是情感真切程度的深淺上的不同。正因為哭泣的力道，會有「用情」深淺不同而有所區別，劉鶚始能「理直氣壯」地進一步說明他最為重視、也最欲表達的「以哭泣為哭泣」和「不以哭泣為哭泣」的不同境界：

> 有力類之哭泣又分兩種：以哭泣為哭泣者，其力尚弱。不以哭泣為哭泣者，其力甚勁，其行乃彌遠也。

此即說明，劉鶚認為用情至深的「有力類」哭泣，又可以因為「以哭泣為哭泣」和「不以哭泣為哭泣」的分別而決定了哭泣在力量上的強大程度，以及在現實世界上的傳播和影響程度。

五、老殘為何而哭？

劉鶚視「不以哭泣為哭泣」的力度強烈於「以哭泣為哭泣」一事，此自不待言。但是「不以哭泣」為哭泣的表現，究竟所指何事？作用又是如何？為何值得劉鶚花費《自序》篇幅裡最多的文字份量來解釋？筆者認為，這實際上是劉鶚最為重視者，當然也是劉鶚刻意鋪陳了「能哭／不能哭」以及「有力類之哭／無力類之哭」許久之後，所欲總結的「撰著序文目的」：

> 《離騷》為屈大夫之哭泣，《莊子》為蒙叟之哭泣，《史記》為太史公之哭泣，《草堂詩集》為杜工部之哭泣。李後主以詞哭，八大山人以畫哭。王實甫寄哭泣於《西廂》，曹雪芹寄哭泣於《紅樓夢》。王之言曰：「別恨離愁，滿肺腑，難淘瀉，除紙筆，代喉舌，我千種相思向誰說？」曹之言曰：「滿紙荒唐言，一把辛酸淚，都云作者癡，誰解其中意？」名其茶曰「千芳一窟」，名其酒曰「萬豔同杯」者，千芳一哭，萬豔同悲也。

上述這一段文字可以視為劉鶚《老殘遊記．自序》的最主要撰文之大旨。這是因為在劉鶚眼中的「不以哭泣為哭泣者」，雖然看似悲痛至極、無奈萬分，卻也並非吾人所理解的「欲哭無淚」那般消極的心態，它其實是一種積極地化悲憤為力量的正面人生態度，是認為必須將「所哭之事」訴諸文字，進而對當世、後世產生最大的影響作用，此猶似文天祥寫下「留取丹心照汗青」的心境，希望自己的心思與作為，有一天能受到後代的公斷。

換言之，劉鶚所謂「不以哭泣為哭泣」雖然是「感情愈深者，其哭泣愈痛」的具體表現，但它卻著實超越了過度焦急憂慮而又無法溢於言表的複雜感受，代之以發憤著書，讓自身對於「身世、家國、社會、種教」之種種感情，並利用「文字」的力量對後世產生感染力、影響力。通過這樣的方式來重新審視《老殘遊記・自序》，則劉鶚對於抒發並解決「哭泣」的方法，其實已經有了一條非常具體而且明確的思想道路，亦即個人在現實世界所留下來的「語言文字」。質言之，劉鶚已為看似悲痛不已、無奈萬分的心緒尋得心靈上的宣洩出口。

這即是說，即便配合清末的時代背景、聯繫劉鶚的個人處境與遭遇，總讓讀者被其所謂「棋局已殘，吾人將老，欲不哭泣也得乎？」的感慨而不勝唏噓〔註 4〕，然而劉鶚的「哭」誠非一種極度悲觀無奈的情緒，其重視「哭泣」、正面對待「不以哭泣為哭泣」等樂觀、積極心態，確實在《自序》最末，可以得到鮮明的旁證：「吾知海內千芳，人間萬豔，必有與吾同哭同悲者焉！」

劉鶚言下之意，係人類本是具有感情的血肉之軀，而「不以哭泣為哭泣」也總是「前有古人，後有來者」，自「屈騷」開了發端，劉鶚認為自身絕非是歷史長河中嘎然而止的最後一位，雖然他為自己的身世而哭、為國家的衰亡而哭、為社會的動盪而哭，但是其依然深信，在訴諸文字撰著之後，個人的思想感情得以在字裡行間清楚表達，自己一定能在現實世界裡尋得「與吾同哭同悲」而產生共鳴的知音，因此大可不需要以「獨愴然而涕下」的那般感傷思緒來應世！

〔註 4〕胡適即曾經引用《老殘遊記・自序》此段話來說明劉鶚的處境和胡適自己對劉鶚的同情：「這部小說是作者發表對於身世、家國、種教的見解的書。一個倜儻不羈的才士，一個很勇於事功的政客，到頭來卻只好做一部小說來寄託他的感情見解，來代替他的哭泣：這是一種很可悲的境遇，我們對此自然都有無限的同情。」參考胡適：《老殘遊記序》一文，歐陽哲生編：《胡適文集》第 4 集，北京：北京大學出版社，1998 年，頁 446。

六、從劉鶚的政治觀和人生觀探討其「哭泣」的主因

劉鶚和清代的一個比較特殊的思想政治學派「太谷學派」有密切的關係，《老殘遊記》基本上就是在表現太谷學派對政治時局、社會人生等的看法，更展現了太谷學派強調實學、救萬民的主張。但是也正因為其思想始終不能脫離太谷學派，使劉鶚在許多對政治上的理念都流於空談，也始終無法找到出路，他既不想和康梁為伍，又反對資產階級革命，卻又離不開封建統治階級的利益，在思想上極其複雜而且矛盾的，所以筆者從太谷學派的思想淵源入手，研究劉鶚的政治觀和人生觀，進而探究《老殘遊記‧自序》中作者哭泣的原因。

劉鶚是太谷學派傳人李龍川的入室弟子，這個以儒家為主又雜糅釋家和道家思想的學派，是嘉慶道光年間由周太谷創立的學派，其學派中的許多人物致力於儒學民間化、延續三教融合的思想可謂不遺餘力，堪稱晚清社會在學術界的一道曙光。可惜太谷學派歷經周太谷的被視為異端邪說而遭逮捕下獄而後病死，再加上同治五年（1866）的「黃崖山教案」、遭受清政府的殘酷屠殺等事件，致使這個學派長期以來的面目模糊、不受重視，甚至被定位成民間宗教性質的團體，成為流傳於民間的一波學術暗流而聲名不顯。

太谷學派的活動期間自嘉慶、道光年間至抗日戰爭爆發時為止，在長達一個多世紀的時間裡，這個學派的政治面貌始終模糊不清而且疑竇重重，不僅在初期最真實的政治面貌，目前還不能得出具體的結論，其後的學術傳播過程中似乎也充斥著反對清代政權和偏向宗教性神秘的色彩，例如范文瀾《中國通史簡編》在「不利統治階級的王學」一條中說：「咸豐同治年間，泰州人李晴峰闡明舊傳，增入反滿宗旨，秘密講授，……，泰州學派亡。」〔註5〕劉德隆《劉鶚及老殘遊記資料》也記載「學派中的春秋祭孔、祭天所著服裝，至到最後還是沿用明朝服飾。」〔註6〕不過這個學派在學術思想上一方面將宋明理學宗教化、組織化，一方面批評宋儒也批評王陽明等人；在政治思想上結合儒家民本思想而重視實行、強調禮樂教化兵農的實踐方案，則是可以清楚確定的，不論是從《太谷學派遺書》、《撚軍》史料中的《黃崖軍興紀略》、劉鶚本人的一生行事風格以及《老殘遊記》中主人公的言行舉止等，都

〔註5〕范文瀾：《中國通史簡編》，石家莊：河北教育出版社，2000年，頁824～825。
〔註6〕劉德隆等人編：《劉鶚及老殘遊記資料》，成都：四川人民出版社，1985年，頁18。

能非常清楚呈現這一類的觀點。

劉鶚是周太谷乃至李龍川一系「血統純正」的太谷學派弟子，他是這一學派的上座弟子、老師的得意門生，其思想體系自然深受太谷學派影響。尤其這個學派的哲學脈絡主要分為「王道」和「聖功」兩大方面，「王道」是指該學派的修養工夫論，「聖功」則是該學派的政治措施，藉由「王道」和「聖功」來達到「內聖外王」的最高境界。而李龍川生平所傳弟子中，得意的不過十餘人，其中出類拔萃的有蔣文田、黃葆年、毛慶蕃和劉鶚等人，他們為了實踐內聖外王而履行「教養分則」的工作，例如蔣文田、黃葆年負責講學，是實現「王道」的「教天下」職責；毛慶蕃和劉鶚專門經營實業，為學派籌措經費並且造福百姓，是實現「聖功」的「養天下」職責〔註7〕，這種強調教天下、養天下並重，以教養天下自命的態度，和當時政壇上或社會上的改革派、改良派、頑固派相比，確實堪稱特殊。

太谷學派對於國家社會和天下蒼生的理想和實踐方案，在很大程度上影響了的劉鶚的政治觀和人生觀，也為《老殘遊記・自序》中作者哭泣的原因提供了合理的解釋。而且值得注意的是雖然太谷學派的政治面貌在當時的確比較可疑，但是范文瀾《中國通史簡編》中所謂的太谷學派「反滿宗旨」，似乎沒有在劉鶚的思想中獲得延續，富於才華的劉鶚作為太谷學派中「養天下」的實業人才，除了私人性質的行醫、開書局、辦商場、置辦公司和經營地產，他也願意和清代政府合作，承辦治理黃河的工作以及籌辦電車公司、自來水廠、鋼鐵廠和船運公司等業務，這一方面充分體現了太谷學派的重視實行以養天下的理想，展現劉鶚積極入世、欲建功立業的個人抱負，更足以說明「反滿」的主張並不存在於劉鶚的思想中，畢竟在劉鶚的心中，國家的再度興盛和富強，不是推翻清政府，而是希望它再次的有所作為。但也正因為這種對清廷的封建統治仍有所期待、抱持很大的信心，甚至主動積極地努力協助日益腐朽的帝國，一旦隨之而來的卻是希望的落空和理想的幻滅時，當然會造就作者在《老殘遊記・自序》中所反映出來的無能為力的悲觀心態。

客觀來說，劉鶚不僅政治觀不太正確，而且也因此造成了充滿極度矛盾的人生觀。從《老殘遊記》第一回的「破船隱喻」可以看出劉鶚對於當時的最高統治者皇帝、包含掌握實權的內閣軍機等政治權力的核心團體，並沒有做出太多的批評，甚至還有一些嘉許之意，認為這些人物的內心還保持著把國

〔註7〕董國炎：《明清小說思潮》，太原：山西人民出版社，2004年，頁485。

家治理好的願望，不僅開明、和善而且相當願意虛懷若谷的向旁人請教治理國家、改善社會現狀的良策。而封建中央的各部門官員也大都能善盡職責，只是「各人管各人的帆，彷彿在八隻船上似的，彼此不相關照。」(《老殘遊記》第一回）無法互相照應和聯繫而已。真正被作者所厭惡和痛恨的，是封建統治階級的中下層地方官吏：「那水手只管在那坐船的男男女女隊裡亂竄，不知所做何事。用遠鏡仔細看去，方知道他在那裡搜他們男男女女所帶的乾糧，並剝那些人身上穿的衣服。」(《老殘遊記》第一回）作者認為他們才是當時直接殘害人民、剝削百姓的真正兇手，是阻撓政治改革、阻擋國家進步的障礙者。

換言之，劉鶚無法清楚認識到當時中國的政治社會瀕臨衰亡的主因，其實就是封建統治的政治和經濟基礎，他出身在傳統封建統治階級的家庭，站在統治階級的立場，除了堅決反對各種形式的革命、消極而且無條件的擁護封建社會制度，甚至把清廷之所以日益腐朽的元兇，歸咎於當時的中下階層官吏，就是這樣的一條錯誤政治觀點，造成劉鶚既不能接受孫中山的革命派、又不完全認同康梁的改革派，但是對於清廷的衰亡又抱著同情和無奈，在如此複雜的矛盾之下，造成作者最終只能通過哭泣來抒發自己內心的悲涼、困惑和無能為力。

七、結論

總的來說，劉鶚的內心世界，明顯地表露著一方面有恢復原始社會大同之世的嚮往情緒，一方面又陷入了站在封建統治階級的立場來指摘一切被壓迫者的反抗鬥爭的自我矛盾。他在《老殘遊記》裡時常顯露了既擔憂當時中國社會的命運，又因為痛恨殘酷的官吏而大膽地揭露並譴責封建統治階級下的一些政治社會亂象，卻仍然對最高統治者抱持著同情和期待，樂觀的認為封建統治階級只要有朝一日能夠重新振作，國事一定會好轉、社會動亂一定會結束。雖然他在政治上的思想道路也許不太正確，但是強烈而且積極的愛國主義情感、對於廣大勞苦百姓的悲天憫人同情胸懷始終存在。如果仔細去研究劉鶚所身處的歷史年代，理解其所經歷的生活遭遇，或許就能深刻體會他這種心境上的矛盾、對於理想的困惑以及在《老殘遊記・自序》中試圖通過小說的創作、文字語言的傳播力量在歷史長河中尋得「與吾同哭同悲」知音的複雜性格。

篇後小記

本論文原本刊載於 2019 年《彰化師大文學院學報》第 20 期（彰化：彰化師範大學，2019 年 9 月，頁 121～129）。這篇文章大約寫在筆者任職廈門大學嘉庚學院人文與傳播學院前後，當時在臺灣接到我校的應聘通知，要以《老殘遊記》作為試講的主要內容，筆者內心的緊張和忐忑不言自喻。彼時為了充分地準備好我校的面試內容，反復地閱讀這部小說，倒是重新讀出了若干不一樣的想法，因而萌發了撰寫本文的動機，在一邊準備面試時，一邊把自己對於這部小說的新的思考記錄下來。但是甫入職我校時，對於工作上的許多，事務尚在摸索階段，就把寫作的念頭擱置在一旁，時隔半年之後，因為工作、生活等方面皆已步上了軌道，才開始專注在這篇論文的寫作上。如今為了出版專書而修改此文，這一段小小的人生過往片段依舊記憶猶新。

參考文獻

一、古籍文獻

1. （清）劉鶚：《老殘遊記》，北京：中華書局，2013 年。

二、近人著作

1. 劉德隆等人：《劉鶚及老殘遊記資料》，成都：四川人民出版社，1985 年。
2. 胡適、歐陽哲生編：《胡適文集》，北京：北京大學出版社，1998 年。
3. 范文瀾：《中國通史簡編》，石家莊：河北教育出版社，2000 年。
4. 董國炎：《明清小說思潮》，太原：山西人民出版社，2004 年。

第二輯　匯　流

第一篇　從讀者反應批評理論的「敘述接受者」解讀《史記》的寫法

一、前言

中國古代的學者和作家不可能會對 80 年代之後在西方興起的讀者反應理論產生明確的認知和體會，然而這種在寫作上的思考邏輯和敘事方式，早已出現在許多古代作品中，漢代司馬遷《史記》就是一例。這充分說明了中國古典文學作家在創作過程中已開始思考文本和讀者之間的聯繫性，也有意識地從讀者的角度出發，利用各種足以吸引「敘述接受者」目光的寫作方式，令不同類型的「敘述接受者」產生閱讀興趣。

讀者反應批評理論（Reader-Response Criticism）是 1980 年代在西方文藝界興起的新文學理論，其又可簡稱作讀者反應理論（Theory of Reader-esponse），意指文學並非被局限於文本之中，而是要藉由讀者的閱讀才可實現的一種過程。由於接受美學思潮（Theory of Reception）的推波助瀾，此理論在 20 世紀中後期構成當代西方文學批評的基本走向。

雖然主張此等理論的學者們之間並沒有嚴密的共同理論，在內部主張、概念系統以及理論傾向等也各有差異，但其作為反對「新批評」學派的過度重視文本以及否定「文本是一個獨立自足的客體，意義只存在於文本之中，毋須讀者參與，也排除了諸如對作者生平、生活經歷、背景、作者對作品的看法等一切外在因素」〔註 1〕，讓世人對文藝創作的注意力從作品轉向讀

〔註 1〕（美）斯坦利·費什著，文楚安譯：《讀者反應批評：理論與實踐》一書的《前言》，北京：中國社會科學出版社，1998 年，頁 1。

者，則是該學派的共同目標。其中法國學者熱拉爾・普蘭斯曾發表了一篇《試論對敘述接受者的研究》，文中特別強調作品從寫作到被閱讀的過程，不能只關注作品敘述者的面向，作為接受作品資訊的「敘述接受者」也應受到重視。

讀者反應理論的學說以及其關於「敘述接受者」方面的探討，是現代文學理論的思維方式，古代作家對這些觀點不可能會有明確的認知和體會，不過我國第一部紀傳體的史書《史記》，其「本紀」、「世家」和「列傳」上的寫作方式多以人物為主線，再聯繫至該人物所發生的事件，作者為了讓故事背後的一些個人想法能讓讀者瞭解，也會站在讀者的角度揣摩其閱讀心理和閱讀方式，作為敘述事件和鋪寫故事劇情時的前提。這種寫作上的邏輯思考和敘事方式，已暗合於現代西方學界所關注的讀者反應理論之要求。

二、不能期望受眾皆為「冒牌讀者」

熱拉爾・普蘭斯認為，一個稱職的敘述接受者，會瞭解作者在作品中想傳遞的暗示、隱喻以及象徵性的情境等，不過在探討敘述接受者對一部作品的反應之前，必須先從創作者的心態出發，瞭解「冒牌讀者」這個概念，才可以讓「敘述接受者」的內涵更加突顯出來。此概念又被稱作「帶面具的讀者」（The Mock Reader），是由美國學者沃克・吉布森提出，其在《作者、說話者、讀者和冒牌讀者》一文中提及，在每一次文學作品的體驗中都有兩種讀者，一種是膝上攤著書本的真實讀者，另一種是作者假想的或作品所要求的讀者，亦即冒牌讀者。〔註 2〕沃克・吉布森強調，為了體驗文學作品，每一位讀者都必須按照作品語言所規定的去採取一套與自己實際生活不相符合的態度和品質，藉以充當冒牌讀者。

此即說明，相較於真實讀者，冒牌讀者是作者心中一個近乎完美的理想受眾，他彷彿是一種人工製品，願意聽從作者的支配，並且有能力在閱讀過程中簡化、抽離雜亂無章的日常情感，因此文學作品中確實可以存在冒牌讀者。本文認為，既然此概念並非真正的潛在讀者群，而是由作者指定的讀者，因此沃克・吉布森的解釋可以延伸出另一個更新的觀點，亦即創作者在寫作時，其實也是從受眾的心理出發以扮演冒牌讀者。但是即便作者已經盡力地從受眾的角度出發並假定了自己所要求的理想讀者，不過在現實情況中，並

〔註 2〕陸梅林主編：《讀者反應批評》，北京：文化藝術出版社，1989 年，頁 50。

不能期望所有的受眾都是稱職的冒牌讀者，因為大多數的讀者都只是平凡的「敘述接受者」，甚至是情況更糟的「零度敘述接受者」。

三、利用故事劇情抓住「零度敘述接受者」

熱拉爾・普蘭斯認為，對於作者而言，「理想的讀者」是一個「準確理解並完全贊同他作品中最微不足道之處以及他的微妙意圖的人」。否則只能被視為一般的、人數眾多的「敘述接受者」，並非作家心目中的理想讀者。而在眾多的「敘述接受者」中，又充斥著人數更為龐大的「零度敘述接受者」，這一類的讀者雖然懂得敘述者的語言和語辭，也具有一定程度的推理能力，然而其雖懂得所有構成語言的符號的外延，卻不代表他們一定通曉其內涵，即附加在意義上的主觀價值〔註 3〕。換言之，「零度敘述接受者」熟知一般作品的敘述規則，他們可以通過作品中已知的一句或幾句話，就能領會其前提或結果。但這一類受眾的缺點是只會「跟蹤」明確而具體的描述，如果沒有敘述者的闡述以及其所提供的資訊等說明，他們無法理解故事主人公行動的意義，也無法領悟該行動所引起的反響，甚至沒有能力分辨是道德或非道德、客觀寫實或誇張描寫、單純描寫或刻意諷刺。

此即說明，作者若要令自己的作品與受眾產生情感共鳴，首要之務是要掌握「最難以控制」的「零度敘述接受者」。《史記》作者即應用了此法，例如《項羽本紀》的「鴻門宴」是眾所皆知的一幕，作者通過宴會裡爾虞我詐之情景，讓原本比較枯燥的歷史事件變成具有閱讀趣味的故事，讓讀者深臨其境，彷彿親身參與了這場宴局。這種在寫作上的邏輯思考和敘事方法有一個很有趣的現象，即作者描寫「鴻門宴」時，刻意提高了讀者對於宴會場景的想像空間，諸如項莊舞劍、項羽的猶豫不決以及劉邦在最後的倉皇逃走等。然而對於讀者而言，普遍的敘述接受者既想像了彼時宴會上千鈞一髮的情景，也不會忘記這是秦代末年曾發生的真實歷史，但也有一些讀者會在閱讀過程中忽略了楚漢相爭的歷史背景以及故事人物的生平材料，「零度敘述接受者」即是如此。

再如司馬遷用超過 300 字的篇幅來描述《刺客列傳》〔註 4〕中荊軻刺秦王的過程。其通過縱向的時間軸，描繪了荊軻從「圖窮匕見」到追殺秦王的

〔註 3〕 陸梅林主編：《讀者反應批評》，北京：文化藝術出版社，1989 年，頁 61～62。
〔註 4〕 （漢）司馬遷：《史記》，北京：中華書局，1982 年，頁 2534～2535。

詳細經過，再到秦王反擊、主人公神色從容地慷慨赴義的最後場景，營造了緊湊又刺激的氛圍。通過作者的描述，荊軻刺秦王的過程被「放大」，秦代末年的歷史背景和秦王、荊軻等故事人物的生平材料，也很容易被「零度敘述接受者」所忽視。《史記》作者刻意使用寫法，有意識地擴大描述自己想凸顯的內容，也控制了受眾的閱讀過程，使其暫時脫離了真實歷史的時空場景，目的是要抓住這一類必須通過作品劇情引導的「零度敘述接受者」。

這涉及到讀者對於作品是否「逼真」的問題，畢竟「零度敘述接受者」對於作品的相關背景知識比較缺乏，甚至是一無所知。如此一來，作品是否「逼真」這個基本概念在他們心中反而變得無關緊要，其只在乎故事劇情是否曲折離奇或精彩可期，對於故事劇情的因果關係和背後含意，反而不甚重視。因此，當故事的發展顯得比較平凡無奇時，這些受眾自然會感到索然無味。由此可見，《史記》作者成功地利用生動精彩的描述，抓住了「零度敘述接受者」。

四、通過「太史公曰」向「敘述接受者」傳遞信號

一種文藝作品被創作出來，都能向受眾傳遞不同的信號，若是以發出「信號構成」的方式作為區分，一部作品能傳遞給敘述接受者的信號有兩大類：一類是不涉及把敘述接受者從零度接受者區分出來的信號。一類是把敘述接受者確定為一個特定的物件，並使其與慣常的準則背離〔註5〕。第一類的目的比較簡單，是重建敘述接受者的形象。第二類的目的比較複雜，是通過含蓄或明顯的暗示方法，讓敘述接受者得到應得的認知，即在文本自身的基礎上加以解釋，把各種前提、邏輯、前因後果都巨細靡遺的描寫，令敘述接受者能夠對故事劇情的每一個細節及其背後意義，有完整且清楚的理解。因此第二類有一定的寫作難度，畢竟作者既要在呈現精彩劇情的前提上，避免冗長的文字描述，又要確定「敘述接受者」能明確地接收到自己想傳遞的信號。如《張儀列傳》在記載主人公的生平時，在「張儀者，魏人也。始嘗與蘇秦俱事鬼谷先生」後刻意加上「學術，蘇秦自以不及張儀」一語〔註6〕。照理來說，作為紀傳體、以人物及其活動為寫作重點的《史記》，當作者要表達「蘇秦的學術能力不及張儀」的「信號」時，本應透過對人物及其歷經事件

〔註5〕陸梅林主編：《讀者反應批評》，北京：文化藝術出版社，1989年，頁65。
〔註6〕（漢）司馬遷：《史記》，北京：中華書局，1982年，頁2279。

等的記載，通過故事劇情的描述，讓受眾在閱讀過程中心領神會，進而有意識地將二人的能力進行比較。但作者卻擔心讀者無法通過作品裡的各種暗示，因此讓自己也進入故事情境中，在作品中直接和讀者進行對話，直接、露骨的告知讀者，兩位主角在能力上的差別。

《史記》常在諸多篇章的篇末所使用的「太史公曰」更是一種向「敘述接受者」傳遞信號的經典寫法。例如其在《管晏列傳》利用了至少三個以上的故事，竭盡所能的描述戰國時期齊國晏嬰這位人物的節約簡樸、謙和有禮以及直言進諫等性格，但為了加深讀者對於主人公的印象，並且向讀者傳遞主人公具備了傳統儒家優良品格的信號，因此該文最後有「太史公曰：……假令晏子而在，余雖為之執鞭，所忻慕焉」一語〔註 7〕，明確地說明了作者對於主人公性格的讚美與推崇。再如《商君列傳》順敘了衛國商鞅從年輕的汲汲於功名利祿到最後全家被秦孝公誅滅的一生經歷，通過一連串的故事清楚地描繪了商鞅為達目的而不擇手段的性格特質，當該文篇末刻意寫出「太史公曰：商君，其天資刻薄人也。跡其欲干孝公以帝王術，挾持浮說，非其質矣。且所因由嬖臣，及得用，刑公子虔，欺魏將卬，不師趙良之言，亦足發明商君之少恩矣。」一語〔註 8〕，主人公的殘忍少恩、虛浮誇大又苛薄、不切實等形象，實已鮮明的烙印在讀者心中了。

此即說明，《史記》為了向「敘述接受者」傳遞信號，避免「敘述接受者」無法獲得其在故事劇情中的暗示，或是接收到錯誤的信號，因此司馬遷在篇末加入了個人主觀的評論。這種寫法並不突兀，因為在西方小說中也時常可以發現這種方式，很多的西方小說作家也會嘗試從敘述接受者的角度出發，在故事進行過程中忽然介入故事情境裡，利用「讀者」、「聽者」、「我們」、「親愛的」和「朋友們」來提醒讀者，甚至對讀者進行突如其來的發問，造成「身為讀者的你和身為作者的我」，此刻都置身於小說的時空裡的錯覺。

五、結論

通過本文的研究分析，足以說明中國古典文學作家雖未有明確的「讀者反應批評」等方面的概念，但很多作品在寫法上早已暗合於現代西方文學理論的要求，尤其是善於塑造人物形象、主要以人物的活動為寫作中心的《史

〔註 7〕（漢）司馬遷：《史記》，北京：中華書局，1982 年，頁 2137。
〔註 8〕（漢）司馬遷：《史記》，北京：中華書局，1982 年，頁 2237。

記》，作者在描述人物事件和劇情發展時，已能從讀者的角度出發，關注讀者在閱讀過程中所引發的心理反應，從而吸引了數量最為龐大、也是一般作者最難掌握的「零度敘述接受者」的閱讀興趣，這是《史記》時至今日仍能成為令人愛不釋手的雋永之作的原因。

篇後小記

本論文的發表時間比較晚，是筆者在從事教學工作之餘重新拾起《史記》閱讀時，配合近幾年自己的研究興趣——敘事學，進而「再度」嘗試以敘事學理論，並結合哲學思想來分析古典文學作品。因為這是筆者攻讀博士班以來一直想要進行的研究方法，因此在當年一邊攻讀博士班，一邊兼職授課的時光裡，筆者發表了《從敘事學理論重審〈斷鴻零雁記〉的藝術價值》和《〈三國演義〉魯肅的形象與角色定位》等論文，都是在對這種文本分析方式的一種自我試煉，本書的第二輯【匯流】裡，也皆是在收錄這一種類型的論文，當然也成為了筆者在出版這本書時，最為敝帚自珍之處。

參考文獻

一、古籍文獻

1. （漢）司馬遷：《史記》，北京：中華書局，1982 年。

二、近人著作

1. （美）斯坦利．費什，文楚安翻譯：《讀者反應批評：理論與實踐》，北京：中國社會科學出版社，1998 年。
2. 陸梅林主編：《讀者反應批評》，北京：文化藝術出版社，1989 年。

第二篇　《三國演義》魯肅的形象與角色定位

一、前言

本文撰著之旨，一方面是刻畫魯肅的儒家典型謀士形象；一方面是突顯魯肅在《三國演義》劇情上的角色功能以及其所凸顯的敘事性文學意義。關於《三國演義》各方面的相關研究，迄今已堪為豐碩，以《三國演義》的人物形象而論，諸多學者先進或者著力在所謂的漢室正統人物；抑或關注於文本中曹操、孫權、周瑜等特出之輩，對於羅貫中敘述過程裡較為「扁平」的人物，卻未能有足夠的重視，其中魯肅即是一例。縱然近世學界已逐漸能正視魯肅在彼時的歷史定位，也能一針見血地剖析其在文本中的角色價值，從而總結出精闢的研究成果，但是客觀而論，仍有許多尚待深拓之處。筆者認為，魯肅在故事通篇情節中，雖然看似屈居二線的「甘草人物」，不過若是從傳統儒家觀點加以探討，則其在正史及羅貫中筆下的諸多性格描述，似有不少契合之處；又若是從《三國演義》故事劇情的鋪陳加以研究，則其在文本中的角色定位，也實具一不可或缺的「中介」性質。因此，本文擬從傳統儒家思維與故事的功能性立論，通過這兩個視角的雙重考察，藉以透顯魯肅在《三國演義》中，不可或缺又頗為鮮活的形象。

魯肅（172～217），字子敬，是孫權政權底下主要的謀士與將領，日後也在三分天下的局面中，為東吳勢力的出謀劃策，盡了不少心力，並且在周瑜去世前後，因為周瑜的極力推薦，最終取代了周瑜而接掌其國家最前線的軍事與外交等事務〔註1〕。不過魯肅身為東漢末年著名的政治家、軍事家；貴為吳軍四大都督之一，卻因為不屬於《三國演義》故事中的最主要角色，益之以羅氏筆下的一些形象描繪，使得這個原本在三國時代擁有一席之地的歷史人物，往往受到世人忽略，至於學術界對於此號人物的相關研究，當然也是屈指可數。除了散見在一些探討三國人物的書籍中的部份，若仔細考察以專著或單篇論文形式來討論魯肅其人其事的研究成果，除了吳有仁曾在1973年發表《羅貫中屈殺魯子敬》一文〔註2〕；劉思祥、周陶二位學者探討魯肅的墓葬地點〔註3〕；以及馮君實曾在1982年發表《簡論魯肅》一文，從歷史真相的視角，為魯肅稍加平反〔註4〕，舍此而外，截至2000以前，不復有任何相關於魯肅形象的重要研究成果。

學術界對於史傳或小說文本中魯肅的關注程度，必須待至近五年，例如張云江《魯肅及其〈江東對〉》〔註5〕、馬新敏《滄海橫流方顯英雄本色——談〈赤壁之戰〉之魯肅》〔註6〕、鄭佩鑫《魯肅三策與東吳建國》〔註7〕、王偉《從純文字角度看〈三國演義〉中魯肅形象》〔註8〕等。不過，雖然此類的研究課題，已逐漸有較多的成果發表，但是平心而論，相對於《三國演義》中的一些主要角色，關於魯肅其人其事等相關研究，數量仍誠屬少數，而且即便是上述這幾篇作品中，純屬學術性質的文論也比較少。因此，本文試圖在學界研究成果的基礎上，進一步的從史傳和歷史故事兩個面向作交相比對，

〔註1〕《三國志．吳書》卷五十四《魯肅傳》：「周瑜病困，上疏曰：『當今天下，方有事役，是瑜乃心夙夜所憂，原至尊先慮未然，然後康樂。……。魯肅智略足任，乞以代瑜。瑜隕踣之日，所懷盡矣。』。」又：「初瑜疾困，與權箋曰：『……魯肅忠烈，臨事不苟，可以代瑜。』……即拜肅奮武校尉，代瑜領兵。」上述兩則史事，見《三國志》，臺北：鼎文書局，1977年，頁1271。

〔註2〕吳有仁：《羅貫中屈殺魯子敬》，《古今談》第102期（1973年10月），頁22～23。

〔註3〕劉思祥、周陶：《魯肅究竟葬在何處？》，《歷史月刊》第107期（1996年12月），頁110～115。

〔註4〕馮君實：《簡論魯肅》，《東北師大學報（哲學社會科學版）》，1982年第01期，頁71～75。

〔註5〕張云江：《魯肅及其〈江東對〉》，《文史雜誌》，2006年第03期，頁78～79。

〔註6〕馬新敏：《滄海橫流方顯英雄本色——談〈赤壁之戰〉之魯肅》，《考試（教研版）》，2007年第04期，頁14、25。

〔註7〕鄭佩鑫：《魯肅三策與東吳建國》，《春秋》，2007年第06期，頁35～37。

〔註8〕王偉：《從純文字角度看〈三國演義〉中魯肅形象》，《文學教育》（下），2007年10月，頁24～27。

一方面從《三國演義》故事劇情的鋪陳作研究，藉以突顯魯肅在《三國演義》中劇情上的功能意義；一方面從傳統儒家觀點作探討，以刻畫魯肅的儒士形象，藉此突出這位在《三國演義》中，看似屈居二線的「甘草人物」，並為其在世人眼中，所謂過分憨厚老實、近乎愚忠而迂腐的性格，作適度的平反，更希冀利用此二個研究方向，突顯魯肅的人物形象。

二、正史中的魯肅及其在《三國演義》中的形象

（一）《三國志》對魯肅的評價

1. 任俠仗義、氣魄過人的形象

根據《三國志》等史料的記載，魯肅是一位「待困頓者以仁」、「對朋友有義」、「對國家、君王盡忠」並且「擇善固執」的儒家典型人物。《三國志・魯肅傳》開篇即云：「（魯肅）家富於財，性好施與。爾時天下已亂，肅不治家事，大散財貨，摽賣田地，以賑窮弊結士為務，甚得鄉邑歡心。」〔註9〕其記載魯肅出生富貴之家，在董卓之亂時，變賣家中土地，以財貨賑濟貧困的宗族鄉親，並以此結交四方之士，可以發現正史中的魯肅是一位豪爽俠義、深得人心的具有鮮明性格和形象的人物。宋代裴松之注引韋昭《吳書》中也記載，魯肅學過擊劍、騎射，還曾經招集青年，在山裡習兵講武，甚至包吃包住，儼然形成了一批私人武裝部隊：

> 吳書曰：肅體貌魁奇，少有壯節，好為奇計。天下將亂，乃學擊劍騎射，招聚少年，給其衣食，往來南山中射獵，陰相部勒，講武習兵。……。後雄傑並起，中州擾亂，肅乃命其屬曰：「中國失綱，寇賊橫暴，淮、泗閒非遺種之地，吾聞江東沃野萬里，民富兵強，可以避害，寧肯相隨俱至樂土，以觀時變乎？」其屬皆從命。乃使細弱在前，強壯在後，男女三百餘人行。州追騎至，肅等徐行，勒兵持滿，謂之曰：「卿等丈夫，當解大數。今日天下兵亂，有功弗賞，不追無罰，何為相偪乎？」又自植盾，引弓射之，矢皆洞貫。騎既嘉肅言，且度不能制，乃相率還。肅渡江往見策，策亦雅奇之。〔註10〕

根據正史的記載，青年時期的魯肅，不僅散盡家財以接濟貧困，更勤習武

〔註9〕（晉）陳壽撰，（宋）裴松之注：《三國志・魯肅傳》，臺北：鼎文書局，1977年，頁1267。

〔註10〕（晉）陳壽撰，（宋）裴松之注：《三國志・魯肅傳》，臺北：鼎文書局，1977年，頁1267～1268。

藝、演練兵法，練就了一身的軍事才能，為了避亂而渡江之後，也因儒雅與奇才等行止風範，頗受孫策所欣賞。上述引文所謂「吾聞江東沃野萬里，民富兵強，可以避害」的登高一呼、「州追騎至，肅等徐行，勒兵持滿」的壯士風采，乃至於「引弓射之，矢皆洞貫」的高強武藝，簡直可以和小說《三國演義》中周瑜、關雲長等人的形象比肩而立，而魯肅長相的魁梧、性格的剛強、豪爽與大方，以及聰穎睿智、能文能武、屢見奇功等形象，更依此自見。

日後，魯肅也因為幫助時任地方小官的周瑜，並接濟周瑜大量的兵糧，數量竟已經是魯肅自己原有米糧的一半！這讓早就久聞魯肅大名的周瑜非常感動，對魯肅予以高度的讚賞，並更加肯定魯肅決非等閒之輩，兩人也從此結為好友〔註 11〕。這一方面可見魯肅的慷慨、豪邁氣度；另一方面，相信魯肅早年此舉，應該就是奠定他未來受到周瑜器重並極力推薦給東吳君王的主因。

誠如上文所述，魯肅雖然年少，卻也深知生逢亂世，與其困守家中祖業，不如大散財貨以收買人心、廣結人才，如此行止，不僅受到父老鄉親的擁戴，也獲得未來的重要夥伴周瑜的真心相待，更甚者，是當時已居高位的軍閥袁術，也久聞其名，任命他做家鄉臨淮東城的縣長〔註 12〕。根據這些歷史故實，足以想見魯肅的目光深遠與見識非凡，其利用深厚的財力與人心等資源，不僅建立了自己的名聲，也引起令人注目的社會效應，故能振臂一呼，即雲集眾人，為爾後建功立業的理想，紮下深厚的社會基礎。

2. 思路清晰、眼光獨到的政治敏銳度

范蠡、岳飛、文天祥等輩的「上馬擊賊盜，下馬草露布」之儒將風範，可謂我國古代文人的最高境界，上馬能夠為將，下馬亦能為相，這種「允文允武」的形象在魯肅身上，也能清楚得見。

當周瑜向吳王孫權引薦了魯肅之後，孫權旋即接見魯肅，與他「合榻對飲」，煮酒密談。在這次密會中，魯肅向孫權提出「漢室不可復興，曹操不可卒除」、「鼎足江東，以觀天下之釁」等多項建言，並且策略性的規劃出「剿

〔註 11〕史傳記載周瑜擔任巢縣長時，久聞魯肅大名，帶著數百人去拜訪他，順便向他求助一些兵糧。而魯肅竟把家中一半的米糧，毫不吝惜的直接讓給周瑜。這一段歷史故實，參考（晉）陳壽撰，（宋）裴松之注：《三國志．魯肅傳》，臺北：鼎文書局，1977 年，頁 1267。

〔註 12〕《三國志．魯肅傳》：「袁術聞其名，就署東城長」。參考（晉）陳壽撰，（宋）裴松之注：《三國志》，臺北：鼎文書局，1977 年，頁 1267。

除黃祖，進伐劉表，竟長江所極，據而有之，然後建號帝王以圖天下」一系列圖謀天下的計劃性進程〔註 13〕。魯肅認為，曹操實是一名強大的敵人，不僅不好對付，也無法馬上去除，所以孫權的首要之務，並非與曹操正面交鋒，而是順應三國鼎立的發展趨勢，消滅黃祖、乘勢北上與西進，先立足江東、盤據在長江一帶，待至地盤穩固、兵強馬壯，再伺機奪取天下，和曹操一爭高下。

此即說明，魯肅在此時早已預見了「天下三分」的局面，並且為孫權逐一分析了未來形勢底下，必然會遭遇到的對手與目標，甚至真知灼見地制定了一個長遠的戰略規劃，勾畫了一幅宏偉的政治藍圖，從而強烈震撼了孫權的心靈，並信任地委以重任。

依此，通過史冊的記述，魯肅的深謀遠慮、智慧過人，以及思路清晰的政治頭腦，實已表露無遺，益之以魯肅的「先三分，後一統」計畫、「視佔領荊州作為成就帝王霸業」的首要目標，這些都與七年後的諸葛亮替劉備規劃的方案，異曲同工、所見略同〔註 14〕，這也正是近世學界會拿魯肅與孔明與之比擬，並且稱其與孫權的此次會面是「孫權版或東吳版的《隆中對》」〔註 15〕。

3. 高人一等的戰略眼光

到了風起雲湧的三分天下時代，劉表病故、劉備乘勢竄起，魏、蜀、吳各據山頭的大勢已定，魯肅也立即調整戰略，轉向聯合劉備、對抗曹操。《三國志．魯肅傳》記載：「肅請得奉命吊表二子，并慰勞其軍中用事者，及說備使撫表眾，同心一意，共治曹操，備必喜而從命。如其克諧，天下可定也。今不速往，恐為操所先。」〔註 16〕此足見魯肅是一位具有強烈政治敏感度的人物，畢竟魯肅對於江東集團未來的發展，早已構思了一成套的想法，其所謂「三分天下」是孫權、劉表與曹操，且荊州必須在劉表的手上，如今劉表

〔註 13〕（晉）陳壽撰，（宋）裴松之注：《三國志》，臺北：鼎文書局，1977 年，頁 1268。

〔註 14〕魯肅的「三分」是孫權、劉表、曹操；孔明的「三分」是孫權、劉備、曹操。所以易中天認為，孫權、劉備兩大集團中，獨魯肅與孔明二人關係最好，很重要的原因之一，正是二人觀點相同、主張一致，所以惺惺相惜。參考易中天：《品三國志》上冊，上海：上海文藝出版社，2006 年，頁 163～164。

〔註 15〕易中天，《品三國志》上冊，上海：上海文藝出版社，2006 年，頁 161。

〔註 16〕（晉）陳壽撰，（宋）裴松之注：《三國志》，臺北：鼎文書局，1977 年，頁 1269。

病故，孫權和劉備若不能及時形成聯盟，荊州很容易被最強盛的魏國奪取，所以孫權也馬上批准此計畫，讓他即刻啟程，親自出使荊州，為赤壁之戰的勝利創造了先決條件。這正是東晉史學家裴松之所謂：「劉備與權並力，共拒中國，皆肅之本謀。」〔註 17〕其認為魯肅是吳、蜀能夠合作抗曹的重要關鍵。

日後，當曹操大致統一了北方，進而想統一全國，因而揮師南下，計畫攻打荊州。面對直逼東吳而來的強敵，以張昭為首的大多數將士臣子，皆傾向於依附曹操，藉以求得國事安寧，魯肅則是獨排眾議，極力反對孫權與曹操二陣營的軍事合作：「會權得曹公欲東之問，與諸將議，皆勸權迎之，而肅獨不言。權起更衣，肅追於宇下，……。」魯肅認為曹操自恃甚高，必定爭取主導權，因此二陣營表面上的合作，其實是孫權從屬於曹操、在曹操底下做事，如此一來孫吳有失自己的格局，更無法從如此局勢中，取得圖謀大業的共識〔註 18〕。

當時魯肅甚至嚴正地勸諫吳王：「將軍迎操，欲安所歸？」投降曹操之後，好不容易建立的江東集團，當然也會因此付之一炬，從此又該如何安身立命？孫權聽聞魯肅的言論之後，不禁大歎：「此諸人持議，甚失孤望；今卿廓開大計，正與孤同，此天以卿賜我也。」〔註 19〕這正是裴松之注《三國志．周瑜傳》所謂：「建計拒曹公，實始魯肅」〔註 20〕其認為這次東吳危機事件之所以能圓滿解決，應歸功於魯肅。

4. 小結：文韜武略的政治家形象

綜觀史書中所表現者，皆是魯肅的見識與謀略，以及為了孫吳建國等帝王之業的大目標，堅持力爭、在所不惜的鮮明性格，更可以依此得見魯肅的策略其實與自己主上暗合，也讓孫權因為能得魯肅這位謀士而得意欣喜，因此學者易中天直言魯肅是「東吳集團政治路線和政策策略的設計師」〔註 21〕，

〔註 17〕（晉）陳壽撰，（宋）裴松之注：《三國志》，臺北：鼎文書局，1977 年，頁 1269。

〔註 18〕（晉）陳壽撰，（宋）裴松之注：《三國志》，臺北：鼎文書局，1977 年，頁 1269～1270。

〔註 19〕（晉）陳壽撰，（宋）裴松之注：《三國志》，臺北：鼎文書局，1977 年，頁 1270。

〔註 20〕（晉）陳壽撰，（宋）裴松之注：《三國志》，臺北：鼎文書局，1977 年，頁 1262。

〔註 21〕易中天：《品三國志》上冊，上海：上海文藝出版社，2006 年，頁 198。

這種說法亦不失公允。

又《三國志・魯肅傳》曾經記載：「張昭非肅謙下不足，頗訾毀之，云肅年少粗疏，未可用。」〔註 22〕張昭是孫策時代即具有一定份量的重臣，其曾經因為孫權任用「謙下不足」的魯肅而頗有微詞。上述這一則史料原本是記述張昭總是批評魯肅，認為他未能謙遜地對待下屬，因此時常在孫權面前批評魯肅，責難年輕的魯肅處事不夠周密，無法托以大事。但是我們不妨轉換一下視角，以另一種角度來看待這一則史料——魯肅可能在年少時候即已鋒芒畢露，惹得孫權身旁的一批老臣妒忌眼紅。

另外，魯肅在建安二十二年（217 A.D.）病故，《三國志・呂蒙傳》記載魯肅過世後，孫權曾經對陸遜提起當年自己和魯肅君臣之間的往事：

> 公瑾昔要子敬來東，致達於孤，孤與宴語，便及大略帝王之業，此一快也。後孟德因獲劉琮之勢，張言方率數十萬眾水步俱下。孤普請諸將，諮問所宜，無適先對，至子布、文表，俱言宜遣使修檄迎之，子敬即駁言不可，勸孤急呼公瑾，付任以眾，逆而擊之，此二快也。〔註 23〕

這是君王對自己臣子的客觀而且高度之評價，其一方面感歎當年往事；一方面也在言語中透露了自己能夠得到魯肅這位謀士的欣喜之色。更甚者，是我們可以從孫權的語談之中，清楚的瞭解當初的「合榻對飲」一事對於孫權的建立帝業，確實有非常重要的影響。

綜合上文所述，根據《三國志》等史傳材料的記載，讀者可以很清楚地得知在真實歷史中魯肅的人物形象——體格魁梧、好使奇計，在三國亂世中，其變賣家產、周濟窮人、任俠仗義；智勇雙全、謀略甚遠、深闇局勢；而且具有自己的主張與見解，甚至具備輔佐君王以爭天下的野心，頗具十足的人格魅力，誠非小說《三國演義》中的附屬於周瑜、孔明底下的小角色。《三國志》評曰：「周瑜、魯肅建獨斷之明出眾人之表，實奇才也。」〔註 24〕這樣的評論足以得見在真實的三國歷史之中，這位被稱為「奇才」的魯肅，其人物形象

〔註 22〕（晉）陳壽撰，（宋）裴松之注：《三國志》，臺北：鼎文書局，1977 年，頁 1269。

〔註 23〕（晉）陳壽撰，（宋）裴松之注：《三國志》，臺北：鼎文書局，1977 年，頁 1280～1281。

〔註 24〕（晉）陳壽撰，（宋）裴松之注：《三國志》，臺北：鼎文書局，1977 年，頁 1281。

不僅鮮明，而且在吳國的地位與重要性並不遜於周瑜，而是當與周瑜並列，同為東吳出色的政治家和軍事領袖。

（二）魯肅在《三國演義》中的形象

學者夏志清認為，中國古典小說中所述之故事人物，自有定型的儒家英雄形象：「儒家英雄與戀人及好色之徒不同的地方，在於他以大公無私的精神獻身於公道與秩序，以求實現自我。」〔註 25〕若是仔細考察魯肅在正史中「少有壯節，好為奇計」以及在天下紛亂之時「大散財貨，摽賣田地，以賑窮弊結士為務」、「學擊劍騎射，招聚少年，給其衣食，往來南山中射獵」等行為舉止，頗能符合夏氏所謂「滿懷奉獻理想的儒家英雄」的典範〔註 26〕。然而，反觀以「漢室為正統」的《三國演義》小說故事情節中，其儒家英雄形象卻被眾多的蜀國部將所取代，更甚者，是羅貫中等小說家為了抬高這些蜀國部將的地位和形象，早已利用各種敘事方式，讓本可堪稱「儒俠」的魯肅敬陪末座，成為平庸不過的一介「迂儒」了！

1.「忠厚近迂」的形象在宋代之後已然形成

本文認為，以「漢室為正統」的《三國演義》，為了凸顯蜀國勇將能臣的事蹟，難免在極盡刻劃之餘，有意識地犧牲了吳、魏二地中，本該叱吒風雲、活躍於真實三國歷史的人物。除了周瑜，魯肅更是一鮮明事例，因此在羅貫中筆下，魯肅成為一位忠厚善良有餘、能力勇氣皆不足的老實人，其穿梭在吳、蜀兩大陣營，忙碌地扮演「傳話」、「執行」、「探問」等幾近「跑龍套」的角色。例如《三國演義》第五十二回中，作者生動地描述了魯肅夾在周瑜和孔明之間，不時的隨著孔明的指揮而盲目起舞，甚至被蜀國諸將領耍弄得暈頭轉向。這種敘事模式，猶似美國學者浦安迪所謂的「反諷」概念〔註 27〕，亦即利用大量的事件與次要角色，使得主角的光環得以更臻綻放。由是，《三國演義》中的魯肅，自然也成為「反諷」修辭底下的眾多「犧牲者」之一了。

（1）《三國志平話》中的魯肅形象

嚴格來說，魯肅這種人格特質的形塑，誠非始於《三國演義》。早在宋代

〔註 25〕夏志清：《中國古典小說史論》南昌：江西人民出版社，2001 年，頁 25。
〔註 26〕夏志清：《中國古典小說史論》南昌：江西人民出版社，2001 年，頁 20～26。
〔註 27〕（美）浦安迪（Andrew H .Plaks）講演，樂黛云、張文定主編：《中國敘事學》北京：北京大學出版社，1996 年，頁 116。

平話、金院本和元明戲曲等三國戲的作者筆下，其忠厚卻又無能、善良卻又懦弱等形象，已經逐漸成形，筆者推測這應該是晚唐兩宋以降「以劉備為正統」的三國故事已大肆盛行之故，例如李商隱《驕兒詩》云：「或謔張飛胡，或笑鄧艾吃」〔註 28〕，又如蘇軾《東坡志林・懷古》的「塗巷小兒聽說三國語」條：「王彭嘗云：『塗巷中小兒薄劣，其家所厭苦，輒與錢，令聚坐聽說古話。至說三國事，聞劉玄德敗，頻蹙眉有出涕者；聞曹操敗，即喜唱快』。」〔註 29〕此即說明，唐宋時期連在街邊玩耍的孩童聽聞三國故事，都會因「劉玄德敗」而皺眉甚至傷心流淚，更會為了曹操的挫敗而大呼過癮。這般情景，除了顯示宋仁宗時代實已盛行三國故事之外，更可以得見當時在北宋都城汴梁的民間說唱藝人、遍及平民百姓都喜歡「擁劉反曹」的故事內容。

換言之，這種抬高蜀將形象來凸顯漢室正統地位的傾向，至少在宋代已然定型。今試以元代英宗至治年間（1321～1323）的《全相三國志平話》（下文簡稱《三國志平話》）為例，其雖是刻於元代的話本，但主要的故事情節在宋代即已形成。《三國志平話》凡上、中、下三卷，卷中描寫道：

> 卻說張飛趕皇叔，至晚見皇叔。武侯曰：「此真將也！使旗迎住曹操軍卒，主公盛行五十里。曹操必中吾計。」皇叔喜。來日，軍行路，吳地有名將魯肅字子敬，問曰：「遠赴荊州與荊王弔孝。皇叔來為何？」諸葛出馬見魯肅，相揖，魯肅大驚：怎知道臥龍又投了劉備！諸葛：「你更不知曹賊一百萬軍至荊州，劉琮降了曹賊，有意吞吳國。魯肅你意何如？皇叔南赴江吳，見家兄劉璧。」魯肅不言，暗思：俺劉璧與予相知，有皇叔、諸葛當投我主公。〔註 30〕

這是魯肅在《三國志平話》中的第一次登場，亦即赤壁戰役開打之前，魏、蜀、吳三方在戰前的種種運作籌畫。此時故事中的魯肅，內心還忖度著孔明應該會投靠自己的陣營，成為吳國的生力軍，不料事與願違，且日後孔明竟成為赤壁之戰裡運籌帷幄的最具份量人物。

《三國志平話》中魯肅出場最多的部分，是整個赤壁之戰始末，這部作

〔註 28〕（唐）李商隱：《李商隱詩集疏注》，臺北：里仁書局，1987 年，頁 657。
〔註 29〕（宋）蘇軾撰，王松齡點校：《東坡志林》北京：中華書局，1981 年，頁 7。
〔註 30〕（元）福建建安虞氏刻本，作者不詳：《三國志平話》，臺北：文化圖書公司，出版年不詳，頁 59。

品直接跳過了青年時期的魯肅，對魯肅經由周瑜推薦而成為勸進吳王的謀臣角色等事蹟一概省略。不過在《三國志平話》中所形塑的魯肅，雖然角色不致含糊，其喜怒哀樂的個性表現也不失鮮明，但主要角色總是蜀國君臣、尤其是被《三國志平話》形容成「身長九尺二寸，年始三旬，髯好烏鴉，指甲三寸，美若良夫」的孔明〔註 31〕，魯肅位居次要的二線人物地位，在這個時候其實已然定型。統觀魯肅在《三國志平話》中卷的下半段登場之後，乃至於《三國志平話》下卷的赤壁之戰結束後的戰役餘韻，魯肅的角色總被故事定位在周瑜底下，是周瑜謀劃策略之後的計畫執行者。例如：

> 卻說周瑜到於江岸，各下寨，與魯肅評議：「吾有一計。」魯肅問，周瑜言：「托虜（討虜）有一妹，遠嫁劉備，暗囚臥龍之計，可殺皇叔。」元帥使魯肅過江見托虜，言孫夫人嫁劉備，陰殺之。〔註 32〕

根據上述材料，周瑜策略、魯肅執行並且回報狀況，其中又總穿插了計謀被孔明識破而惹得魯肅必須忙碌地在兩大陣營中周旋，這些似乎成為《三國志平話》中魯肅「最擅長」的事務。

以魯肅說媒、欲將「討虜將軍」孫權的小妹嫁給劉備一事為例，魯肅對於周瑜此計不僅誠心佩服，而且認真地確實執行，他親自渡江見孫權，告訴孫權「孫夫人嫁劉備，陰殺之」的暗殺計畫，又遠赴荊州，親自為這件「假親事」說媒，不料被劉備、孔明識破，孔明使計讓領了五千兵馬，當中卻暗藏了二十員將官，造成本想「倘若荊州城鬧了，乘勢可取」的魯肅在荊州城外就吃了悶虧，更甚者，是《三國志平話》對於此次事件的評價：「魯肅壞了周瑜第一條計」〔註 33〕。

這一連串的事件不禁令人感歎，認真執行計畫、努力周旋於雙方之間的魯肅，最後不僅徒勞無功，還背上「壞了周瑜計謀」的罵名，魯肅這般忠實卻又能力不足的人物形象，在這段故事情節中顯而易見。

魯肅的「忠厚無能」已是如此，在《三國志平話》下卷所述「引薦龐統」而遭孫權怒斥一事，更是讓魯肅的「懦弱」形象被徹底呈現出來：

〔註 31〕（元）福建建安虞氏刻本，作者不詳：《三國志平話》，臺北：文化圖書公司，出版年不詳，頁 63。

〔註 32〕（元）福建建安虞氏刻本，作者不詳：《三國志平話》，臺北：文化圖書公司，出版年不詳，頁 73。

〔註 33〕（元）福建建安虞氏刻本，作者不詳：《三國志平話》，臺北：文化圖書公司，出版年不詳，頁 73～74。

數日，到金陵府。孫權曰：「厚葬之。」做好事月餘了畢，魯肅對孫權舉薦龐統。孫權罵魯肅：「前者劉表死，你赴荊州弔孝，引劉備在夏口，又引諸葛過江，美言說動三十萬軍，百員名將，把了柴桑渡，相拒曹操；又使一計，赤壁大戰，破曹操一百萬軍，吾折卻數萬軍，沒了數十個名將、黃蓋；劉備又奪了荊州十三郡，使村夫氣殺愛將周瑜，使我心碎萬段！」唬魯子敬喏喏而退。〔註 34〕

根據上述材料，周瑜過世之後，魯肅向孫權推薦龐統，或許是痛失愛將的心緒在此刻爆發了；抑或著實怨忿魯肅的無能；又或者歸咎於龐統的怪奇長相，讓孫權大動肝火的責怪魯肅，把這些日子以來的種種錯誤戰略計畫，逐一細數、惡狠狠地怒斥了他。魯肅嚇得「喏喏而退」，之後絕口不敢再提此事。

這段「精彩」的怒罵情節，其實已經刻意地將魯肅的毫無主見、怯懦膽小形象，詮釋得淋漓盡致了，對照在正史《三國志・龐統傳》中魯肅對劉備所云的一席話：「龐士元非百里才也，使處治中、別駕之任，始當展其驥足耳。」〔註 35〕其識人之明、深怕伯樂痛失千里馬的睿智形象，簡直是判若兩人！

（2）元代雜劇中的魯肅形象

早在《三國演義》成書之前，金院本即有《刺董卓》、《罵呂布》、《赤壁鏖兵》、《襄陽會》、《大劉備》等「三國戲」，而元雜劇以及各地民間戲曲中的「三國戲」更是多不勝數，且許多情節也被後來正式成書的《三國演義》所參考與採用〔註 36〕。

至於詳細考察金元雜劇搬演三國史事者，也至少能有 30 餘種，其中述及魯肅並且清楚刻劃其形象的作品，可以關漢卿《關大王獨赴單刀會》為代表（以下簡稱《單刀會》）。《單刀會》劇演關羽鎮守荊州，魯肅對於先前自己

〔註 34〕（元）福建建安虞氏刻本，作者不詳：《三國志平話》，臺北：文化圖書公司，出版年不詳，頁 78。

〔註 35〕（晉）陳壽撰，（宋）裴松之注：《三國志》，臺北：鼎文書局，1977 年，頁 954。

〔註 36〕陶君起《京劇劇碼初探》所著錄的「三國戲」即多達 140 餘種，每一劇碼幾乎都能與《三國演義》的情節相互聯繫。而沈伯俊主編的《三國演義辭典》所錄「三國戲」之數目更為可觀：京劇有 245 種、川劇 99 種。河南戲劇研究所編《豫劇傳統劇碼簡介》所錄「三國戲」有 79 種。《山西地方戲曲彙編》所錄「三國戲」有 147 種。

「出借荊州」的失策而感到懊悔，總思索著該如何向劉備陣營索討回來，因此策畫計謀，約請關羽過江赴宴。關羽明知有詐，仍是胸有成竹的帶領周倉等隨從，乘著一葉小舟，從容不迫地「單刀赴會」。

值得注意的，是正史中所記述的「單刀赴會」，主角其實是魯肅，《三國志・魯肅傳》：

> 肅邀羽相見，各駐兵馬百步上，但請將軍單刀俱會。肅因責數羽曰：「國家區區本以土地借卿家者，卿家軍敗遠來，無以為資故也。今已得益州，既無奉還之意，但求三郡，又不從命。」語未究竟，坐有一人曰：「夫土地者，惟德所在耳，何常之有！」肅厲聲呵之，辭色甚切。羽操刀起謂曰：「此自國家事，是人何知！」目使之去。備遂割湘水為界，於是罷軍。〔註 37〕

《三國志》中的魯肅隻身赴會，清楚的呈現其利用過人的謀略和膽識，不僅折服了名將關羽，也為東吳爭取到極大的利益，更讓孫、劉聯盟免於破裂。不過待至後代小說家與劇作家的筆下，魯肅之無能與懦弱的最鮮明表現，反而是在這次事件上，《單刀會》是如此，《三國演義》亦復如是〔註 38〕。

客觀來說，《單刀會》故事情境的前提，基本上與《三國志平話》如出一轍，皆是把「以劉備為正統」作為核心概念，再配合上述美國學者浦安迪所謂的「反諷」概念，亦即透過劇中其他人物的一些言談，則魯肅和關羽的境界高低在戲劇的刻意鋪陳中立判。例如「單刀赴會」在正式拉開序幕之前，作者就故意要讓魯肅預先自我忖度一番，例如元代關漢卿《關大王獨赴單刀會》：

> 想當日周瑜死於江陵，小官為保，勸主公以荊州借與劉備，共拒曹操。主公又以妹妻劉備。不料此人外親內疎，挾詐而取益州，遂並漢中，有霸業興隆之志。我今欲索取荊州，料關公在那裡鎮守，必不肯還我。〔註 39〕

〔註 37〕（晉）陳壽撰，（宋）裴松之注：《三國志》，臺北：鼎文書局，1977 年，頁 1272。

〔註 38〕在《三國演義》第六十六回中，生動地描述了魯肅被右手提刀的關羽嚇得魂不附體，「如癡似呆」地被關羽拖到江邊，望著從容不迫的關羽乘著小舟隨風而去。

〔註 39〕（明）趙元度輯：《孤本元明雜劇》第一冊，台南：平平出版社，1974 年，頁 23。本文引關漢卿雜劇《單刀會》語，以此書為本。

關漢卿《單刀會》中寫道關羽不肯歸還，但不歸還又如何？真正令魯肅所擔心的是關羽「韜略過人」，因此在討索過程中，必然是困難重重。其後《單刀會》寫道，待至魯肅前往喬國老住處商討對策時，喬公亦云：「這荊州斷然不可取！想關雲長好生勇猛，你索荊州呵，他弟兄怎肯和你甘罷？」魯肅非但不聽勸，甚至起了以多欺少、以強淩弱的歹毒之心：

（魯云）俺這裡有雄兵百萬，戰將千員，量他到的那裡！

（末唱）你則待要行霸道，你待要起戰討。

（魯云）我料關雲長年邁，雖勇無能。

（末唱）你休欺負關雲長年紀老。

《單刀會》寫道，其後魯肅再問：「小官不曾與此人相會；老相公，你細說關公威猛如何？」喬國老答道：「想關雲長但上陣處，憑著他坐下馬、手中刀、鞍上將，有萬夫不當之勇。」根據上述，通過《單刀會》中喬公的描述，關羽的智勇雙全、萬夫莫敵已能清楚得見。至於魯肅則是無能卻又充滿心眼，甚至還欲仗勢欺人，諸如他一再強調，關羽若是同意送還荊州則可「萬事罷論」，否則他必定「將他一鼓而下」、「大勢軍馬，好歹奪了荊州」。這種愚昧固執又不知天高地厚等心緒，甚至萌生殺機，竟打算在席間加以殺害，因此《單刀會》中的讓喬公不禁歎唱道：「你則待千軍萬馬惡相持，全不想生靈百萬遭殘暴！」〔註 40〕

《單刀會》第二折則是在描述喬國老苦勸魯肅未果，索性邀魯肅一同前往關羽舊識司馬徽住處，目的正是欲以司馬徽的觀點，讓魯肅能有自知之明——無論是智取抑或豪奪，索討荊州一事，絕非魯肅能力範圍所及之事。不料魯肅仍一意孤行，《單刀會》寫道：

（魯云）我便索荊州有何妨？

（末云）他聽的你索取荊州呵！（唱）他圓睜開丹鳳眸，輕舒出捉將手；他將那臥蠶眉緊皺，五雲山烈火難收。他若是玉山低趄，你安排著走；他若是寶劍離匣準備著頭。枉送了你那八十一座軍州！

（魯云）先生不須多慮，魯肅料關公勇有餘而智不足。到來日我壁間暗藏甲士，擒住關公，便插翅也飛不過大江去。我待要先下手為強。

〔註 40〕（明）趙元度輯：《孤本元明雜劇》第一冊，台南：平平出版社，1974 年，頁 26。

（末云）大夫，量你怎生近的那關雲長？（唱）〔註41〕

根據上引的材料，可以清楚地看見《單刀會》中魯肅的形象可謂昏愚、不自量力到極點，不論喬國老和司馬徽如何好言相勸，仍無法讓其打消念頭，反而認為自己志在必得。所以《單刀會》第二折終了前，只見司馬徽無奈地說：「休說貧道不曾勸你。」〔註42〕

直言之，在《單刀會》中的第一折和第二折中，其實已經詳盡交代了喬國老和司馬徽二人堅決反對魯肅用計巧奪荊州，但是愚昧昏庸的魯肅仍然堅持己見，執意設下這場「鴻門宴」。這似乎暗示了魯肅在《單刀會》故事裡的最終結果——飲恨失敗、倉皇逃回江東，鋪設了可以預見的情境。

關漢卿《單刀會》的第四折是全劇最精彩之處，劇中魯肅的怯弱形象，成為關羽英勇無畏、正氣凜然的最佳陪襯。例如《單刀會》述及魯肅以迂回的話術和長篇大論，只為了說明自己「索討荊州」的正當性，殊不知關羽竟然豪爽的直接切入主題：「你請我吃筵席來，那是索荊州來？」關羽的直率不羈，反而嚇得魯肅失了分寸，連忙陪笑說：「沒、沒、沒，我則這般道。孫、劉結親，以為唇齒，兩國正好和諧。」我們自然能想見隨後的劇情當然是關羽反客為主、步步進逼，最後揭穿了魯肅陰謀，讓魯肅只得悻悻然地離開江東〔註43〕。

通觀《單刀會》第四折的劇情，關羽從容不迫，先發制人；魯肅則唯唯諾諾、膽怯不堪，絲毫不見第一折、第二折裡，策畫詭計時的意氣風發。而且透過劇曲作者的妙筆生花，使得此處的劇情，簡直不是魯肅在制伏關羽，反而是關羽掌握了魯肅的命運。

2. 魯肅在《三國演義》的出場情況

根據上述，即便在正史中的魯肅是一位任俠仗義、膽識過人又具有獨到的政治頭腦和戰略眼光的人才，但是其在宋代以來民間所流傳的三國故事中，早已被形塑成忠厚善良卻又懦弱無能的平庸人物。在《三國志平話》中，魯肅總是只配擔當「傳聲筒」、「計畫執行者」等角色，一旦面臨重要事務，其更

〔註41〕（明）趙元度輯：《孤本元明雜劇》第一冊，台南：平平出版社，1974年，頁30～31。

〔註42〕（明）趙元度輯：《孤本元明雜劇》第一冊，台南：平平出版社，1974年，頁31。

〔註43〕（明）趙元度輯：《孤本元明雜劇》第一冊，台南：平平出版社，1974年，頁39～41。

是毫無主見、怯懦膽小；而在《單刀會》的劇情中，其與關羽在歷經正面衝突之後，致使詭計完全落空而無法得逞，尤其對比在關羽的從容不迫、毫不畏懼等形象，魯肅更顯得左支右絀、毫無才幹可言。

換言之，魯肅在民間的形象根本不需待至《三國演義》的出現，其忠厚老實、近乎迂腐無用，其實已經幾乎被完全定型了，益之以羅貫中利用《三國志平話》等三國故事為底本，擴而充之的最後結果，就是讓魯肅完全湮沒在三國風雲的浪潮之下，成為孔明、周瑜、關公等重要主角身旁的附屬品。職是，本文考察魯肅在《三國演義》中的人物形象，即可針對其在故事中的出場情況而論，冗雜的詳細故事內容與事件，則不再贅述。

以《三國演義》一百二十回本而論，魯肅出場最多的部分，與《三國志平話》所營造的時空相仿，皆是在赤壁之戰開打前後。除了在第四十八回中只是曹操提到的物件之外〔註 44〕，魯肅在小說中出場的情況，約計有 22 次。不過，真正有對白、或者有具體的行為舉止，在書中僅 16 次，為了方便論述，本文以表格釋之：

出場序	目　次	概　要
第 1 次	第二十九回	魯肅經由周瑜推薦，並勸進、服侍吳王的角色
第 2 次	第四十二回	自第二十九回之後，再次出場要等到此回，且在章回的後半段大量出現，占了極大篇幅。
第 3 次	第四十三回	故事中的人物形象鮮明，情結結構中也居於重要的位置：孔明是主角，魯肅是第一配角、第二主角。
第 4 次	第四十四回	作為輔助主角的功能，使主角的計策得以更輕易達成；傳話於二個主角之間、詢問主角，使主角的心理、觀念得以讓讀者知道的角色漸漸形成。
第 5 次	第四十五回	人物形象與第四十四回類似。
第 6 次	第四十六回	都是以刺探孔明內心想法、利用詢問以引導出周瑜計謀的方式，作為魯肅的出場方式。
第 7 次	第四十七回	情況同於第四十六回，而且角色份量較少。
第 8 次	第四十九回	作為突顯周瑜生病、孔明可醫的故事主軸人物。
第 9 次	第五十一回	居於次要地位的情況，已經完全確立了。

〔註 44〕《三國演義》第四十八回：「操大喜，命左右行酒。飲至半夜，操酒酣，遙指南岸曰：『周瑜、魯肅不識天時。今幸有投降之人，為彼心腹之患，此天助吾也。』」

第 10 次	第五十二回	可謂魯肅角色強弩之末、迴光返照的一篇：又稍微有一些個人主張，使人物形象不致過於扁平。不過就出場的頻率而言，也相對減低。
第 11 次	第五十三回	整體情況與第五十二回相似：有一些個人主張，但出場頻率相對減低。
第 12 次	第五十四回	又屈居二線，穿梭在孔明與周瑜之間，再次淪為孔明、周瑜中間的「傳令者」的位置。
第 13 次	第五十六回	情況同於第五十四回。
第 14 次	第五十七回	周瑜在此回中猝逝。魯肅眾望所歸，代周瑜之職。但人物形象卻沒有因此而提高太多，雖然在引見龐統給孫權時，有一些較鮮明的言行，但大體而言，則是因為周瑜這個大主角的消失，而成為猶似「單方向視窗」一般地，變成了單純引導孔明計策給讀者知道的位置。
第 15 次	第五十八回	角色沒有聲音，而且利用故事劇情的提點，說明魯肅又要準備奔波在吳、蜀之間了
第 16 次	第六十六回	消失好一段時間後，在此回出現時，一方面在主子孫權面前，有一些個人主張，並獨挑吳國大樑；但主要是透過魯肅欲拉攏關雲長，最後卻反被關雲長捉弄得不知所措的故事內容，襯托出關雲長的急智與威猛。

另外，在《三國演義》第六十六回之後，關於魯肅的事蹟還出現過 6 次。不過，此時已經無任何鮮明的人物形象了。一直到這個角色的消失，魯肅僅是故事其他人物提及的對象而已，諸如：在第六十七回中，只在故事中被提到一次。第六十九回也被提到一次，用以描寫魯肅之死：「操令卜東吳，西蜀二處。輅設卦云：『東吳主亡一大將，西蜀有兵犯界。』操不信。忽合淝報來：『東吳陸口守將魯肅身故。』操大驚，便差人往漢中探聽消息。……」小說故事對於魯肅的死，並沒有太多且詳盡的敘述，僅是通過曹操陣營的一些情況向讀者「告知」魯肅在此時已經過世，僅此而已。再如：第七十五回、第七十七回，魯肅是孫權在言談之中，偶然遙想的對象；在第八十二回中，通過趙諮的應答與孫權的感歎，分別再次被提及；在第八十三回中，闞澤應答主子孫權時也提到魯肅。

根據本文的統計與整理，魯肅在《三國演義》的第四十四回中已經可以被讀者感受到其居於次要位置的現象了。而在第四十六回中，居於次要地位的情況已經幾乎定型；且魯肅不再有太多個人的主見與好惡，其總是貫串於周瑜、孔明之間，藉以聯繫劇情發展的地位，這種狀態也在此時漸漸凸顯出來。

綜合上述，讀者自然能總結出魯肅在《三國演義》中的出場狀況：首先，魯肅在第二十九回的第一次出場後，接著便要遲至第四十二回才會出現第二次。其次，第四十二回之後到第五十八回之前，是魯肅出場較為頻繁的時間，接著再消失一陣子，到了第六十六回，才會再次出現，不過這也是魯肅出場的最後一次了。復次，第六十七回和第六十九回中，魯肅只在故事中被其他主角各提到一次，而且第六十九回是描述魯肅之死，這時已是極盡簡易之能事地提點魯肅的身故，羅貫中利用曹操陣營中的探子回報「東吳陸口守將魯肅身故」一語來交代魯肅之死，這個目的似乎只是在告知讀者，讓魯肅在故事中的結束有個交代而已！最後，魯肅在第六十九回被宣佈死亡之後，又分別在第七十五回、第七十七回、第八十二回、第八十三回等四處，被故事中的其他人物遙想一番，益之以故事劇情著重在漢室的描述，所以魯肅只剩下被故事人物「憑弔、追悼」的戲份了，由是在第八十三回之後，魯肅這號人物就此完全消失了！

總的來說，《三國演義》中的魯肅是一個「很疲累的角色」，他總是不斷地奔波於兩國之間；作者刻意透過這種不停的來回穿梭往返的劇情，目的當然是為了讓周瑜、孔明、劉備等鮮明人物的想法、姿態和樣貌等鮮明輪廓，能藉由這種方式勾勒出來，故事的主軸也才能繼續進行。另外，雖然在正史中擁有極高歷史評價的魯肅，實非《三國演義》中的最主要角色，但讀者仍能得見其人是在小說中可以被「勉強」受到重視的一位人物，所以才能在《三國演義》中，得到這種「備受緬懷」的殊榮！

三、魯肅在故事情節裡的功能及其意義

對於後世的讀者而言，魯肅在《三國演義》中並非主要角色這件事已經沒有太大的疑議。不論是休閒性質的閱讀或者學術性質的研究小說，世人也總是關注於主角的特殊性，往往容易忽略了配角在故事情節中所發揮的功能與意義。魯肅在《三國演義》中所扮演的角色即是一例。

（一）從故事人物的角色功能性來論述《三國演義》中的魯肅

英國學者福斯特曾經將小說中的人物概分為「圓形人物」和「扁平人物」，並特別說明後者或可稱作「類型人物」，他們相對於思維和遭遇皆繁重、複雜的「圓形人物」、「典型人物」而往往具備了「易於辨認與記憶的人

物性格」、「容易預測其舉動」、「能用三言兩語即能清楚交代其人」等特質〔註 45〕。福斯特這個說法已經被現今學界所廣為接受，而魯肅在《三國演義》中的角色也誠屬福斯特所謂的「扁平人物」的「類型人物」，他被作者羅貫中簡單的交代身世、背景與接受推薦、任職孫吳之後，就消失了好一片刻，再經過十多篇的章回劇情發展之後，羅貫中在第四十二回中為了概述三國情勢，提到「江東孫權，屯兵柴桑郡，聞曹操大軍至襄陽，劉琮已降，今又星夜兼道取江陵，乃集眾謀士商議御守之策。」之後（《三國演義》第四十二回），魯肅在此時發聲了，其向孫權獻策說明如何聯繫劉備陣營來抗衡曹操，通過君臣之間的對話，魯肅就這麼「順勢」地再次進入故事中，從此成為穿梭於兩大陣營的仲介角色。至於在《三國演義》的往後十餘篇章回中，魯肅成為愚鈍而事事都要詢問周瑜的人物，成為周瑜底下使喚的對象，或者通過與孔明、周瑜問答，再借由魯肅之口詢問，使讀者得知這兩位主角的一些計策。如此一來，魯肅「配角」的位置已經不言而喻。

不過，魯肅身為故事中的「配角」，雖然看似沒有值得讀者重視的價值，實際上卻是貫串於小說結構裡，促使情節得以順利推進的人物。如今許多小說故事中「配角」的這項功能，確實已經被中外學者所普遍肯定，例如俄國學者巴赫金在評述阿普列烏斯（Apuleius,Lucius）的小說《金驢記》時，特別強調小說中的某些特定角色，諸如：騙子、僕人、妓女、冒險家與交際花等，往往以第三者、局外人的立場，或者身處主角的生活周遭，引導主角的言行或思維〔註 46〕，而讀者當然也能藉此窺伺小說主角的一切活動、瞭解作者在鋪陳故事時，情節行進的主軸。

明末清初的金聖歎似乎也已經領悟到「配角」具有「推動情節發展」的功能，金聖歎把這種方式稱為「借勺水興洪波」（《紅樓夢》第 73 回）。學者葉朗也說：「有的次要人物，作家把他們創造出來，並不是著眼於這些人物本身的性格和命運，而是推動故事情節的發展。」〔註 47〕並認為我國小說中的「配角」其實可以視為作者的一種修辭策略，他們的出現是為了「對比」和

〔註 45〕（英）佛斯特（Forster，E. M.）撰，李文彬譯：《小說面面觀》，臺北：志文出版社，1974 年，頁 59～68。

〔註 46〕（俄）巴赫金（M. M. Bakhtin），白春仁、曉河譯：《小說理論》，山東：河北教育出版社，1998 年，頁 306～320。

〔註 47〕葉朗：《中國小說美學》，臺北：里仁出版社，1994 年，頁 113。

「襯托」主角〔註48〕。根據上述，讀者自然可以發現許多小說故事的作者在對這些「配角」安排行為以及與其他人物的談話時，往往是在暗藏玄機，主要目的即是方便故事情節或事件的開展。

職是，雖然魯肅這個角色在《三國演義》裡會隨著故事劇情而逐漸居於次要的地位，不過《三國演義》的作者依然會利用故事中魯肅的一些言行舉止，使得接下來的情節得以成功而且自然的延續下去。例如在《三國演義》第四十六回中的孔明借箭事件裡，魯肅刺探孔明的內心想法，並且利用詢問的方式來引導出周瑜的計謀，這不僅讓兩大陣營的主要人物皆能鮮明的表現出各自的立場與謀略，作者更是在借由這種方式，方便故事劇情的推展。換言之，魯肅確實不是「孔明借箭」事件中的一位醒目的人物，然而透過他的穿梭往返、貫串於兩大主要人物之間，足以讓整起事件有了緊湊的聯繫。尤其在《三國演義》第四十六回中，魯肅雖然是周瑜的臣屬、屬於孔明的敵對陣營，不過當孔明說出「子敬只得救我！」並且提出借調船隻和軍士的要求時，其一方面因為私交的因素而答允孔明；一方面也是對孔明的借用人員、物品等的舉動產生好奇（《三國演義》第四十六回），魯肅在此時所處的故事情節的位置，正好符合而且兼具了法國學者羅蘭巴特（Roland Barhes）所謂的將「配角」理解為「幫助者」或「敵對者」的定義〔註49〕。

總的來說，從魯肅在《三國演義》中的功能及其意義而論，這個人物角色穿梭在兩大陣營之間，透過刺探、詢問等舉動，最主要目的是為了讓故事中的主要人物更鮮明地顯現其形象，例如在《三國演義》第四十五回中，魯肅和孔明的交手和過招，就讓毛宗崗留下了一句總批：「文有正襯，有反襯。寫魯肅老實，以襯孔明之乖巧，是反襯也；寫周瑜乖巧，以襯孔明之加倍乖巧，是正襯也。」（毛宗崗讀《三國演義》第四十五回的總批）雖然毛氏似乎認為「正襯」的敘事方式會比「反襯」更加有力道，不過小說作者刻意借助魯肅的言行舉止來襯托孔明的形象一事，是不容反駁的事實，而且在小說的這個章回中所體現出來的周瑜的疑惑和慨歎；諸葛亮的從容和鎮靜，甚至包括這兩大主角的相互較勁與形象的差異，都有賴於魯肅這個角色的活動等交錯刻畫而得以進行，一但失去魯肅的穿梭其中，孔明和周瑜兩位人物的形象以及其相互爭鬥的鮮明畫面，就無法鮮活的表現出來了！

〔註48〕葉朗：《中國小說美學》，臺北：里仁出版社，1994年，頁168。
〔註49〕轉引自葉朗：《中國小說美學》，臺北：里仁出版社，1994年，頁148～149。

另外，小說中的主要人物，或者經由魯肅的幫助而擺脫原本陷入困境的局面，更足以營造日後更重要的故事高潮，魯肅在「孔明借箭」事件中所扮演的角色即是一例。這即是說，雖然魯肅這個「配角」經常是貼近於、配合於、依附於其他主角而存在，其一些言行的出現與真實性，也甚至容易被讀者所忽略，但是這並不表示魯肅在小說中的地位不及主角重要，畢竟他「發聲」之處，總是相應了主角的存在，此誠如巴赫金所謂：「小說中的講話者也不一定就是小說中的具體主角」〔註 50〕羅貫中預設這個「發聲」的角色，目的是為了映襯、突顯其他主角的言行和思維，而上引的巴赫金所論，確實提供了一種新的思維方式，這種論述不僅彌補了只從主要人物之視野觀看的局限，更有助讀者以不同的視角來觀察小說的故事結構。

最後，其實羅貫中對於魯肅這個角色在故事劇情中的配置也著實巧妙——通過連續而不間斷的敘事層次來遞減其重要性。例如魯肅在《三國演義》第五十一回的第九次出場，其居於次要地位的情況已經完全確立了，雖然在第五十二回的第十次出場，魯肅似乎又有「迴光返照」的趨勢，不過在此後的章回裡，魯肅在故事中只要稍微有一些個人主張，其人物形象就不至於太過於扁平，不過相形之下，他的出場頻率又會相對減低。但是當魯肅「再度回到扁形人物」時，他在小說故事中便會頻頻出現了。筆者認為，這是羅貫中在安排情節時的一個極為有趣的現象。

（二）通過敘事學觀點來評析《三國演義》中的魯肅

1. 魯肅是「反諷」敘事手法下的「犧牲者」

美國學者浦安迪（Andrew H. Plaks，1945～）曾以敘事學的角度提出「反諷」的修辭概念，並利用「反諷」概念來詮解四大奇書：「反諷的目的就是要製造前後印象之間的差異，然後再通過這類差異，大做文章。」〔註 51〕浦安迪甚至認為，後世在探討《三國演義》和明代的其他三部奇書時，必須把注意力集中在「作者如何運用正文中形象映襯和情節起伏等寫法所由產生的反諷，也就是主要通過故事中重現人物之間產生反諷意味的呼應效果上。」〔註 52〕故

〔註 50〕（俄）巴赫金（M. M. Bakhtin），白春仁、曉河譯：《小說理論》，山東：河北教育出版社，1998 年，頁 122。

〔註 51〕（美）浦安迪（Andrew H. Plaks）講演，樂黛云、張文定主編：《中國敘事學》，北京：北京大學出版社，1996 年，頁 116。

〔註 52〕（美）浦安迪著，沈亨壽譯：《明代小說四大奇書》，北京：中國和平出版社，1993 年，頁 345～346。

其所謂的「反諷」，蓋指作者在小說故事中，不正面刻劃或者平鋪直述某個角色，卻藉由事件的描繪抑或其他角色之口來建構其輪廓，促使讀者的心理能夠預設並導向作者所預設的那一幅故事畫面。其他的小說故事中的人物亦同，以《三國演義》為例，關雲長的義重如山；劉備的仁愛寬厚、知人善任卻又隱約透著無能與虛偽；孔明這般忠貞與智慧、幾近半妖半神的形象等，都是讀者在閱讀文本之後所能體認到的角色的人格特質，這正是魯迅在評論《三國演義》對人物的描寫時所謂：「欲顯劉備之長厚而似偽，狀諸葛之多智而近妖；惟於關羽，特多好語，義勇之概，時時如見矣。」〔註 53〕不過這些性格特徵，也誠如浦安迪所謂「反諷的技巧之一，是對敘事角度的操縱。」〔註 54〕皆是肇因於作者的竭力刻意描繪，讓讀者完全按照作者模擬的情境或線索，不自覺地成為看似理所當然的自我意識。

魯肅在《三國演義》中的人物形象亦復如是，不過客觀來說，魯肅其實是羅貫中筆下「反諷」敘事手法下的「犧牲者」。因為魯肅的忠厚老實又近乎迂腐無用的形象，實際上是為了反襯出周瑜、蜀國部將等人的聰慧或武勇，畢竟「對比」、「反襯」等形式，是小說類作品最常見的「反諷」敘事手法，例如《三國演義》也運用了大量的人物對話、故事情境等敘事手法，目的是為了對比曹操和劉備的人品與器量〔註 55〕，這正是浦安迪所謂：「通過一系列正反事例去探索歷史成就的參數」〔註 56〕。況且小說家一方面可以藉由「反諷」來突顯人物的鮮明形象，當然也可藉此去刻意地抑制某個人物，因此當故事情節中出現魯肅、周瑜、諸葛亮等人的對談或交手場面時，小說家總極盡刻劃之能事，將是輩的言行舉止、處事態度、解決問題的能力等與之對比，例如《三國演義》每每刻意地通過魯肅的提問，讓孔明引出決定故事發展主線的一大段話，而二人的才能高下也因此有了明顯的對比。在這種敘事方式不斷累積之下，真正歷史中的魯肅形象被刻意的扭曲與遏止，相形之下，孔明、周瑜、關羽等人的形象，確實也在這樣的敘事過程中被更加地提升了。

〔註 53〕魯迅：《中國小說史略》，上海：上海古籍出版社，1998 年，頁 87。

〔註 54〕（美）浦安迪（Andrew H. Plaks）講演，樂黛云、張文定主編：《中國敘事學》，北京：北京大學出版社，1996 年，頁 116。

〔註 55〕（美）浦安迪著，沈亨壽譯：《明代小說四大奇書》，北京：中國和平出版社，1993 年，頁 378～387。

〔註 56〕（美）浦安迪著，沈亨壽譯：《明代小說四大奇書》，北京：中國和平出版社，1993 年，頁 347。

2. 魯肅在《三國演義》中的「喜劇」成分

客觀來說，當浦安迪在探討《三國演義》中的「反諷」意味時，其主要申論的對象仍是以周瑜、曹操、劉備以及蜀國部將等人在小說中所發生的重要故事內容為主。因此魯肅的形象與行止，終究淪為不過是小說家擬欲通過「反諷」以凸顯主要角色的工具之一。換言之，浦安迪的「反諷」概念，其實比較適用於《三國演義》中的周瑜、曹操、劉備等主要人物，並讓這些角色的形象更為生動、更讓閱讀者印象深刻，此自不待言。相形之下，魯肅在小說裡的「反諷」敘事手法中則淪為一個被小說家利用的物件，職是之故，若是僅以「反諷」概念來詮解魯肅在《三國演義》故事情節中的功能與價值，確實不夠清晰也不夠全面，必須輔以其他敘事學理論的分析，始能更臻完善，夏志清（1921～）提出的「喜劇」概念即是一例。

夏志清的「喜劇」理論足以詮釋魯肅在《三國演義》中的功能與價值的原因至少有兩處，首先，夏氏認為《三國演義》中的魯肅與周瑜二人，同屬於孔明的「喜劇陪襯」：

> 正史記載了諸葛亮、魯肅、周瑜、孫權之間的許多對話，羅貫中無論何時在其小說中重述這些對話時，魯肅和周瑜也是以目光遠大、勇氣百倍的政治家出現時，與孫權手下其他怯懦的謀士恰成對照。但在虛構成分比較多的場景中，他們僅僅成了諸葛亮足智多謀的喜劇陪襯。〔註57〕

夏志清甚至利用西方著名偵探小說的角色作為比喻——孔明猶似扮演著夏洛克・福爾摩斯，而歷史上實是一位「名副其實的偉大而睿智的政治家」魯肅，則便成了福爾摩斯身旁的助手華生醫生，永遠天真、永遠被孔明的遠見和精明驚得目瞪口呆。

夏志清認為，正因為《三國演義》有如此的「喜劇情調」，讓原本較為枯燥的真實歷史顯得輕鬆愉快，讀者不僅可以讀來更加的痛快，也能與小說作品中較嚴肅的部分形成鮮明的對照。不過若是要建構「喜劇情調」的情節，實有一個重要的前提，亦即除了主要角色之外，許多次要角色大多會被設定成「漫畫式人物」。例如夏志清認為《三國演義》在描寫赤壁之戰始末時，最重要的角色即是孔明，為了凸顯和美化孔明，羅貫中「將這一戰鬥中的其他

〔註57〕夏志清：《中國古典小說史論》，南昌：江西人民出版社，2001年，頁66。

重要將士變成了漫畫式的人物。」〔註 58〕換言之，當小說家能有意識地將一些次要角色「漫畫化」，則「喜劇」的敘事手法實得以有效落實，所以夏志清說：「作為一個小心翼翼踏上小說創作道路的偉大的歷史原材料改編者，羅貫中只有把周瑜和魯肅的歷史真實性漫畫化，才能獲得這一喜劇。」〔註 59〕此即說明，正如許多中國京劇的劇情一般，主角們總是需要丑角的陪襯，當這些滑稽人物或者醜惡人物在中國傳統戲劇裡偶而輕鬆的穿插、並引人發笑的同時，正是一種「漫畫式」的勾勒手法。這些中國古典戲曲中的形塑人物的藝術手法，不僅營造出較為輕鬆的喜劇情調，也因為角色漫畫化的演繹和暴露，讓原本枯燥、嚴肅的情節得以被稀釋，更有助於重要劇情的連貫。

夏志清提出「漫畫式人物」來詮解《三國演義》中的魯肅，這種說法確實精妙，不僅讓魯肅在《三國演義》中的形象及其功能有了合宜的解釋，諸如：將此說置於「草船借箭」的場景，魯肅成為智慧的孔明旁邊，不可或缺的重要陪襯；運用在「單刀赴會」的情節中，則魯肅的怯弱與無能又成為關羽強悍、武勇形象的重要對比。捨此而外，通篇三國故事中的許多次要角色，諸如：趙云、孫策、陳宮、禰衡等人，也因此各自擁有其存在於某些特定情節的重要價值了。

四、結論

歷史演義原本就可以被視為一個虛構的文本，而且即便某些題材完全是由作者虛構，從而偏離了真實歷史，仍然不減其文學價值。可惜在這種情況之下，便逐漸讓《三國演義》中的魯肅，從原本傑出的智士，因為其他主要人物的光芒甚盛而被完全遮掩起來了！無論是正史或小說，魯肅是孫權手下地位僅次於周瑜的人物，不過作為孫吳集團的核心之一，身為許多戰略方針的策劃者，卻被後世的民間人士乃至於羅貫中形塑成忠厚有餘、才智不足，成為了經常是孔明、周瑜鬥智下的被戲弄者；是窩囊而又平庸的好人，並以如此一臉愚相，來襯托諸人的聰慧。故黃文山感慨道：「這樣一位元雄才大略的將帥，在文藝作品中本應該光輝四射。然而，有意思的是，魯肅不曾被時勢埋沒，不曾被當時的政治家們埋沒，卻被千百年後的文人們埋沒了。」〔註 60〕

〔註 58〕夏志清：《中國古典小說史論》，南昌：江西人民出版社，2001 年，頁 66。
〔註 59〕夏志清：《中國古典小說史論》，南昌：江西人民出版社，2001 年，頁 67。
〔註 60〕黃文山：《被「埋沒」的魯肅》，《中學生時代》，2008 年第 02 期，頁 20。

因此魯肅被塑造成這般形象，也不能完全歸咎於《三國演義》，在《三國志平話》與雜劇《單刀會》中，早已出現刻意貶抑魯肅的意味，待至羅貫中擴寫了整部歷史演義，為了秉持晚唐兩宋以降，民間「以漢室為正統」、「尊劉貶曹」等價值觀，於是魯肅的忠厚、無能與懦弱，已完整而且清楚的呈現在世人眼前。換言之，歸結其主因，蓋民間三國故事的影響力，實遠遠超越了正史，是吾人若無法仔細體察，僅以娛樂性質閱讀《三國演義》時，這位沒有孔明的過人智慧、沒有周瑜的風流才華、沒有關羽的膽識氣魄的「漫畫式」人物，確實很容易被閱讀者下意識地輕易忽略，最終淪為三國故事中，陪伴在主角身旁的一片綠葉。

綜合上述，魯肅在《三國演義》中的情節結構裡，確實承擔了一個不可或缺的位置，他的應答言語，總是對後來的劇情影響重大，也因此使得故事的鋪陳不致斷裂。換句話說，在羅貫中筆下其功能意義實大於形象塑造。依此，即便史書已深刻記載魯肅看到時任小官卻有才幹的周瑜，毫不吝惜的慷慨解囊；是劉子揚口中的「英才」；張昭所非議的「年少麤疎」；孫權口中的「明於事勢」，甚至有近世學者直接把魯肅與諸葛亮、曹操、司馬懿並列為「四大戰略家」〔註 61〕。但是，一但將其搭掛在羅貫中筆下英雄輩出、群星燦爛的三國風雲時代，魯肅角色的重要性，反而是落在借由敘事學角度來申論時，才能體現其功能與價值。

篇後小記

本論文原本刊載於 2014 年《弘光人文社會學報》第 17 期（台中：弘光科技大學通識教育中心，2014 年 5 月，頁 25～51），是筆者在早期嘗試以敘事學理論，並結合哲學思想來分析古典文學作品的一項代表。但畢竟當時尚在「學習」和「練習」的階段，除了在寫作語法上的不成熟，在內容方面也比較偏向於整理文獻的面貌。因此，筆者借由本書的出版，對這篇論文的內容和結構等方面，進行了很大幅度的改動。

參考文獻

一、古籍文獻

1. （晉）陳壽撰，（宋）裴松之注《三國志》，臺北：鼎文書局，1977 年。

〔註 61〕張錦池：《中國四大古典小說論稿》，北京：華藝出版社，1993 年，頁 56。

2. （元）福建建安虞氏刻本，作者不詳：《三國志平話》，臺北：文化圖書公司，出版年不詳。
3. （明）趙元度輯：《孤本元明雜劇》，台南：平平出版社，1974 年。
4. （明）羅貫中：《三國志通俗演義》：上海：上海古籍出版社，1994 年。

二、近人著作

1. （英）佛斯特（Forster，E. M.）撰，李文彬譯：《小說面面觀》，臺北：志文出版社，1974 年。
2. （俄）巴赫金（M. M. Bakhtin）著，白春仁、曉河譯：《小說理論》，山東：河北教育出版社，1998 年。
3. （美）夏志清，胡益民等譯《中國古典小說史論》，南昌：江西人民出版社，2001 年。
4. （美）浦安迪講演，樂黛云、張文定主編：《中國敘事學》，北京：北京大學出版社，1996 年。
5. （美）浦安迪著，沈亨壽譯：《明代小說四大奇書》，北京：中國和平出版社，1993 年。
6. 馬新敏：《滄海橫流方顯英雄本色——談《赤壁之戰》之魯肅》，《考試》（教研版）2007 年第 4 期，頁 14、25。
7. 王偉：《從純文字角度看〈三國演義〉中魯肅形象》，《文學教育》（下），2007 年第 10 期，頁 24～27。
8. 方詩銘：《三國人物散論》，上海：上海古籍出版社，2002 年。
9. 葉朗：《中國小說美學》，臺北：里仁出版社，1994 年。
10. 馮君實：《簡論魯肅》，《東北師大學報》（哲學社會科學版），1982 年第 1 期，頁 71～75。
11. 劉向軍：《三國演義的哲學藝術》，瀋陽：遼寧人民出版社，2001 年。
12. 劉思祥、周陶：《魯肅究竟葬在何處？》，《歷史月刊》，1996 年 12 月第 107 期，頁 110～115。
13. 劉鐵生：《三國演義與敘事藝術》，北京：新華出版社，2000 年。
14. 齊魯青：《三國研究與中國文化》，成都：巴蜀書社，1992 年。
15. 許盤清、周文業整理：《三國演義、三國志對照本》，南京：江蘇古籍出版社，2002 年。

16. 李炳彥、孫兢：《說三國．話權謀》，臺北：遠流出版事業公司，1994年。
17. 吳有仁：《羅貫中屈殺魯子敬》，《古今談》，1973年10月第102期，頁22～23。
18. 余振邦：《三國人物叢譚》，臺北：臺灣商務出版社，1995年。
19. 沈伯俊：《三國漫談——人物．情節．名段（上）》，臺北：遠流出版事業公司，2002年。
20. 張雲江：《魯肅及其〈江東對〉》，《文史雜誌》，2006年第3期，頁78～79。
21. 鄭佩鑫：《魯肅三策與東吳建國》，《春秋》，2007年第6期，頁35～37。
22. 段啟明：《羅貫中與三國演義》，瀋陽：遼寧教育出版社，2000年。
23. 顧念先：《三國人物述評》，臺北：臺灣書店印行，1962年。
24. 郭瑞林：《〈三國演義〉的文化解讀》，上海：上海古籍出版社，2006年。
25. 陶君起、馮沅君等：《三國演義研究》，臺北：木鐸出版社，1983年。
26. 黃文山：《被「埋沒」的魯肅》，《中學生時代》，2008年第2期，頁19～20。
27. 龔弘：《三國人物》，濟南：齊魯書社，2005年。
28. 葛楚英：《〈三國演義〉與人才學》，臺北：遠流出版事業公司，1992年。
29. 譚洛非主編：《三國演義與中國文化》，成都：巴蜀書社，1992年。
30. 禚夢庵：《三國人物論集》，臺北：臺灣商務印書館，1996年。

第三篇　《官場現形記》對清末官場生態及社會現象的批判

一、前言

本文認為，在《官場現形記》的時代背景以及故事內容的基礎上，可以發現作者李寶嘉對清末官場生態及社會現象展開了四個方面的重點批判：一是舊時代政治傳統官員表現出的迂闊、貪腐和濫權等吏治陋習；二是知識份子為了標榜清高的形象而對理學思想的扭曲和誤用；三是清末人士在面對新舊思想交會時思想觀念差異和衝突也更加深化，造成尊卑觀念的混淆、階級意識的模糊；四是基於懼洋、排外的心理，造成了官場和社會上的尖銳矛盾。作者在傳統社會瀕臨崩潰之際對封建官僚政治進行總體剖示的內容，清晰地體現晚清在面臨西潮拍岸、新思潮和舊文化交替時所呈現的一些特殊社會現象。

李伯元（1867～1906）所著的《官場現形記》自1903年開始連載於《世界繁華報》。他在《文明小史・楔子》中，以「謗書自昔輕司馬，直筆於今笑董狐」自嘲此書為謗書而非刻意寫史〔註1〕。這部小說旨在刻畫腐敗而面臨崩潰的清王朝，嘲諷時事，又為應於商人之托、合於廣大讀者胃口而「特緣時勢要求，得此為快」〔註2〕，不僅要深刻體現晚清政治社會風氣，也要相當程度地反映民心。所以魯迅以「揭發伏藏，顯其弊惡，而於時政，嚴加糾彈，或更擴充，並及風俗」，「辭氣浮露，筆無藏鋒，甚且過甚其辭，以合時人

〔註1〕（清）李伯元：《文明小史》，臺北：廣雅出版公司，1984年，頁2。
〔註2〕魯迅：《中國小說史略》，上海：上海古籍出版社，2004年，頁205～207。

嗜好」〔註 3〕評述這一類譴責小說。

另外，徐復觀〔註 4〕認為，我國古典小說大多記錄了正史摒棄的材料，補充了歷史的缺陷，並在一定程度上剖示了一個時代的社會橫切面，若善加審視並適當篩選內容，必然成為一個時代的歷史側寫。孫寶瑄《忘山廬日記》的《十月一日，晴》中寫道：「《官場現形記》所記多時有其事，並非捏造。余所知者，即有數條，但易姓改名，隱約其詞而已。」又有《十月二日》寫道：「其刻畫人情世態，已入骨髓」〔註 5〕。張中《李伯元與官場現形記》、魏紹昌《李伯元研究資料》和林瑞明《晚清譴責小說的歷史意義》等書，也直接肯定了作者所敘皆有其事。更有學者根據史料對小說描寫的人物進行比較，總結出晚清官場人物的八種典型例子。〔註 6〕所以現有關於《官場現形記》的研究，大多針對小說故事內容是否合於歷史事實，或單純解釋「官」的形象，又或泛論晚清官場黑暗面，卻未能明確地逐一指出作者究竟批判了哪些官場生態和社會現象。因此，本文先分析《官場現形記》的時代背景，再以小說故事內容為研究物件，整理出作者對清末官場生態及社會現象進行的四個重點批判，以更清晰地展現小說批判的實際內容。

二、《官場現形記》的時代背景

李伯元寫作《官場現形記》時，正值國內新舊勢力相互激蕩、維新和保守二派鬥爭的高潮期，各種思維分歧造成的社會思潮的急速蛻變，以及新舊文化交會下的社會景況，被這本小說保留下來。

李伯元生活在同治到光緒年間，而咸豐到宣統四朝正是清末最風雨飄搖的年代。統治階層對百姓思想與言論的約束力已大不如前，又有上海租界地的保護，使得作家們大膽、甚至極盡誇張地抨擊腐敗官僚。1894 年中日簽訂《馬關條約》後，李伯元創辦《遊戲報》，開始利用報刊來譏刺時政，一吐胸中塊壘。庚子年間八國聯軍之役後，國家又陷入更加艱困的境地，即「政令倒行，海內失望，多欲索禍患之由，責其罪人以自快」〔註 7〕根據顧頡剛記

〔註 3〕魯迅：《中國小說史略》，上海：上海古籍出版社，2004 年，頁 205。

〔註 4〕徐復觀：《中國文學論集》，臺北：學生書局，1974 年，頁 458。

〔註 5〕續修四庫全書編纂委員會編：《續修四庫全書》，上海：古籍出版社，1995 年。

〔註 6〕周貽白：《官場現形記索隱》，《文史雜誌》，1948 年第 6 卷第 2 期，頁 56～63。

〔註 7〕魯迅：《中國小說史略》，上海：上海古籍出版社，2004 年，頁 205～206。

載，光緒辛丑年朝廷宣佈變法推行新政而廣納各地人才，李伯元受朝廷大臣保薦，雖其絕意堅辭不赴卻仍遭御史彈劾，被指「文字輕佻，接近優伶」不應薦舉，彈劾的御史正是李伯元在報刊上嬉笑怒罵「以文字開罪於周」的對象之一〔註8〕。當時文壇及小說作家圈，諸如劉鶚的《老殘遊記》、吳趼人的《二十年目睹之怪現狀》、曾樸的《孽海花》等，也因為清廷對社會控制力的日漸薄弱而開始大膽地通過「譴責」方式，以極盡辛辣諷刺的激烈筆法揭露各種社會現象。

清末文人以譴責筆法來揭露時弊並廣泛傳播，這與報刊事業的蓬勃發展緊密相關。光緒二十一年（1895）七月，康有為創設「強學會」，緊扣強學會「開風氣、開知識、合大群」宗旨的《強學報》應運而生。根據王爾敏《清季學會匯表》統計，從光緒二十一年（1895）一直到清王朝覆亡為止，集會結社、介紹新知和鼓吹新思想的學會團體多達 163 個〔註9〕，這些學會大多創辦報章刊物，對於傳播新知識和新思維都發揮很大的作用。光緒二十四年（1898），主張「白話文為維新之本」的丁福保等人於無錫成立「白話學會」並發行《無錫白話報》（後改為《中國官音白話報》）〔註10〕。光緒二十七年（1901），李伯元將盛極一時的《遊戲報》轉手而另創《世界繁華報》。光緒二十九年（1903）年前後出現第二波辦報高潮，根據《上海通志》的資料統計，新增報刊由 1903 年 53 種發展到 1911 年 209 種，足見報刊事業的蓬勃發展。這種環境提供了文人暢所欲言的輿論空間，再加上報館創辦人和選稿、編輯人員刻意選用暴露官場、抨擊時弊的作品，對譴責小說的興起有很大的幫助，例如 1904 年創刊於上海的《時報》在 1904 到 1911 年間共刊登 173 篇短篇小說，多數都是譴責官場時弊的主題，擔任小說撰寫和負責來稿選編的陳景韓和包天笑，本身就對譴責小說充滿興趣，他們刻意選擇作品類型，讓《時報》湧現大量批判官場和揭露時弊的短篇小說。清末的辦報高潮和新聞輿論環境，讓李伯元等人敢於盡情地批評時局，也使得中國報刊事業得以迅速的蓬勃發展。譴責小說在和報刊的互相影響之下，形成一個極為有利的寫作環境與作品發表的場合。

〔註8〕顧頡剛：《官場現形記之作者》，《小說月報》，1979 年第 15 卷第 6 期，頁 14。
〔註9〕王爾敏：《晚清政治思想史論》，臺北：學生書局，1969 年，頁 134～165。
〔註10〕林瑞明：《晚清譴責小說的歷史意義》，臺北：臺灣大學出版委員會，1980 年，頁 19。

三、《官場現形記》對清末官場和社會的四個重點批判

（一）封建政治傳統的吏治陋習

中國古代社會長期處於封建統治之下，並依靠封建傳統思想維持社會穩定，雖然建立了一些太平盛世，但在傳統社會逐漸崩解的晚清時代，益之以官僚階層的生活腐敗與道德墮落，原先傳統的權威與支柱漸形失墜，即便一些守舊派仍勉強支撐著搖搖欲墜的帝國，但是不分優劣地堅守傳統，反而更加暴露封建社會的吏治腐敗、官員迂闊甚至濫權等各種弊病。

古代的「官」是統治者的助手和法律執行者，歷代酷吏貪官總是仰仗階級制度的保護傘來表現不容挑戰的「官威」，這是群眾敬畏「官」的主因，如小說第三回敘述趙溫的家人希望他中舉之後能再捐個中書，因為在京做官就能「家裡便免得人來欺負」〔註 11〕。另外，官有官威，官員底下亦有狐假虎威者，從作者筆下可以發現這種情況甚至存在於下級官員或者其僕從雜役的心裡。如小說第三回到第四回描述知府的門房是巴結知府的小官的仲介者，因此典史這類層級的官員以「兄弟」與之相稱。更甚者，門房竟威脅知府裡唱戲的掌班：「唱的好，沒有話說；唱的不好，送到縣裡，賞你三百板子一面枷。」〔註 12〕清楚呈現知府的門房仗勢欺壓百姓、插手管理府內事務的嘴臉。

如果生在治世，一些封建傳統下的社會規範即使不合時宜，一般百姓仍能甘之如飴；若遭逢亂世，政治的腐敗與統治階層的惡行惡狀交織之下，傳統制度的種種不合理自然更形明顯，甚至演變成官兵即強盜的亂象，如小說第二回敘述錢典史的治理態度是「這一縣之內，都是咱的子民，誰敢不來奉承；不認得的，無事便罷，等到有起事情來，咱亦還他一個鐵面無私。不上兩年，還有誰不認得咱的？」〔註 13〕除了威權統治和階級制度等封建餘緒，一些傳統的優良觀念一旦被誇大或濫用，也容易造成社會亂象。如小說第二十二回新官上任的賈筱芝每到一處便跪下等著後方母親的轎子，嘴裡報一句「兒子某人，接老太太的慈駕」，母親則在轎子裡吩咐：「你現在是朝廷的三品大員了，一省刑名，都歸你管。你須得忠心辦事，報效朝廷，不要辜負我這一番教訓。」賈某聽到一定要臉朝轎門答應一聲「是」，再說一句「兒子謹遵

〔註 11〕（清）李伯元：《官場現形記》，台南：魯南出版社，1986 年，頁 19。
〔註 12〕（清）李伯元：《官場現形記》，台南：魯南出版社，1986 年，頁 32。
〔註 13〕（清）李伯元：《官場現形記》，台南：魯南出版社，1986 年，頁 15。

老太太的教訓」又趕緊扶母親下轎進屋〔註 14〕。沿途多次、刻意上演固定「戲碼」來博得孝子名聲，無止境的濫用傳統社會的以孝為本。

（二）理學思想的扭曲和誤用

封建傳統思想影響我國古代官民甚深，一些宋代理學家的言論更深化封建體制的正當性。不過理學發展至末期已滋生弊端，縱使堅守理學立場，但空談過甚，流於虛偽表面，甚至以此自欺欺人，成為不折不扣的「假道學」。一些清末官員以理學為飾，借此沽名釣譽、矯作清流，拿「清官」作「貪官」的面具，這在《古今尺牘大觀》收錄的《與沈位山書》中已有深刻揭露：「今日所稱好官，纔到任，便減陋規，革常例，標榜清節，矯飾聲譽。而其實私門……欺世盜名，尤為可恨。」〔註 15〕足以說明理學發展到清末，不但沒有進行內在深化，反而徒留外表框架而被「尤為可恨」的官吏刻意扭曲和誤用。

《官場現形記》有很多此類故事，例如第六回的山東撫院在上房裡另設小廚房，平日飲食極為講究，但宴客時卻端出豆腐、青菜之類的四盆兩碗，而且不論寒暑總是一襲灰布袍、一件天青哈喇呢外褂再打上幾個補釘。表面清廉的他，卻時常暗地裡接受孝敬，而且為人又世故，凡孝敬過的一定另眼看待，既要獲得名聲又要收受實惠。

這種官場亂象並非作者虛構，清人李慈銘記載：「近日有直隸人李如松號虎峰者，以優貢捐一內閣中書，自名理學。對客必危坐，所食惟脫粟豆腐，常食於門屏間，欲令人皆見之。目不識數字而著語錄盈尺。」〔註 16〕伍承喬也提及矯飾虛偽、沽名釣譽的福建撫軍鄂元，人前人後判若鴻溝：「初任皖時以廉節自重，布衣疏食……人爭快之。」〔註 17〕所謂「既想當婊子，又要立牌坊；一邊貪污受賄，一邊欺世盜名。」〔註 18〕看似清流卻虛華無實。

這些人物在《官場現形記》裡通常十分快活，不僅被視為習常，官員之間亦心照不宣。再如第十七回的單太爺把敲竹槓視為一門學問：「就是人家說我們敲竹槓，不錯，是我的本事敲來的，爾其將奈我何，就是因此被人家說

〔註 14〕（清）李伯元：《官場現形記》，台南：魯南出版社，1986 年，頁 248～249。
〔註 15〕（清）姚漢章，張相同輯：《古今尺牘大觀》冊十二，臺北：中華書局，1962 年，頁 31。
〔註 16〕（清）李慈銘：《桃花聖解庵日記》，臺北：臺灣商務，1973 年，頁 48。
〔註 17〕伍承喬：《清代吏治叢談》，卷二，臺北：文海出版社，1966 年，頁 268。
〔註 18〕張中：《李伯元與官場現形記》，瀋陽：遼寧教育出版社，1993 年，頁 72。

壞名氣，也還值得。」〔註 19〕第十九回則有奉旨查案的兩位欽差，副欽差羨慕正欽差收受不少賄賂，雖然自己也貪財，但他素以「道學」自命，所以貪的不多也不敢吭聲，既要名又要利的「假道學」形象躍然紙上！

晚清官場充斥著刻意扭曲理學思想的人士，這些官吏的行為即使不至誤國、無害於政治，但假倡理學來故作清尚，也無疑是在本已頹弊的官場平添更多歪風。如小說第二十回中，私生活不檢點又出賣官缺的傅署院也自詡為理學人物：「我們講理學的人，最講究的是慎獨工夫，總要能夠衾影無愧，屋漏不慚。」還讚揚一生信奉理學的父親深怕「因人欲之私，奪其天理之正」，所以從來不正眼瞧端茶送點心的丫頭，傅署院自己也總是穿戴著舊衣破靴和發黃的老式帽子，在旁伺候的僕役身上衣著更全是補釘〔註 20〕，浙江官場風氣依此為之大變，官員以穿著破爛袍褂為升官途徑，估衣鋪、古董攤的舊衣帽價錢飛漲，而傅署院更因此獲得居官清正的名聲而被朝廷賞識，半年之間從三品京堂升至封疆大吏。

根據《官場現形記》的敘述，傳統優秀品格思想和崇尚道德的學術風氣在清末已然變調，時人對宋儒提倡的理學已盡失敬心，空有道學家架式者、固守傳統而淪為迂腐者，充斥在小說裡，理學僅剩空談，無濟於事。尤其言談虛假、行事卑鄙往往是「做人、做官成功」的案例而備受尊崇，這種經過扭曲、變相重組的善惡觀念，已顛覆傳統社會價值觀念與社會運行秩序；儒家的「善」和「正途」也徒留外在形式，「非正途」反而成為「成功」的有效手段。

（三）新思潮與舊文化交替下的社會矛盾

梁啟超《清議報一百冊祝辭並論報館之責任及本館之經歷》：「十九世紀與二十世紀交點之一剎那頃，實中國兩異性之大動力相搏相射，短兵緊接，而新陳嬗代之時也。」〔註 21〕晚清是封建政體、傳統社會皆瀕臨崩解的時期，新時代及其訊息不斷湧進，千古不容推翻的舊文化、舊思想卻矗立在士人心底，許多人一方面不願坦然面對信奉已久的倫常觀念逐漸崩潰，卻又希冀未來仍有一絲希望，社會的衝突矛盾自然無可避免。

新舊文化交替的社會現象在小說裡的描述頗多，帶著墨鏡、袖裡揣著懷

〔註 19〕（清）李伯元：《官場現形記》，台南：魯南出版社，1986 年，頁 181。
〔註 20〕（清）李伯元：《官場現形記》，台南：魯南出版社，1986 年，頁 218。
〔註 21〕梁啟超：《飲冰室合集》，《文集》冊三，上海：中華書局，1936 年，頁 56。

錶卻穿著大衣馬褂的人物俯拾即是，除了生活方式改變，思想觀念的差異和衝突也更加深化，統治階級和百姓都在傳統道德觀念和現代新思維的模糊界線上躊躇，面對這樣半新不舊的窘境，作為當時一切重大社會事件交匯口的「官場」不僅沒有奮起或革新，反被私欲和貪念取代。以維新運動為例，《官場現形記》有一些官員惟恐「維新」會阻礙原本優渥的現狀，因而極力反對、百般阻撓，但是更多官員則是想借此升官發財而期待維新，故假冒維新之名，繼而鑽營、欺騙等諸多陽奉陰違的可恥行徑盡出。

新舊文化交替對中國傳統社會最直接的衝擊，是尊卑觀念的混淆和階級意識的模糊。如小說裡王鄉紳的管家賀根，嫌賞錢太少而與主人爭吵（《官場現形記》第一回）、和具有官職的客人拌嘴衝突，甚至說謊詐財，串通小販欺騙主人（《官場現形記》第二回）。此外，更有公開表現輕視並批評主人的僕役（《官場現形記》第四回）；凡事總想訛詐、挾制主人的僕役（《官場現形記》第五回）。傳統社會主僕分界甚嚴，身為僕役本該唯唯諾諾、官員的隨從也理當卑躬屈膝，不過作者筆下的清末社會卻彌漫著尊卑不分、以下犯上、行為囂張越矩的亂象。尊卑觀念的混淆和階級意識的模糊，伴隨而來的就是傳統道德倫常的崩解，如小說第五回描寫官員與其衙門帳房因賣官缺一事失和而爭執，因為彼此是親戚，所以長輩紛紛出面勸和，不過這些叔、舅身份的人，平日要仰仗這些晚輩，所以眉開眼笑、柔聲下氣的拖長嗓子用「老賢甥」「三爺」等稱呼來奉承。

再者，西方資本主義抬頭和工商業的興盛，讓清末人士逐漸萌生趨利忘義的心理。在小說裡的經商買辦威脅利誘、公然敲詐官員的故事屢見不鮮（《官場現形記》第九回），更有下級官員為了填補虧空而聯合商販偽作假合同欺瞞上屬，卻在事成之後又被不具一官半職的買辦商人聯手敲詐（《官場現形記》第十回、第十一回），在這個新舊文化交替的清末社會，傳統重義的道德觀念正在消失。

清末的群眾在面對西潮拍岸，各種新式思想湧進時，多數顯得左支右絀、不知所措，身為管理階級的「官」或者墨守禮教成規，或者刻意扭曲進步形象而趁勢鑽營斂財，造成下級官員乃至尋常百姓也開始不安本分、競逐私利私欲，從而出現許多道德倫常崩潰、尊卑等級不明的亂象。

（四）西方文化對清末官場和社會的衝擊

清末政府致力於洋務運動，但本質在模仿而非創新，不僅社會矛盾未能解決，工商業亦未發展健全，又無雄厚資本和實力做後盾，一旦遭遇帝國主義侵略仍是不堪一擊，戰事一再失敗、國家命脈幾乎受操縱之下，民族自信心不斷被削弱，終於從鎖國、崇洋而變成「懼洋」。

「官怕洋人」「民恨在教」是晚清的特殊景象，如小說第七回描述官員連夜和下屬商量宴請洋人的事宜，不僅謹慎佈置用餐地點、留心桌上擺設，並恭敬地請教翻譯官用餐禮儀。如此兢兢業業、深怕貽笑外人的心理，尚可解釋為接待陌生貴客的正常表現，但若是太過極端，反成為小說第九回的山東藩司胡鯉圖那般「生平最怕與洋人交涉」、見洋文電報要求賠款「登時嚇得面孔如白紙」，還怨恨自己運歹，總是碰到洋人找碴〔註22〕，官怕洋人的窘態歷歷在目。

另外，小說中有幾處提及攀附外國勢力的「康白度」（comprador，買辦）的惡行惡狀，這些負責交涉「洋務」的買辦動輒威脅欺壓官員，甚至出賣國家權利，因此被形容作「只怕比京裡王爺中堂們的八行書還要靈」〔註23〕。除了買辦依靠洋人勢力，尚有所謂「在教」的教民，作者斥之為「洋奴」並生動描繪其蠻橫行徑（《官場現形記》第五十回）。

晚清教案不絕，困擾地方官，曾國藩就曾面奏慈禧：「教堂近年到處滋事，教民好欺不吃教的百姓，教士好庇護教民，領事官好庇護教士。」〔註24〕這些倚仗洋人的教民，在當時社會形成了特殊階級，而因此產生的教案使得教民與普通民眾激發更激烈的仇恨和衝突。

除了「官怕洋人」和「民恨在教」的懼外排外心理，在小說裡尚有一群以「排外」來標榜自己、或不熟悉西式禮節又昧於己見而盡出洋相者。如小說第七回武人出身的官員認真品嘗洗嘴水、第四十六回裡生平「最惡洋人」的童子良凡是帶著「洋」字的物品一概不用。考察晚清社會風氣，官民雖然厭惡或懼怕洋人，但並不排斥洋貨，反而蔚為風尚，徐珂《清稗類鈔》的「專用洋貨者非國人」條下記載：「人之起居衣食，無論富貴貧賤，幾無一人不用洋貨。」又：「至於家居都會商埠者，則起居衣服飲食及一切日用品奢侈品，更無一而非洋貨，其心目中，固以為非舶來之品，無一適用也。」〔註25〕小

〔註22〕（清）李伯元：《官場現形記》，台南：魯南出版社，1986年，頁90。

〔註23〕（清）李伯元：《官場現形記》，台南：魯南出版社，1986年，頁98。

〔註24〕（清）王定安：《曾文正公大事記》，清光緒二年傳忠書局刊本，同治八年（1869年）。

〔註25〕（清）徐珂：《清稗類鈔》卷十三，臺北：商務印書館印行，1966年，頁182。

說裡的童子良堅守民族立場、支持本國物產固然值得稱道，但不分是非好壞的一味排外，反而自曝其狹窄又不思振作的心胸，尤其小說描寫他雖然厭惡鴉片，卻思以換湯不換藥的替代品，下屬拿鴉片謊稱雲南大煙，童某亦欣然接受，充分揭露當時部分官員眼不見為淨的心態。

西方文化的衝擊也並非全是弊端，也許是誠心接受或畏於洋人勢力而被迫迎合對方習慣，一些官場文化也隨之改變，如小說第七回敘述一些官員宴請洋人並配合對方用餐禮儀和習慣：「外國人向來是說幾點鐘便是幾點鐘，是不要催請的」，「眾人一看簽條，各人認定自己的坐位，毫無退讓」〔註 26〕，除了準時赴宴，也改變以往用餐前三催四請、上桌前互相作揖謙讓等飲宴文化。另外，以往官場文化的不務實際、推脫蒙蔽，或者因循推託、模棱兩可等陋習，甚至心存苟安的「迂闊遠事者則委于國運，安於朝廷也。」〔註 27〕這些小則延誤正事，大則危害國家的官僚弊病被迫獲得適時的修正，如小說第八回描述負責軍裝機器的買辦說：「……如若機器運到，不來出貨，我們雖然是朋友，外國人卻不講交情，將來怕有官司在裡頭。」〔註 28〕可見清末人士已有「外國人的事情，是沒有情理講的」的自覺〔註 29〕，更深知處理公務或經營事業不能抱持僥倖，小說第九回：「洋人大不答應，說打過合同如何可以懊悔的？就是這會子把已經付過的一萬一千統通改做罰款，他亦不要，一定要你出貨。」〔註 30〕也就是說，緣於對洋人的普遍想法，清末人士開始督促自己守時、行為更直率，也開始重視合同、處事務求精確，一反從前只做表面文章，得過且過的行事風格。

四、結語

《官場現形記》表現了清末人士在面臨西方文化湧進時迷茫的心理，以及傳統中國社會處於半封建、半殖民之下的時代特色，作者針對清末官場生態及社會現象進行了四個重點批判。通過本文的歸納和分析，作者眼見朝政官僚窳敗，國家社會風氣頹靡不振，通過小說來表達內心感慨的意圖變得更

〔註 26〕（清）李伯元：《官場現形記》，台南：魯南出版社，1986 年，頁 62。
〔註 27〕（清）麥仲華輯：《皇朝經世文新編》卷二下，臺北：國風出版社，1965 年，頁 141。
〔註 28〕（清）李伯元：《官場現形記》，台南：魯南出版社，1986 年，頁 81。
〔註 29〕（清）李伯元：《官場現形記》，台南：魯南出版社，1986 年，頁 92。
〔註 30〕（清）李伯元：《官場現形記》，台南：魯南出版社，1986 年，頁 82。

加明確。若是綜合考察作者《活地獄》《庚子國變彈詞》等作品，也能充分感受其對清政府的失望和不滿。但仍能發現「官」在他心中的形象並非一無是處或窮兇惡極，或許他是刻意將憎恨洋人的心理移轉到清代朝廷身上，但這些問題有待將來進一步深拓。

篇後小記

本論文刊載於 2019 年《廈門理工學院學報》第 6 期（2019 年 12 月，頁 90～95），這是筆者在嘗試結合哲學思想來分析古典文學作品並兼涉敘事學理論的過程中，比較後期的作品。關於清末譴責小說的主題，一直是筆者很感興趣的部分，在這個西岸拍潮、傳統封建體制逐漸被打破的新舊文化矛盾衝突轉為激烈的年代，雖然許多的歷史現實足以令人感慨，但是作為一位後世的研究者，如此風起雲湧的大時代環境背景底下，卻充滿了太多值得關注和探討的學術課題，這也正是筆者近幾年會逐漸把研究興趣轉向清末民初的原因之一。

參考文獻

一、古籍文獻

1. （清）王定安：《曾文正公大事記》，清光緒二年傳忠書局刊本，同治八年，1869 年。
2. （清）麥仲華輯：《皇朝經世文新編》，臺北：國風出版社，1965 年。
3. （清）李伯元：《文明小史》，臺北：廣雅出版公司，1984 年。
4. （清）李伯元：《官場現形記》，台南：魯南出版社，1986 年。
5. （清）李慈銘：《桃花聖解庵日記》，臺北：臺灣商務，1973 年。
6. （清）姚漢章、張相同輯：《古今尺牘大觀》，臺北：中華書局，1962 年。
7. （清）徐珂：《清稗類鈔》，臺北：商務印書館印行，1966 年。
8. 梁啟超：《飲冰室合集》，上海：中華書局，1936 年。
9. 續修四庫全書編纂委員會編：《續修四庫全書》，上海：古籍出版社，1995 年。

二、近人著作

1. 王爾敏：《晚清政治思想史論》，臺北：學生書局，1969 年。

2. 伍承喬：《清代吏治叢談》，臺北：文海出版社，1966 年。
3. 張中：《李伯元與官場現形記》，瀋陽：遼寧教育出版社，1993 年。
4. 林瑞明：《晚清譴責小說的歷史意義》，臺北：臺灣大學出版委員會，1980 年。
5. 周貽白：《官場現形記索隱》，《文史雜誌》，1948 年第 6 卷第 2 期，頁 56～63。
6. 顧頡剛：《官場現形記之作者》，《小說月報》，1979 年第 15 卷第 6 期，頁 14。
7. 徐復觀：《中國文學論集》，臺北：學生書局，1974 年。
8. 魯迅：《中國小說史略》，上海：上海古籍出版社，2004 年。

第四篇　以敘事學理論重審《斷鴻零雁記》的藝術價值

一、前言

本文旨在利用敘事學理論，研究蘇曼殊的自傳式小說《斷鴻零雁記》。希望藉由小說中諸多敘述手法的探討，呈現這部小說的文學意義與藝術成就。利用這種方式來研究《斷鴻零雁記》是近幾年比較新的研究視角，因為關於《斷鴻零雁記》的主題意蘊、風格情調、內容指涉以及考證蘇曼殊生平與小說人物、場景之間的關聯性等，學界早已有豐碩的研究成果，唯有利用敘事學理論來探尋《斷鴻零雁記》的這一類課題仍有深拓的空間。因此筆者擬從這個研究視角，讓《斷鴻零雁記》中的敘述技巧，透過本文的論述一一呈現，盼能依此重新展現這部小說的價值。

蘇曼殊《斷鴻零雁記》這部短篇小說自 1911、1912 左右問世以來，即頗受世人所關注，而近世學術界對此小說的相關研究：不論是在角色與真實人物之間的考證；或者從內容分析故事人物形象〔註 1〕；或者研究其寫作時的心路歷程和主題意蘊〔註 2〕；或者研究其內容所顯的浪漫特質與情調〔註 3〕；甚

〔註 1〕例如李萱：《殊途卻同歸——蘇曼殊〈斷鴻零雁記〉與郁達夫早期小說比較》，《廣東廣播電視大學學報》，2008 年 1 月第 17 卷總第 67 期第 1 期，頁 81～85。李金鳳：《〈斷鴻零雁記〉與五四浪漫小說——以「飄零者」形象為例》，《濮陽職業技術學院學報》，2009 年 8 月第 22 卷第 4 期，頁 80～81。

〔註 2〕例如孫宜學：《斷鴻零雁蘇曼殊的感傷之旅》，《中國文學研究》，1999 年第 02 期，頁 44～49。何宏玲：《蘇曼殊〈斷鴻零雁記〉新論》，《南京師範大學文學院學報》，2009 年第 04 期，頁 78～82。

〔註 3〕例如周淑媚：《「以情求道」、「在愛中涅盤」——論蘇曼殊的俗世經驗與小說

或從佛教文學入手，研究《斷鴻零雁記》的思想等〔註4〕，實累積了豐碩的研究成果。

職是，關於蘇曼殊寫作的心路歷程；《斷鴻零雁記》的風格情調與內容指涉，以及小說中的時空環境、各個角色與蘇曼殊生平之間等多方面的考證等，幾乎已獲得了清晰的答案，其所要顯的重要性，也自能從如此眾多的研究成果中被梳理出來。唯利用敘事學理論的視角，以探尋此小說在主題意蘊、作者心理狀態以外的藝術性，此類的相關研究，是近幾年始進行的新研究趨勢，不過時至今日，仍較乏人問津，主要著作也僅有數篇，其中有意識地專門以敘事理論研究《斷鴻零雁記》並特開專篇以探討者有 4 篇，例如胡俊飛《感傷主義與中國小說敘事形式的嬗變》、向貴雲《〈斷鴻零雁記〉之轉型期敘事特徵》、黃曉垠《從創作態度看〈斷鴻零雁記〉內傾性》以及余靜《晚清民初小說第一人稱敘事的演變——從〈浮生六記〉到〈沉淪〉》〔註5〕。這即是說，利用敘事學理論來審視《斷鴻零雁記》，仍有很寬廣的研究空間。因此本文承繼上述諸多學者的研究成果作為基礎，作更進一步的闡釋。

以色列學者里蒙・肯南認為，敘事文本有三個最重要元素：「時間」、「人物刻畫」與「聚焦」〔註6〕，這也成為本文在研究《斷鴻零雁記》敘事手法時最為關注之處。筆者首先論述《斷鴻零雁記》作為自傳體小說的價值與意義，再以里蒙・肯南的觀點作為基礎，並輔以諸如羅綱、胡亞敏等其他敘事學者的觀點，一方面讓敘事學理論能在《斷鴻零雁記》中獲得實踐，最重要者，即是盼能以此較嶄新的研究視角，凸顯《斷鴻零雁記》的文學意義與藝術價值。

世界》，《人文與社會學報》，2004 年 12 月第 1 卷第 5 期，頁 85～108。簡秀娥：《曼殊悲情世界析論》，《嶺東學報》，2006 年 12 月第 20 期，頁 227～260。

〔註 4〕例如丁賦生：《〈斷鴻零雁記〉：佛教文學中的一朵奇葩》，《南通師專學報（社會科學版）》，1999 年 3 月第 15 卷第 1 期，頁 27～30。

〔註 5〕胡俊飛：《感傷主義與中國小說敘事形式的嬗變》，《涪陵師範學院學報》，2007 年 3 月第 23 卷第 2 期，頁 15～22。向貴雲：《〈斷鴻零雁記〉之轉型期敘事特徵》，《滄桑》，2008 年第 04 期，頁 219～220、233。黃曉垠：《從創作態度看〈斷鴻零雁記〉內傾性》，《青年文學家》，2009 年第 19 期，頁 35。余靜：《晚清民初小說第一人稱敘事的演變——從〈浮生六記〉到〈沉淪〉》，《宜賓學院學報》，2010 年 9 月第 10 卷第 9 期，頁 48～51。

〔註 6〕（以色列）里蒙・肯南（Shlomith Rimmon-Kenan），姚錦清等譯：《敘事虛構作品》，北京：三聯書店，1989 年，頁 77。

二、作為自傳體小說的價值與意義

陳平原說：「中國古代小說缺的是由『我』講述『我』自己的故事，而這正是第一人稱敘事的關鍵及魅力所在。」〔註 7〕《斷鴻零雁記》是蘇曼殊的自傳性小說，此已被學界所普遍認同，而作為一篇自傳體小說，其內容或者能與蘇曼殊的真實生活相互對照或參證，這是近世諸多學者總圍繞在「《斷鴻零雁記》與蘇曼殊生平」等課題的主要原因之一，關於這方面課題的研究與考證，學界已有不少重要的成果〔註 8〕。不過若是單就「敘事學」的觀點以看待此篇自傳體小說，並將它搭掛在中國小說的流變史的脈絡中，也足以看出《斷鴻零雁記》的歷史價值。

首先，以敘事的聲音而論，《斷鴻零雁記》是「第一人稱」敘事小說，除了開篇第一章的「百越有金甌山者，濱海之南，巍然矗立。每值天朗無雲，山麓蔥翠間，紅瓦鱗鱗，隱約可辨，蓋海雲古剎在焉。相傳宋亡之際，陸秀夫既抱幼帝殉國崖山，……。」〔註 9〕一段，利用較廣泛的敘述視角以交代地理環境、歷史背景，以及故事人物所處的確切地點——「海雲寺」外，整部小說皆以第一人稱的「余／三郎」作為主要敘述者，故事中情節的鋪陳，乃至於小說故事中各種時空的轉瞬，皆是以「三郎」這個「余」作為敘述者來交代，例如蘇曼殊在《斷鴻零雁記》第七章即自云：「翌晨，舟抵橫濱，……，今後當敘余在東之事。」〔註 10〕

次者，若就敘事的視角而論，《斷鴻零雁記》可歸於「內部聚焦」類型。所謂「聚焦」的定義最早源自於普林斯頓《敘事學辭典》，其後的學者如：羅鋼《敘事學導論》等書亦針對「聚焦」及「內部聚焦」等概念，進行了詳盡地說解〔註 11〕，亦即小說的情節與事件，皆利用一個或幾個人物的感受和意識來呈現。例如《斷鴻零雁記》第三章：「余禮乳媼既畢，悲喜交並。媼一一究吾行止，乃命余坐，諦視余面，即以手拊額，沉思久之，……。」〔註 12〕三

〔註 7〕陳平原：《中國小說敘事模式的轉變》，北京：北京大學出版社，2003 年，頁 73。
〔註 8〕柳無忌：《蘇曼殊傳．斷鴻零雁》，北京：三聯書店，1992 年，頁 117。
〔註 9〕蘇曼殊，馬以君編，柳無忌校訂：《蘇曼殊文集》上冊，廣東：花城出版社，1991 年，頁 73。
〔註 10〕蘇曼殊，馬以君編，柳無忌校訂：《蘇曼殊文集》上冊，廣東：花城出版社，1991 年，頁 91。
〔註 11〕羅鋼：《敘事學導論》，昆明：雲南人民出版社，1994 年，頁 175。
〔註 12〕蘇曼殊，馬以君編，柳無忌校訂：《蘇曼殊文集》上冊，廣東：花城出版社，1991 年，頁 77。

郎與兒時的奶媽見面，奶媽「悲喜交並」的面容、「以手拊額」、「沉思久之」的表現二人情感深厚的肢體語言等，皆必須經由三郎對她的觀察，這些動作、表情與姿態方能呈現在讀者面前，又第十章描述三郎初見靜子時，靜子「此際瑟縮不知為地」、「默然不答，徐徐出素手，為余妹理鬢絲，雙頰微生春暈矣。」〔註 13〕一旦離開三郎的視野，讀者即無法得知奶媽、靜子等人物的任何資訊。

此即說明，《斷鴻零雁記》中的敘述者，並非全知全能，在《斷鴻零雁記》所建構出來的世界裡，都必須透過三郎的角色去展示；透過三郎的視野去體察與感受，其所見所聞、內心思緒，以及其他人物的言行舉止，讀者只能「余／三郎」在故事現場時才能獲知，故楊聯芬云：「它（《斷鴻零雁記》）敘事的視角出諸敘事者自己，是內聚焦的第一人稱的限制敘事。」〔註 14〕這也正是里蒙・肯南所謂「人物－聚焦者」形式〔註 15〕。如：第四章：「一日薄暮，荒村風雪，蕭蕭徹骨。余與潮兒方自後山負薪以歸。」、第五章：「明日，天氣陰沉，較諸昨日為甚。迄余晨起，覺方寸中倉皇無主，……。」〔註 16〕上引二語中對天氣的描寫，以至「覺方寸中倉皇無主」此等心路歷程，皆是三郎自身的感受，是近日學者，如：胡亞敏更進一步地將此敘述視角界定為「內聚焦型」中的「固定內聚焦型」敘述方式：「被敘述的事件通過單一人物的意識出現，他的特點是視角自始至終來自一個人物。」〔註 17〕。

「第一人稱」與「內聚焦」等敘事技巧，是自傳體小說的特色，由於它們在創作上的敘述動機總是切身的、是「根植於他的現實經驗和情感需要的」〔註 18〕，具有「揚長避短」、「對不熟悉的東西保持沉默」、「縮短人物與讀者的距離，使讀者獲得一種親切感」〔註 19〕等優勢，所以較能輕易處理故事主

〔註 13〕蘇曼殊，馬以君編，柳無忌校訂：《蘇曼殊文集》上冊，廣東：花城出版社，1991 年，頁 98。

〔註 14〕楊聯芬：《晚清至五四：中國文學現代性的發生》，北京：北京大學出版社，2003 年，頁 239。

〔註 15〕（以色列）里蒙・肯南（Shlomith Rimmon-Kenan），姚錦清等譯：《敘事虛構作品》，北京：三聯書店，1989 年，頁 134。

〔註 16〕蘇曼殊，馬以君編，柳無忌校訂：《蘇曼殊文集》上冊，廣東：花城出版社，1991 年，頁 81、83。

〔註 17〕胡亞敏：《敘事學》，武漢：華中師範大學出版社，2004 年，頁 30。

〔註 18〕羅鋼：《敘事學導論》，昆明：雲南人民出版社，1994 年，頁 170。

〔註 19〕胡亞敏：《敘事學》，武漢：華中師範大學出版社，2004 年，頁 27。

角的心理活動，對其種種內心思考與矛盾方面的敘述，以至情節的佈局與安排，也較能駕輕就熟地自然呈現出來，例如《斷鴻零雁記》第八章：

> 余既換車，危坐車中，此時心緒，深形忐忑。自念於此頃刻間，即余骨肉重逢，母氏慈懷大慰，甯非余有生以來第一快事？忽又轉念，自幼不省音耗，矧世事多變如此，安知母氏不移居他方？苟今日不獲面吾生母，則飄泊人胡堪設想？余心正怔忡不已，而車已停。余向車窗外望，見牌上書「逗子驛」三字，遂下車。〔註20〕

這是《斷鴻零雁記》紀錄三郎到達日本、前往尋母的坐車路途中思緒的轉折。又第十章描述三郎甫見靜子的當晚：「迨晚餐既已，余頓覺頭顱肢體均熱，如居火宅。是夜輾轉不能成寐，……。」〔註21〕而身子外冷內熱之後，三郎開始發病，不過三郎躺在床上休養時卻是在思索：

> 顧余雖呻吟床褥，然以新歸，初履家庭樂境，但覺有生以來，無若斯時歡欣也。於是一一思量，余自脫俗至今，所遇師傅、乳媼母子及羅弼牧師家族，均殷殷垂愛，無異骨肉。則舉我前此之飄零辛苦，盡足償矣。第念及雪梅孤苦無告，心中又難自恝耳。然余為僧及雪梅事，都秘而不宣，防余母聞之傷心也。茲出家與合婚二事，直相背而馳。余既證法身，固弗娶者，雖依慈母，不亦可乎？〔註22〕

故事中三郎的內心世界，皆能擅用是類敘事技巧以呈現，因此真實而充分地在讀者面前敞開來，其思緒中各種複雜、矛盾的衝突與激蕩，自能淋漓盡致的表現出來、歷歷在目。

尤其小說中的敘述者，本是真實作者想像的產物，是美國學者布斯所謂「作者第二個自我」〔註23〕，故在自傳體小說中，真實作者與其創造的敘述者之間，總有諸多可徵的聯繫，在一定意義上，自成為真實作者的代言人，

〔註20〕蘇曼殊，馬以君編，柳無忌校訂：《蘇曼殊文集》上冊，廣東：花城出版社，1991年，頁92。

〔註21〕蘇曼殊，馬以君編，柳無忌校訂：《蘇曼殊文集》上冊，廣東：花城出版社，1991年，頁98。

〔註22〕蘇曼殊，馬以君編，柳無忌校訂：《蘇曼殊文集》上冊，廣東：花城出版社，1991年，頁98。

〔註23〕（美）布斯（W. C. Booth），華明等譯：《小說修辭學》，北京：北京大學出版社，1987年，頁80。

這已是近世作家常用的一種寫作技巧〔註 24〕。如此的敘事方式，總讓讀者置身在真實與虛構之間，這是柳無忌《蘇曼殊傳．斷鴻零雁》所謂：

> 整篇小說都在激發讀者的好奇心，特別是，如果讀者不管小說裡的許多漏洞和不合理的地方，竟然相信三郎和雪梅、靜子的愛情故事是來自作者本人生活中的某些篇章，不幸的三郎就更能得到同情。〔註 25〕

吾人或許無法探知蘇曼殊創作《斷鴻零雁記》的同時，是否已有意識地混淆真實與虛構的界限，不過蘇曼殊此種寫作方式，確實已讓後世讀者不斷地試著探尋「三郎／曼殊」之間的聯繫，此是不爭的事實。

胡亞敏曾提出一「同敘述者」概念：「故事中的人物，他敘述自己的或與自己有關的故事。」並云：「同敘述者可以是故事中的主人公，……在西方早期自傳體小說中就已盛行，但在中國白話小說中則顯見，……。」〔註 26〕胡氏所言，誠然不誣，中國古典小說中以「第一人稱」或「敘述自己相關故事」作為寫作手法者，雖非創新之舉，然客觀而論，實也屈指可數，此是羅鋼所謂，以第一人稱敘事方式寫作小說，無論在中、西方，皆有悠遠之歷史，唯「中國古典小說習慣用第三人稱敘事，……。」〔註 27〕余靜甚至直言：「直到近代，西方小說傳入中國，以第一人稱敘事角度創作的小說大量出現，才真正改變了這種單一的敘事格局。」〔註 28〕蓋除了自唐代張鷟《遊仙窟》、王度《古鏡記》、李公佐《謝小娥傳》〔註 29〕乃至於清代沈復《浮生六記》〔註 30〕、曹雪芹《紅樓夢》開篇之數語〔註 31〕，以及吳趼人《二十年目睹之

〔註 24〕單就我國的文學界而論，張賢亮在 80 年代創作的《綠化樹》、王安憶在 90 年代創作的《六九屆初中生》以及莫言《紅高粱》等，皆善用了這種敘事技巧。

〔註 25〕柳無忌：《蘇曼殊傳》，北京：三聯書店，1992 年，頁 117～118。

〔註 26〕胡亞敏：《敘事學》，武漢：華中師範大學出版社，2004 年，頁 41～42。

〔註 27〕羅鋼：《敘事學導論》，昆明：雲南人民出版社，1994 年，頁 166。

〔註 28〕余靜：《晚清民初小說第一人稱敘事的演變——從〈浮生六記〉到〈沉淪〉》，《宜賓學院學報》，2010 年 9 月第 10 卷第 9 期，頁 48。

〔註 29〕而且此類古典小說中的第一人稱主人公「我」，僅是作為故事的記錄者和觀察者，並非以「我」來講述「我」自己的故事。

〔註 30〕沈復《浮生六記》全書採用第一人稱敘事，以「余」來講述自身經歷，唯全書的「六記」沒有緊湊的連貫情節，故將其定位成「小說」仍有商榷空間。此可參考余靜《晚清民初小說第一人稱敘事的演變——從〈浮生六記〉到〈沉淪〉》，《宜賓學院學報》，2010 年 9 月第 10 卷第 9 期，頁 48。

〔註 31〕例如曹雪芹《紅樓夢》第一回開頭有：「但書中所記何事何人？自己又云：今風塵碌碌，一事無成，忽念及當日所有之女子，一一細考較去，覺其行止見識皆出我之上，我堂堂鬚眉，誠不若彼裙釵。我實愧則有餘，悔又無益，大無可

怪現狀》〔註 32〕有稍微類似手法外，似乎必須遲自蘇曼殊《斷鴻零雁記》，這種敘事技巧方有明顯的發展與突破〔註 33〕。

中國的「第一人稱限制敘事手法」必須遲至五四時期，才成為小說創作的主流。依此，蘇曼殊《斷鴻零雁記》實成為促進我國小說的近代化以及中國小說敘事模式從傳統轉向現代的橋樑。是近日學界總以「從古典轉向近代（甚至是現代）的過渡的代表作品之一」、「徹底顛覆中國傳統小說全知敘事」〔註 34〕稱之，《斷鴻零雁記》作為自傳體小說的價值與意義即是在此。

三、多重「敘述者」所構成的故事敘述「層次」

（一）關於《斷鴻零雁記》中的「主要敘述者」與「次要敘述者」

第一人稱小說與「內聚焦型」視角，容易受到視野的限制，《斷鴻零雁記》作為一部自傳體小說，其敘述手法也有類似局限，亦即視角固定在三郎，小說中所有的事物，都必須藉由「余／三郎」的感官和意識以觀看與感知；只有「余／三郎」的心境轉折，能有深刻的描述。故事中的其他角色，多平鋪直述其對白，雖讀者自能從其話語、面部表情中，探其情緒及心路歷程，例如上述《斷鴻零雁記》第八章的乳媼的「悲喜交並」、「沉思久之」；河合夫人在日本初見三郎時云：「吾兒無恙，謝上蒼垂憫！」〔註 35〕等多處即是。但客觀來說，總較難剖析其他角色的內心思緒，當然也難以單靠其他角色來把握整部故事的來龍去脈，不過胡亞敏也提出了一個比較不一樣的看法，其認為這種故事中無法探知的空白與懸念，在某種意義上是對於讀者的

如何之日也！」、「知我之負罪固多，然閨閣中歷歷有人，萬不可因我之不肖自護己短，一併使其泯滅也。所以蓬牖茅椽，繩床瓦灶，並不足妨我襟懷。」與「我雖不學無文，又何妨用假語村言敷衍出來，亦可使閨閣昭傳，複可破一時之悶，醒同人之目，不亦宜乎？」等語，皆採取第一人稱的敘述手法。

〔註 32〕吳趼人《二十年目睹之怪現狀》亦是以「余」作為故事的記錄者和觀察者，並非以「余」來講述「我」自己的故事。

〔註 33〕從《二十年目睹之怪現狀》過渡到《斷鴻零雁記》之間，尚有符霖在 1906 年刊行的《禽海石》，不過多數學者認為此作品無法與《斷鴻零雁記》相提並論。此可參考向貴雲：《〈斷鴻零雁記〉之轉型期敘事特徵》，《滄桑》，2008 年第 04 期，頁 219。

〔註 34〕余靜《晚清民初小說第一人稱敘事的演變——從〈浮生六記〉到〈沉淪〉》，《宜賓學院學報》，2010 年 9 月第 10 卷第 9 期，頁 48、49。

〔註 35〕蘇曼殊，馬以君編，柳無忌校訂：《蘇曼殊文集》上冊，廣東：花城出版社，1991 年，頁 93。

一種解放。〔註 36〕

這一類敘述視野的狹窄與視角的局限，或有學者稱為「限制觀點」〔註 37〕，通常是第一人稱小說亦陷入的處境。不過《斷鴻零雁記》卻能一方面以「余／三郎」為故事主要敘述者；一方面在情節的某些片斷，將其他角色也設定成故事的敘述者，從而減少了此種限制。例如：故事中的乳媼、麥氏兄妹等角色，雖是柳無忌口中的「次要人物」〔註 38〕，不過也著實扮演著「故事敘述者」的身分。本文以表格釋之：

故事角色	故事敘述者（次要故事敘述者）	類故事敘述者	備　註
江邊漁人			
古廟童子（潮兒）			
乳媼	◎		三郎幼時奶媽
雪梅		◎	三郎未婚妻
羅弼氏牧師			羅弼氏夫婦及女兒雪鴻
逆旅主人			
河合夫人	◎		三郎母河合氏
河合夫人之妹			三郎姨母
靜子妝次			三郎姨母之女
三郎姊、三郎妹			
麥氏	◎		
麥氏兄妹	◎		
少年比丘		◎	湘僧（法忍）

上表是主角三郎以外，《斷鴻零雁記》中的主要出場人物。其中乳媼、河合夫人、麥氏兄妹四個角色，是相對於主角三郎以外的故事敘述者，本文暫以「次要敘述者」稱之；雪梅、少年比丘二個角色，其雖不能嚴格視為故事的敘述者，卻利用其他形式，或者交代情節；或者引出主角三郎的重要回憶，在功能上類似故事敘述者，是本文暫以「類故事敘述者」稱之。

首先，乳媼是《斷鴻零雁記》中第一種「次要敘述者」。三郎與乳媼相遇

〔註 36〕胡亞敏：《敘事學》，武漢：華中師範大學出版社，2004 年，頁 30。
〔註 37〕周慶華：《故事學》，臺北：五南圖書公司，2002 年，頁 173。
〔註 38〕柳無忌：《蘇曼殊傳》，北京：三聯書店，1992 年，頁 115。

一事，不但為其東島探母張本，而且也是其與雪梅相遇的創造條件。作為一個故事敘述者，乳媼首先簡單交代三郎幼年時母親東歸、父執輩去世，以及遭三郎繼母驅趕出門等事，例如《斷鴻零雁記》第三章：

> 傷哉，三郎也！設吾今日猶在彼家，即爾胡至淪入空界？計吾依夫人之側，不過三年，為時雖短，然夫人以慈愛為懷，視我良厚。……。先是夫人行後，彼家人雖遇我惡薄，吾但順受之，蓋吾感夫人恩德，良不忍離三郎而去。迨爾父執去世之時，吾中心戚戚，方謂三郎孤寒無依，欲馳書白夫人，使爾東歸，離彼獨獠。詎料彼婦偵知，逢其蘊怒，即以藤鞭我。斯時吾亦不欲與之言人道矣！縱情撻已，即擯我歸。〔註 39〕

之後更因為三郎的詢問，而詳述了她與三郎母河合氏初次見面，以至做三郎奶媽的過程，並在敘述過程中，旁及三郎的誕生、兒時遭遇、繼母的毒悍、霸道與薄情等，乃至於世態炎涼的種種感受〔註 40〕。

這是透過乳媼的視角，以交代主角淒涼不幸的身世，及幼年時未能有記憶的一些家族往事這些話從奶媽口中說出，既是讓三郎聆聽、當然也是讓讀者聆聽。又或三郎本有此類回憶，只是經由乳媼的敘述來告知讀者，此是曾德珪所謂：「這實際也是三郎心裡的話，但從三郎這個人物形象的性格來說，他是不會說出這個話來的，故只有托諸乳媼之口。」〔註 41〕

次者，三郎母河合氏是《斷鴻零雁記》中第二種「次要敘述者」。當河合夫人描述到住在日本箱根的妹妹時，也順便提點了三郎，這位阿姨對他幼年時的極盡呵護，以及近日對他的牽掛，例如《斷鴻零雁記》第九章：「須知爾幼時，若姨愛爾如雛鳳，一日不見爾，則心殊弗擇。先時余攜爾西行，若姨力阻；及爾行後，阿姨肝腸寸斷矣。三郎知若姨愛爾之恩，弗可忘也。」〔註 42〕更重要者，是《斷鴻零雁記》中與三郎相戀的靜子，其身世以及靜子母（河合夫人之妹）欲許配靜子予三郎等事，均由河合夫人口中道出〔註 43〕。

〔註 39〕蘇曼殊，馬以君編，柳無忌校訂：《蘇曼殊文集》上冊，廣東：花城出版社，1991 年，頁 77。

〔註 40〕見本文《附錄一》：蘇曼殊《斷鴻零雁記》第三章。

〔註 41〕曾德珪：《蘇曼殊詩文選注》，西安：陝西人民出版社，1986 年，頁 182。

〔註 42〕蘇曼殊，馬以君編，柳無忌校訂：《蘇曼殊文集》上冊，廣東：花城出版社，1991 年，頁 96。

〔註 43〕詳見本文《附錄二》：《斷鴻零雁記》第十二章。

復次，河合夫人的妹妹是《斷鴻零雁記》中第三個次要敘述者。她也如河合夫人一般，描述了靜子的身世，例如《斷鴻零雁記》第十章：「靜子少失怙恃，依吾已十有餘載，吾但托之天命。」〔註 44〕此外，經由她的敘述，使三郎（或讀者）得知這些日本親人對三郎前幾年在中國的狀況：

> 三郎，先是汝母歸來，不及三月，即接汝義父家中一信，謂三郎上山，為虎所噬。吾思彼方固多虎患，以為言實也。餘與汝母，得此凶耗，一哭幾絕，頓增二十餘年老態。〔註 45〕

河合夫人之妹的言論，代表著這些日本親人對三郎近況的瞭解，當她述及得到錯誤消息，以為三郎「為虎所噬」之後，與河合夫人「一哭幾絕」，此舉也代表著全部日本親人的反應。

最後，麥氏與麥氏兄妹，是《斷鴻零雁記》中第三種「次要敘述者」。例如《斷鴻零雁記》第二十五章記載麥氏對三郎說：「孺子毋愁為幸。吾久弗見爾。先是聞鄉人言，吾始知爾已離俗，吾正深悲爾天資俊爽，而世路淒其也。……爾父執之婦，昨春遷居香江，死於喉疫。」〔註 46〕身為鄉里舊鄰的麥氏家族，他們所敘述的故事，代表著昔日街坊鄰居對三郎出家的觀感，也是三郎得知自己家族事情的消息來源。而麥氏的女兒則是三郎（或讀者）得知未婚妻絕食自盡的消息來源，例如《斷鴻零雁記》第二十四章：

> 其妹嚶然而呻，輒搖其首曰：「諺云：『繼母心肝，甚於蛇虺。』不誠然哉？前此吾居鄉間，聞其繼母力逼雪姑為富家媳，迨出閣前一夕，竟絕粒而夭。天乎！天乎！鄉人咸悲雪姑命薄，吾則歎人世之無良一於至此也！〔註 47〕

從她的敘述語中，也隱含著鄉里舊鄰對雪梅的命薄，以及恐怕三郎過度傷心、原先不願對三郎提起的為難情況。

另外，三郎的未婚妻雪梅，以及在故事後半段結識的少年比丘——法忍，

〔註 44〕蘇曼殊，馬以君編，柳無忌校訂：《蘇曼殊文集》上冊，廣東：花城出版社，1991 年，頁 99。

〔註 45〕蘇曼殊，馬以君編，柳無忌校訂：《蘇曼殊文集》上冊，廣東：花城出版社，1991 年，頁 99。

〔註 46〕蘇曼殊，馬以君編，柳無忌校訂：《蘇曼殊文集》上冊，廣東：花城出版社，1991 年，頁 144～145。

〔註 47〕蘇曼殊，馬以君編，柳無忌校訂：《蘇曼殊文集》上冊，廣東：花城出版社，1991 年，頁 144～145。

他們並不屬於《斷鴻零雁記》中的故事敘述者，卻能利用其言行舉止，以透露些許小說欲讓讀者得知的重要訊息，甚或間接牽引出三郎自身的回憶，是本文以「類故事敘述者」稱之。例如《斷鴻零雁記》第四章記載，當雪梅托婢女轉交予三郎一封長信之後，三郎始知這位「容華絕代，而玉顏帶肅，湧現殷憂之兆」女子〔註 48〕，竟是自己久未見面的未婚妻！而且信中甚至刻意地交代了雪梅自己的身世：「妾自生母棄養，以至今日，伶仃愁苦，已無復生人之趣。繼母孤恩，見利忘義，慫老父以前約可欺，行思以妾改嬪他姓。」(《斷鴻零雁記》第五章）〔註 49〕也自然能讓故事中的三郎，道出：「雪梅者，余未婚妻也。」、「雪梅之父，亦為余父執，在余義父未逝之先，已將雪梅許我。後此見余義父家運式微，余生母復無消息，乃生悔心，欲爽前諾。」以及「顧其生父繼母，都不見恤，以為女子者，實貨物耳，吾固可擇其禮金高者而鬻之，況此權特操諸父母，又烏容彼纖小致一辭者？」等往事，藉者三郎的回憶，讓讀者得知這些故實。而少年比丘——法忍，則是在第二十二章中，述說自己遭受原本愛戀的「湘女」的拋棄，以及其憤而投水自盡卻未果之後的反思。作者以極大的篇幅，敘述這個看似與全篇主題無關的故事，實則欲利用此故事，與《斷鴻零雁記》中的三郎作一對比，誠如曾德珪所云：「作者有意以『湘女』的負心反襯『靜子』的多情，以『湘僧』(法忍）的殉情反襯三郎的『忍情』，藉此以抒發其悔恨交加的痛苦心情……。」〔註 50〕故法忍自敘之處，並非與小說主旨無關，反而欲以法忍的處境，讓《斷鴻零雁記》之前所述的主角三郎對雪梅、靜子等女主角的種種情愛割捨相互對比，透過此般敘述，三郎的性格實已不言而喻。

（二）由「外敘述者」與「內敘述者」所構織出來的悲劇故事

里蒙・肯南認為，一般而言，小說作者總是把故事當作敘述的對象，不過：

> 事實上故事裡面也可能含有敘述。一個人物的行動是敘述的對象，可是這個人物也可以反過來敘述另一個故事。在他講的故事裡，當

〔註 48〕蘇曼殊，馬以君編，柳無忌校訂：《蘇曼殊文集》上冊，廣東：花城出版社，1991 年，頁 82。

〔註 49〕蘇曼殊，馬以君編，柳無忌校訂：《蘇曼殊文集》上冊，廣東：花城出版社，1991 年，頁 84。

〔註 50〕曾德珪：《蘇曼殊詩文選注》，西安：陝西人民出版社，1986 年，頁 260。

> 然還可以有另一個人物敘述另外一個故事，如此類推，以至無限。這些故事中的故事就形成了層次，按照這些層次，每個內部的敘述故事都從屬於得以存在的那個週邊的敘述故事。〔註51〕

《斷鴻零雁記》即是利用「余／三郎」這個主要敘述者，以及「乳媼」、「河合夫人」等多個敘述者（本文所謂「次要敘述者」），以「敘述另一個故事」，依此形成里蒙．肯南所謂的故事層次，而此類「層次」的不斷堆疊，即構成故事中一幕又一幕的「事件」，而這些「事件」，又不斷地讓《斷鴻零雁記》逼近於主旨——「悲劇」。

此般敘事的情境與最終導向，也可配合胡亞敏的「外敘述者」與「內敘述者」等觀念作說明：《斷鴻零雁記》中的「余／三郎」是胡氏所謂「外敘述者」：「第一層次故事的講述者。他在作品中可以居支配地位，也可以僅起框架地位。」而被筆者稱為「次要敘述者」的乳媼、河合夫人、麥氏兄妹等，以至少年比丘、雪梅等類似故事的敘述者，則是胡氏所謂「內敘述者」：「指故事內講故事的人」、「故事中的人物變成了敘述者」、「這類敘述者在作品中往往具有交代與解說的功能。」〔註52〕在《斷鴻零雁記》中，曼殊利用「外敘述者」的「余／三郎」，與「內敘述者」的「乳媼」、「河合夫人」等角色，在故事中不斷地交織與聯繫，並利用後者來充當「解釋」、「敘述」的角色，讓「余／三郎」內心的一些感受、謎團或疑問，明確或暗地的被展示出來，這不僅是讓故事中的「余／三郎」得知某事、或藉由他人之語來暗合「余／三郎」的內心感受，更重要者，當然是讓讀者確知這些事件經過；讓小說故事顯得豐滿多采！

由是，這些「外敘述者」與「內敘述者」的不斷交涉，產生故事情節的「層次」，從而累積出許多故事中的「事件」。這些「事件」的發展，讓原本即已悲愴的故事主軸，更增添「感傷」、「不幸」的氛圍，蘇曼殊正是利用此般敘述過程，讓《斷鴻零雁記》趨於極度的悲劇性而收場。

總之，《斷鴻零雁記》利用三郎作為故事的主要敘述者，並在三郎以外，穿插若干敘述者，以補充故事主軸中必須存在的一些重要線索，諸如：以乳媼的視角看待三郎身世、以河合夫人交代靜子身世、以街坊鄰居的視角呈現

〔註51〕（以色列）里蒙．肯南（Shlomith Rimmon-Kenan），姚錦清等譯：《敘事虛構作品》，北京：三聯書店，1989年，頁164。

〔註52〕胡亞敏：《敘事學》，武漢：華中師範大學出版社，2004年，頁43～44。

三郎近況及三郎未婚妻之死等，此般敘述手法，不僅充實了故事情節，相較於中國傳統小說總傾向於故事開篇便作正面介紹、抑或通過一些事件的發生以輔助呈現，曼殊此法實更加真實與生動。

四、小說中的二種獨特敘述行為

《斷鴻零雁記》中有二種較為獨特敘述行為，此是胡亞敏所謂的「自然而然的敘述者」與「自我意識的敘述者」，亦可視為曼殊創作小說時，所運用的特出敘事技巧。

（一）「雪梅的一封長信」及「麥氏兄妹的對話」

誠如胡亞敏所云，「自然而然的敘述者」即是：「敘述者隱身於文本之中，儘量不露出寫作或敘述的痕跡，彷彿人物、事件自行呈現，由此造成一種真實的『幻覺』。」、「這類敘述者往往採用諸如發現手稿、書信、日記等手段以表明作品並非是一種創作，而是發生在某年某月的真實事件，由此掩飾其敘事作品的虛構性，使讀者忘記敘述者的存在。」〔註 53〕在《斷鴻零雁記》中，三郎的未婚妻雪梅交代婢女遞交予三郎的書信，以及麥氏兄妹對話二事，即可視為這一類敘述者。雪梅是三郎自幼訂有婚約的女子，理當是一頗為重要的角色，不過在整部《斷鴻零雁記》中，卻未見作者提供他們近距離接觸、相互對話的時空環境；雪梅的身影總是在「遠方」、與三郎永遠保持一定的距離〔註 54〕，其本身似乎也不願與三郎當面晤談，本身更沒有出現任何對白，僅是利用一封經由婢女遞交出來的書信，就明白表述了雪梅的身世、心境、以及其與三郎的遭遇。雪梅看似沒有任何「聲音」，但是因為這封信，足讓讀者自然而然地明白她的內心思緒，以及她在故事中、甚或是對三郎這個主角的重要性。

依此，雪梅與三郎的距離看似如此的遙遠，但是當三郎接到信時，信件又成為兩人最近距離的接觸；尤其曼殊安排故事中的雪梅預先透過信件描述二人不幸的婚姻，又安排三郎閱讀信件之後，作了回憶性質的情節補述，這一連串的內容敘述，便讓胡亞敏所謂「自然而然的敘述者」，在《斷鴻零雁記》中得到完善的概念性成立。

〔註 53〕胡亞敏：《敘事學》，武漢：華中師範大學出版社，2004 年，頁 45。

〔註 54〕例如在《斷鴻零雁記》第四章裡，雪梅第一次出現是在窗臺邊；其最後絕食自盡之事，三郎也是從鄰居口中得知。

麥氏兄妹是三郎兒時玩伴，不過最初的故事情節，未讓此二人直接出場，而是讓三郎在法事誦經時，偶然聽到對面座位上有「嬰宛細碎」的交談聲，《斷鴻零雁記》第二十四章：

> （女郎）言曰：「殆此人無疑也。回憶垂髫，恍如隔世，寧勿淒然？」時復有男子太息曰：「傷哉！果三郎其人也。」余驟聞是言，豈不驚怛？余此際神色頓變，然不敢直視。女郎復曰：「似大病新瘥，我知三郎固有難言之隱耳。」〔註 55〕

故事中的三郎起初「神色頓變」、「不敢直視」，待定神默察其聲，始想起原來這間屋子的主人麥氏，原來是鄉里舊鄰的麥家，而交談的兩人，即是「總角同窗」——麥家兄妹。此時才讓驚訝惶恐的心緒鎮定下來。

此處麥氏兄妹看似情節中不經意的對白，實際上代表了舊鄰好友對三郎近況的「全體聲音」，益之以三郎在聽聞交談話語之後所作的個人回憶：「久之，始大悟其即麥家兄妹，為吾鄉里，又為總角同窗。計相別五載，想其父今為宦於此。回首前塵，徒增浩歎耳。憶余羈香江時，與麥氏兄妹結鄰於賣花街。其父固性情中人，意極可親，御我特厚，今乃不期相遇於此，實屬前緣。」如此一來，即自然地完整交代了一部分兒時生活的來龍去脈。

（二）三郎不斷跳出來與讀者對話

《斷鴻零雁記》另一項獨特的敘述技巧，是不時會以真實的故事作者身分，進入故事情節中，試圖與讀者對話，也常預設讀者的心理狀態，以此為出發點，再予以反駁。

法國學者熱拉爾．普蘭斯《敘事學》曾提出四種敘述者類型，其中一類是敘述者意識到自己在寫作，並經常出面說明自己在敘述，普氏稱之為「自我意識型」〔註 56〕。而胡亞敏則更進一步地將此概念定義作「自我意識的敘述者」：「經常在作品中討論寫作情境，表明書中的人物只是些出來的文學形象，是受敘述者操縱的，敘事文中的唯一真實就是寫作本身。」〔註 57〕此亦

〔註 55〕蘇曼殊，馬以君編，柳無忌校訂：《蘇曼殊文集》上冊，廣東：花城出版社，1991 年，頁 141～142。

〔註 56〕熱拉爾．普蘭斯《敘事學》在〈敘述者〉一節中的分類，轉引自胡亞敏：《敘事學》，武漢：華中師範大學出版社，2004 年，頁 40。

〔註 57〕胡亞敏：《敘事學》，武漢：華中師範大學出版社，2004 年，頁 46。此亦是胡氏後文所謂「干預敘述者」。

是胡氏後文所謂「干預敘述者」〔註 58〕。在《斷鴻零雁記》中，曼殊時常在敘述過程中，嘎然頓止地接上：「讀吾書者識之，……」、「讀者試思，……」、「讀吾書者，至此必將議我陷身情網，……」、「讀者殆以余不近情矣」、「讀者尚憶之乎？」等，此類用以表明自己在講故事的「我」，試圖與臆想的「敘述接受者」：《斷鴻零雁記》所提及的「讀者」作對話。此即是上述學者所論之明顯例證。

羅鋼也認為，在「第一人稱」敘事小說中，「第一人稱敘述者」身上能包含兩種「自我」，亦即「經驗的自我」與「敘述的自我」，二者彼此對立、交叉與統一，自形成故事獨特的戲劇張力〔註 59〕。其中後者即是《斷鴻零雁記》此處所使用的敘述方法，而蘇曼殊此種寫作方式，除了深刻地證實敘述者本人，與作品中所描寫的人物之親密關係，也著實造成羅鋼所謂小說故事與敘述者之間的「一種生命體上的聯繫」、且「必然具有一種性格化的意義」〔註 60〕。換言之，即讓讀者體會作者或敘述者的鮮明性格，甚至瞭解作者切身的感受、闡明作者的創作動機。

推測蘇曼殊運用此敘事技巧的最終目的，當是在爭取閱讀者的同意或同情；也藉此抒發自身情感，讓《斷鴻零雁記》的沉重、悲哀的情緒，引起讀者的共鳴。尤其筆者曾試作一小統計，亦即《斷鴻零雁記》中用以提醒讀者、與讀者對話的頻率，有一有趣的現象，本文擬以表格釋之：

次第	章　回	句　式	小計
1	第一章	「讀吾書者識之，……」	1 次
2	第二章	「讀者試思，余殆極人世之至戚者矣！」	1 次
3	第三章	「讀者試思，……」	1 次
4	第五章	「讀吾書者，至此必將議我陷身情網，……」、「……以告吾讀者」、「嗟夫，讀者！……」、「讀者殆以余不近情矣」、「今請語吾讀者」	5 次
5	第六章	「余此際神經當作何狀，讀者自能得之。須知天下事，……。」	1 次
6	第二十七章	「讀者尚憶之乎？」	1 次

〔註 58〕胡亞敏：「干預敘述者具有較強的主體意識，它可以或多或少自由地表達主觀的感受和評價，在陳述故事的同時具有解釋和評論的功能」。參考胡亞敏：《敘事學》，武漢：華中師範大學出版社，2004 年，頁 49。

〔註 59〕羅鋼：《敘事學導論》，昆明：雲南人民出版社，1994 年，頁 171。

〔註 60〕羅鋼：《敘事學導論》，昆明：雲南人民出版社，1994 年，頁 172。

根據上表，可以發現這種敘事手法到第六章之後，亦即三郎準備東行尋母的時刻便徹底消失，從第七章以至第二十六章，大約是三郎在日本與母親共同生活、與靜子結識並相戀時，此法完全不使用，直到故事尾聲第二十七章，始再度出現。另外，運用此敘事手法到達最高潮的階段，是在接獲雪梅長信的第五章，依三郎在此章所表現的態度，似乎迫切地想傾吐全部的內心思量，急於讓讀者明白。曼殊此般與讀者對話的使用頻率，不失為一有趣的現象！

客觀來說，古代中國學者似較關注小說文本客觀的描述，誠如阿英引舉的晚清黃摩西所言：

> 小說之描寫人物，當如鏡中取影，妍媸好醜令觀者自知，最忌攙入作者論斷，或如戲劇中一角色出場，橫加一段開場白，預言某某若何之善，某某若何之劣，而其人之實事，未必盡其言。……夫鏡，無我者也。〔註61〕

此語足見中國學者對小說中「客觀敘述者」的重視，且即便是中國現代小說，在描述故事人物內心世界時，也較傾向忠實地記錄，亦即力圖維持客觀敘述的寫作方式。

不過，在中國的古代史傳中，如：《史記》的「太史公曰」、《漢書》的「贊」、《三國志》的「評」等〔註62〕，似乎即已開啟一書籍作者與閱讀者之間的對話平臺。到了中國古典小說，例如《初刻拍案驚奇》卷十八：「看官，你道小子說到此際，……。」、《紅樓夢》第一回的「看官！你道此書從何而起？」以及《聊齋志異》中的「異史氏曰」等〔註63〕，此類寫作方式，確實有試圖與閱讀者對話之傾向，已初步具有敘事學理論中所謂「自我意識的敘述者」、「干預敘述者」等的雛形。

即便如此，像曼殊這般直接跳出文本，明顯地叫喚讀者、盼能與讀者作對話，並尋求讀者支援與認同的敘述手法，不僅與上引黃人所言之觀點悖反，

〔註61〕轉引自阿英編：《晚清文學叢鈔・小說戲曲研究卷》，北京：中華書局，1960年，頁351～352。

〔註62〕此或許還能追溯至更早的先秦典籍，例如《左傳》等書中的「君子曰」敘事方式。

〔註63〕關於《聊齋志異》中的「異史氏曰」敘述方式，可以參考李娟：《異史氏曰——〈聊齋志異〉中的干預敘述者》，《河池學院學報》，2006年6月第26卷第3期，頁53～55。

在中國古典文學作品中，也誠屬稀有罕事。尤其曼殊創作《斷鴻零雁記》的同時，本無現代性的敘事理論可供參證，換句話說，《斷鴻零雁記》中「讀者……」這般特殊的語言風格，似是《紅樓夢》等小說中「看官……」的變形，唯「看官」屬古代話本遺留的說話形制，而曼殊的「讀者」則是刻意為之，且並非頻繁或規律性的出現，使之又傾向於隨手撚來的句式，此自成為《斷鴻零雁記》中另一項特出的敘事手法。

五、小說中對於時序方面的安排

（一）關於順時序與逆時序的課題

關於《斷鴻零雁記》中對時序的安排，曼殊一方面利用「順時序」的方式，讓主角三郎在故事的時間軸上順向前進〔註 64〕；一方面安排主角以外的角色「倒敘」。或有學者認為：「敘事技巧上，《斷鴻零雁記》基本按照事情發展的順序來交代故事始末，……。敘事時間上，也極少插敘倒敘，僅二三例而已。」〔註 65〕且在曼殊之前，中國古典小說即有「倒敘」之法〔註 66〕。不過本文以為，此「二、三例」的「倒敘」手法，能在故事主軸中自然而不突兀地呈現，正是吾人閱讀《斷鴻零雁記》時，必須加以關注之處。上述的乳媼、河合夫人、麥氏兄妹等故事中的敘事者，即是曼殊用來落實「倒敘」的動作。換言之，三郎在小說中所經歷的事件皆是「順時序」，當然在極少數的情節片段中，「余／三郎」會作出若干回顧，由此產生「逆時序」。不過三郎大部分的幼時回憶，曼殊皆不預先說明，而是讓三郎在沿途的過程中，不斷遇到其他的敘述者，讓這些敘述者以「逆時序」的敘事口吻「倒敘」出來。

如此一來，《斷鴻零雁記》就在一條「順時序」的故事主軸上，輔以多條「逆時序」作為線索，諸如三郎的成長過程與家庭背景等，以方便交代小說中未能詳述、但實際上卻已發生的故事情節。職是，不僅填補了故事中的若干空白，也讓《斷鴻零雁記》的敘事文體，充滿了時間的藝術性。

〔註 64〕這種敘述手法其實又牽涉了「共時性」和「歷時性」的課題，關於這方面的研究，向貴雲已有精闢的說解，可以參考向貴雲：《〈斷鴻零雁記〉之轉型期敘事特徵》，《滄桑》，2008 年第 04 期，頁 220。本文則進一步地在向貴雲的研究成果上，嘗試以「順時序」和「逆時序」等概念來分析《斷鴻零雁記》。

〔註 65〕黃曉垠：《從創作態度看〈斷鴻零雁記〉內傾性》，《青年文學家》，2009 年第 19 期，頁 35。

〔註 66〕例如我國古典小說理論中的「倒捲簾法」便是一種倒敘。這種說法可以參考羅鋼：《敘事學導論》，昆明：雲南人民出版社，1994 年，頁 136～137。

（二）小說中「預敘」與「暗示」的技巧

關於「預敘」〔註67〕，主要表現在三郎面對母親與靜子等人詢問婚事時的心理獨白。例如在《斷鴻零雁記》第十章裡，主人公三郎初見靜子後的那一夜，即「頭顱肢體均熱，如居火宅」、「輾轉不能成寐，病乃大作」，翌日躺在床上休息時自忖：「然余為僧及雪梅事，都秘而不宣，防余母聞之傷心也。茲出家與合婚二事，直相背而馳。餘既證法身，固弗娶者，……」〔註68〕除了在心底表明自己出家身分、誓不婚娶，也說明必須先隱瞞此事。此種心理獨白，實已事先透露了三郎與靜子的未來故事發展。又作者在《斷鴻零雁記》第十五章記載，當三郎得知靜子的博學多采，心裡的自歎竟是：「惜乎，吾固勿能長侍秋波也！」〔註69〕最後甚至在經歷一連串事件後，終於堅定了立場：「第念此事決不可以稟白母氏，母氏知之，萬不成行矣。」（《斷鴻零雁記》第十八章）〔註70〕

關於「暗示」的敘事方法，主要表現在《斷鴻零雁記》裡的三郎對於故事中其它接受者的言行與肢體動作。例如在《斷鴻零雁記》第十二章裡，三郎之後面對母親詢問時，竟「蘊淚於眶」、唯唯諾諾地說：「兒今有言奉干慈母聽納，蓋兒已決心，……」、「兒終身不娶耳」並說明自己「撫心自問，固愛靜子」，然實有「諸不得已之苦衷」〔註71〕。至於面對靜子的第一次試探，三郎的肢體表現是：起初「兀立不語」、而後「聞語茫然，瞠不能答」（《斷鴻零雁記》第十五章）〔註72〕，甚至「轉身稍離靜子所立處，故作漫聲指海

〔註67〕關於「預敘」的觀念是由法國學者熱奈特提出的（法）熱拉爾·熱奈特（Gerard Genette），王文融譯：《敘事話語·新敘事話語》，北京：中國社會科學出版社，1990年，頁38～43。另外，以色列學者里蒙·肯南則將熱奈特「預敘」定義略作修正，參考（以色列）里蒙·肯南（Shlomith Rimmon-Kenan），姚錦清等譯：《敘事虛構作品》，北京：三聯書店，1989年，頁83。不過本文所謂「預敘」仍是以熱奈特界定的意義為主。

〔註68〕蘇曼殊，馬以君編，柳無忌校訂：《蘇曼殊文集》上冊，廣東：花城出版社，1991年，頁98。

〔註69〕蘇曼殊，馬以君編，柳無忌校訂：《蘇曼殊文集》上冊，廣東：花城出版社，1991年，頁117。

〔註70〕蘇曼殊，馬以君編，柳無忌校訂：《蘇曼殊文集》上冊，廣東：花城出版社，1991年，頁124。

〔註71〕蘇曼殊，馬以君編，柳無忌校訂：《蘇曼殊文集》上冊，廣東：花城出版社，1991年，頁107～108。

〔註72〕蘇曼殊，馬以君編，柳無忌校訂：《蘇曼殊文集》上冊，廣東：花城出版社，1991年，頁119。

面」想辦法顧左右而言他、轉移兩人的對話主題（《斷鴻零雁記》第十六章）〔註 73〕。面對靜子緊牽其手的再次試探，三郎更是「神經已無所主，幾於膝搖而牙齒相擊，垂頭不敢睇視」，並「力制驚悸之狀」，以「囁嚅」的姿態回答靜子的詢問（《斷鴻零雁記》第十六章）〔註 74〕。

根據上述，三郎的內心獨白便是一種「預敘」的寫法，作者蘇曼殊明確地提示三郎一方面內心煎熬；一方面又以理智的聲音告誡自己，必須嚴守僧人戒規；另一方面不斷趨於堅定「不婚」的立場。此類「預敘」實已在為後來的「匆忙逃婚」事件，作了預先敘述，此也印證熱奈特所謂：「『第一人稱』敘事比其他敘事更適於提前（預敘）。」〔註 75〕而三郎在母親、靜子等接受者面前的表現，則是一種「暗示」，在蘇曼殊筆下，三郎總是含糊其辭、表現出「愀然不歡」、「作戚戚容」（《斷鴻零雁記》第十六章、第十七章）〔註 76〕等困窘不自然的行徑與姿態，此似是不斷地要讓故事中的母親與靜子等人，為了即將要發生的事件作好心理準備。

此即說明，對於閱讀者而言，三郎是在「預敘」；但對故事中的靜子等人而言，三郎則是不斷地「暗示」。這二種敘事手法可以視為蘇曼殊對《斷鴻零雁記》的第一人稱敘述局限的一種突破。蓋第一人稱小說縱然能有主角的內心獨白，然故事中的其他角色，總無法得知主角的這些心緒，不過卻能利用主角的「暗示」，或者剖析其心境、或者不明就裡而產生種種疑惑。正是在此類「預敘」與「暗示」的交織下，讓靜子等人即便無法一窺三郎的內心世界，卻能經由三郎的一些肢體語言，纏繞在三郎究竟是身體不適、或者心緒煩躁、抑或心有所屬的困惑中，最後在三郎的匆匆逃去、不告而別下獲得解答。

綜合上述，因為三郎的「預敘」與「暗示」，靜子等人在故事中，只能在「逃婚」中回味、領悟三郎的行為，而作為閱讀者，卻因此能對故事劇情產

〔註 73〕蘇曼殊，馬以君編，柳無忌校訂：《蘇曼殊文集》上冊，廣東：花城出版社，1991 年，頁 120。

〔註 74〕蘇曼殊，馬以君編，柳無忌校訂：《蘇曼殊文集》上冊，廣東：花城出版社，1991 年，頁 120。

〔註 75〕（法）熱拉爾・熱奈特（Gerard Genette），王文融譯：《敘事話語・新敘事話語》，北京：中國社會科學出版社，1990 年，頁 39。

〔註 76〕蘇曼殊，馬以君編，柳無忌校訂：《蘇曼殊文集》上冊，廣東：花城出版社，1991 年，頁 120、123。

生期待，並在閱讀過程中獲得快感，諸如：讀者比靜子等人預先知道三郎的念頭；期待靜子等人何時會得知三郎的想法；期待未來可能出現的結果等。

（三）從「線形」到「非線形」的故事佈局

《斷鴻零雁記》自開篇即以「線形」時序作為故事主軸，亦即標明情節的軌跡，清楚而完整的交代故事的事件與發展過程。不過曼殊卻讓小說導向「非線形」的故事尾聲。

在《斷鴻零雁記》第二十七章裡，當主人公三郎得知雪梅香消玉殞的消息，開始積極地尋找雪梅墓塚，不過一反中國古典小說總是「大團圓」收場的結局，三郎在村間遍尋各處，竟是「直至斜陽垂落，竟不得彼姝之墓」，最後只能大歎：「嗚呼！『踏遍北邙三十裡，不知何處葬卿卿。』……余此時淚盡矣！」、「不知余彌天幽恨，正未有艾也。」〔註 77〕（《斷鴻零雁記》第二十七章）至於三郎後來是否尋得雪梅之墓，蘇曼殊不願意再敘述下去了，於是全篇故事到此結束。

這種故事尾聲缺乏嚴格意義的封閉的方式，可以歸於「非線形」敘事結構，而胡亞敏更進一步地將「非線形」概分為二類，其中一類「情節結構的開放」：「情節不再是一個封閉的整體，也不是事件的句號，是潛在著多種可能性的開放體系。」〔註 78〕蘇曼殊此處欲讓故事流入未來的寫作手法，即是一例。蓋《斷鴻零雁記》並非正規地以「線形」結構走向故事終點，其尚留有多種的可能結局可供選擇：「三郎日後是否繼續尋找雪梅之墓？」、「最後墓塚是否已尋得？」、「墓塚究竟是在何處？」這些問題蘇曼殊並未交代，僅讓閱讀者盡情地馳騁想像！

六、結論

綜合上述，以敘事諸理論探析《斷鴻零雁記》，諸如：第一人稱小說體、敘述者的使用與功能、敘述層次、敘述行為，以及時序安排等，自能總結出蘇曼殊創作此小說的若干藝術技巧。換言之，關於《斷鴻零雁記》的研究與審美，不啻只能局限在其故事角色的考證、內容情節的悲劇性等。將現代敘事理論的研究成果，藉以考察《斷鴻零雁記》中的諸多敘述方法，讀者自然

〔註 77〕蘇曼殊，馬以君編，柳無忌校訂：《蘇曼殊文集》上冊，廣東：花城出版社，1991 年，頁 150。

〔註 78〕胡亞敏：《敘事學》，武漢：華中師範大學出版社，2004 年，頁 133。

能夠發現蘇曼殊對於小說中的角色、情節、敘述視野、時空環境等的安排，其實皆別有其用意，而且透過各種敘事技巧的交相使用，讓故事架構顯得豐滿。若從此類研究成果來重審柳無忌在《蘇曼殊傳．斷鴻零雁》所謂的「這篇小說裡的所有次要人物，如法忍、三郎的乳母和她的兒子、三郎的母親、姨母及妹妹，都只是輕描淡寫。就連雪梅這個配角，一個普通的中國貞潔女性的形象，也沒有勾劃出清楚的輪廓。」〔註 79〕此語確實成為了一個尚待商榷的問題，蓋蘇曼殊筆下的不少角色，其實皆在適當的故事情境中，扮演了重要的功能，其雖然看似「輕描淡寫」，卻有重要的價值與意義。

筆者盼能以本文的研究視角，讓《斷鴻零雁記》的敘事技巧，及其所透顯的文學藝術價值與成就，在研究過程中自見。唯值得一提者，是《斷鴻零雁記》敘事方法，不獨本文上述幾項而已！尚有不少關於此類的研究課題，可繼續深拓，例如：《斷鴻零雁記》作為第一人稱自傳體小說，卻一反中國古典小說總在首章先交代主角姓氏與生平的敘事傳統，「三郎」之名，遲至第三章始由的乳媼點出。又：蘇曼殊如何利用「象徵」的修辭技巧，讓故事中的自然環境場景，營造淒涼、傷感、缺乏生命力的氛圍，藉以象徵故事主角失望、哀戚、無活動力的內心情緒及其人物形象〔註 80〕。又如：第二章出現的江邊漁人與古廟童子：潮兒；第八章出現的逆旅主人，此類看似過場性質、毫無輕重的人物，實際上卻是小說中用來與之「對比」的角色。蓋蘇曼殊利用「對比」技巧，讓同一章的江邊漁人（人情冷漠、世態炎涼的代表）與潮兒（樂觀且熱心的代表），形成強烈的分野〔註 81〕；後來出家的潮兒、少年比丘：法忍，以及主角三郎，也能透過對比，分別塑造「困於親情」、「困於愛情」、「困於多情」的三種鮮明僧人形象〔註 82〕。上述諸課題，皆是《斷鴻零雁記》在敘事技巧上，仍可繼續研究的部份，礙於篇幅與筆者能力，無法深入分析。盼日後能另開篇章繼續討論。

〔註 79〕柳無忌：《蘇曼殊傳》，北京：三聯書店，1992 年，頁 115。

〔註 80〕雖然蘇曼殊《斷鴻零雁記》的時空背景設定在清明到來年冬天，不過獨清冷、嚴寒的天氣，不時出現在故事場景中，成為故事角色互動的主要環境。另外，清晨、夜半的場景也屢見不鮮，唯獨夏日時分似乎刻意跳過，又或者輕描淡寫，此是一極為有趣的課題。

〔註 81〕在蘇曼殊《斷鴻零雁記》第八章裡出現的逆旅主人，又能與上述人物比較。

〔註 82〕尤其潮兒還具有穿針引線、帶出未來故事情節等功能。其它如：河合夫人引出三郎與靜子相見相戀的情節；麥氏兄妹引出三郎尋雪梅墓的情節等，也具有類似的功能。

附錄一：節錄《斷鴻零雁記》第三章

（乳媼語）：一日，拾穗村邊，忽有古裝夫人，珊珊來至吾前，謂曰：「子似重有憂者？」因詳叩吾況。吾一一答之，遂蒙夫人憐而招我，為三郎乳媼。古裝夫人者，誠三郎生母，蓋夫人為日本產，……。

「三郎」即夫人命爾名也。嘗聞之夫人，爾呱呱墜地，無幾月，即生父見背。爾生父宗郎，舊為江戶名族，生平肝膽照人，為里黨所推。後此夫人綜覽季世，漸入澆漓，思攜爾托根上國；故摯爾身於父執為義子，使爾離絕島民根性，冀爾長進為人中龍也。明知茲事有干國律，然慈母愛子之心，無所不至，乃親自抱爾潛行來游吾國，僑居三年。忽一日，夫人詔我曰：『我東歸矣，爾其珍重！』復手指三郎，淒聲含淚曰：『是兒生也不辰，媼其善視之，吾必不忘爾賜。』語已，手書地址付余，囑勿遺失。故吾今尚珍藏舊簏之中。

當是時，吾感泣不置。夫人且賜我百金，顧今日此金雖盡，而吾感激之私，無能盡也。尤憶夫人東裝之先一夕，一一為貯小影於爾果罐之中，衣篋之內，冀爾稍長，不忘見阿母容儀，用意至為淒惻。誰知夫人行後，彼家人悉檢毀之。嗣後，夫人嘗三致書于余，並寄我以金，均由彼婦收沒。又以吾詳知夫人身世，且深愛三郎，怒我固作是態，以形其寡德。怨毒之因，由斯而發。甚矣哉，人與猛獸，直一線之分耳！

吾既見擯之後，彼即詭言夫人已葬魚腹，故親友鄰舍，咸目爾為無母之兒，弗之聞問。跡彼肺肝，蓋防爾長大，思歸依阿娘耳。嗟乎！既取人子，復暴遇之，吾百思不解彼婦前生，是何毒物？蒼天蒼天！吾豈怨毒他人者哉？今為是言者，所以懲悍婦耳。爾父執為人誠實，恒念爾生父于彼有恩，視爾猶如己出。誰料爾父執辭世不旋踵，而彼婦初心頓變耶？至爾無知小子，受待之苛，莫可倫比。顧爾今亭亭玉立，別來無恙；吾亦老矣，不應對爾絮絮出之，以存忠厚。雖然，今丁未造，我在在行吾忠厚，人則在在居心陷我。此理互相消長。世態如斯，可勝浩歎！

附錄二：節錄《斷鴻零雁記》第十二章

（河合夫人語）：三郎，吾決納靜子為三郎婦矣。靜子長於爾二歲，在理吾不應爾。然吾仔細回環，的確更無佳耦逾是人者。顧靜子父母不全，按例須招贅，始可襲父遺蔭，然吾固可與若姨合居，此實天緣巧湊。若姨一切部署已定，俟明歲開春時成禮，破夏吾亦還居箱根。

茲事以情理而論，即若姨必婿吾三郎，中懷方釋。蓋若姨為托孤之人，今靜子年事已及，無時不系之懷抱。顧連歲以來，求婚者雖眾，若姨都不之顧。若姨之意，非關門地，第以世人良莠不齊，人心不古，苟靜子不得賢夫子而侍，則若姨將何以自對？今得婿三郎，若姨重肩卸矣。

篇後小記

本論文是筆者嘗試以敘事學理論來分析古典文學作品的第一篇文章，初稿《從敘事學理論重審〈斷鴻零雁記〉的藝術價值》刊載於 2011 年《有鳳初鳴年刊》第 7 期（臺北：東吳大學中國文學系，2011 年 7 月，頁 77～99），是筆者在同年 4 月參加母校的「第一屆東海大學文史哲三系研究生論文聯合發表會」發表了《從叔本華的悲觀主義哲學論蘇曼殊詩》一文之後，一方面對於蘇曼殊的作品開始產生濃厚的興趣，一方面是希望在結合哲學思想來分析蘇曼殊的詩作之後，能夠進一步地再配合敘事學理論來闡釋其作品。因此筆者選擇了比較能呈現並開展出敘事學精神的小說作品，作為自己「初次試煉」的方向。由於當年發表這篇論文時，尚在攻讀博士學位的階段，鑒於原稿在主題、內容、結構乃至於表述方式等方面的稚澀，因此歷經這些年的數度反復修正之後，以本書的論文標題和改動之後的內容作為最後的研究成果。

參考文獻

1. （以色列）里蒙・肯南（Shlomith Rimmon-Kenan），姚錦清等譯：《敘事虛構作品》，北京：三聯書店，1989 年。
2. （法）熱拉爾・熱奈特（Gerard Genette），王文融譯：《敘事話語　新敘事話語》，北京：中國社會科學出版社，1990 年。
3. （俄）弗拉基米爾・雅可夫列維奇・普羅普（Propp，Vladimir IAkovlevich），賈放譯：《故事形態學》，北京：中華書局，2006 年。
4. （美）布斯（W. C. Booth），華明等譯：《小說修辭學》，北京：北京大學出版社，1987 年。
5. 丁賦生：《〈斷鴻零雁記〉：佛教文學中的一朵奇葩》，《南通師專學報》（社會科學版），1999 年 3 月第 15 卷第 1 期，頁 27～30。

6. 萬文嫻：《蘇曼殊小說「六記」之研究》，復旦大學中國現當代文學碩士論文，2009 年。
7. 馬以君編，柳無忌校訂：《蘇曼殊文集》，廣東：花城出版社，1991 年。
8. 王悦真：《蘇曼殊小說研究》，東海大學中國文學系碩士論文，1992 年。
9. 向貴雲：《〈斷鴻零雁記〉之轉型期敘事特徵》，《滄桑》，2008 年第 4 期，頁 219～220、233。
10. 莊逸雲：《清末民初的自敘傳小說》，《當代文壇》，2008 年第 4 期，頁 150～153。
11. 孫宜學：《斷鴻零雁蘇曼殊的感傷之旅》，《中國文學研究》，1999 年第 2 期，頁 44～49。
12. 李金鳳：《〈斷鴻零雁記〉與五四浪漫小說——以「飄零者」形象為例》，《濮陽職業技術學院學報》，2009 年 8 月第 22 卷第 4 期，頁 80～81。
13. 李娟：《異史氏曰——〈聊齋志異〉中的干預敘述者》，《河池學院學報》，2006 年 6 月第 26 卷第 3 期，頁 53～55。
14. 李萱：《殊途卻同歸——蘇曼殊〈斷鴻零雁記〉與郁達夫早期小說比較》，《廣東廣播電視大學學報》，2008 年第 1 期（第 17 卷總第 67 期），頁 81～85。
15. 楊聯芬：《晚清至五四：中國文學現代性的發生》，北京：北京大學出版社，2003 年。
16. 何宏玲：《蘇曼殊〈斷鴻零雁記〉新論》，《南京師範大學文學院學報》，2009 年第 4 期，頁 78～82。
17. 餘靜：《晚清民初小說第一人稱敘事的演變——從〈浮生六記〉到〈沉淪〉》，《宜賓學院學報》，2010 年 9 月第 10 卷第 9 期，頁 48～51。
18. 張寅德：《敘述學研究》，北京：中國社會科學出版社，1989 年。
19. 阿英編：《晚清文學叢鈔》，北京：中華書局，1960 年。
20. 阿英編：《晚清文學叢鈔》，北京：中華書局，1960 年。
21. 陳平原：《中國小說敘事模式的轉變》，北京：北京大學出版社，2003 年。
22. 陳平原：《關於蘇曼殊小說》，《杭州師範學院學報》（社會科學版），1995 年第 2 期，頁 39～43。

23. 羅鋼：《敘事學導論》，昆明：雲南人民出版社，1994 年。
24. 周慶華：《故事學》，臺北：五南圖書公司，2002 年。
25. 周淑媚：《「以情求道」、「在愛中涅盤」——論蘇曼殊的俗世經驗與小說世界》，《人文與社會學報》，2004 年 12 月第 1 卷第 5 期，頁 85～108。
26. 胡亞敏：《敘事學》，武漢：華中師範大學出版社，2004 年。
27. 胡俊飛：《感傷主義與中國小說敘事形式的嬗變》，《涪陵師範學院學報》，2007 年 3 月第 23 卷第 2 期，頁 15～22。
28. 柳無忌：《蘇曼殊傳》，北京：三聯書店，1992 年版。
29. 黃軼：《現代文學轉型初之蘇曼殊小說》，《南都學壇》，2004 年第 4 期，頁 61～62。
30. 黃曉垠：《從創作態度看〈斷鴻零雁記〉內傾性》，《青年文學家》，2009 年第 19 期，頁 35。
31. 章明壽：《古代第一人稱小說向現代發展的橋樑——〈斷鴻零雁記〉》，《文學評論》，1989 年第 1 期，頁 152～153。
32. 曾德珪：《蘇曼殊詩文選注》，西安：陝西人民出版社，1986 年。
33. 簡秀娥：《曼殊悲情世界析論》，《嶺東學報》，2006 年 12 月第 20 期，頁 227～260。

第三輯　展　望

第一篇　從《官場現形記》論清儒「義利之辨」思想在發展和落實上的困境

一、前言

乾嘉時期的戴震等清儒從「肯定人欲」、「以利為善」等角度，重新詮釋傳統儒學的「義利之辨」，使得儒學能通過道德實踐而再次貼近經驗現實面，更藉此改造走向迂滯、流於空談的理學。晚清嚴復等學者繼承這些觀點並推導出「善功」思想以及「己利、共利」並存等思維，使得儒學能合於逐漸走向功利主義的中國社會。不過這些理論能否有效落實在經驗世界？重視實踐、肯定功利等思想是否會因清末政治社會局勢而遭遇阻礙？相信這也是清儒擔心並試圖解決的難題。

因此，本文擬結合文學性的小說作品和思想性的儒家學術兩個領域，論述清代中葉到末期的儒學在發展中所遭遇的阻礙。從乾嘉時期到清代末年的帝國最後瀕臨崩潰瓦解，這一段歷史時期的儒學思想理路，確實因為諸多學者的反思、重新詮釋甚至是改造，從而有了不同以往的新的發展方向。更確切地說，從清初顧炎武（1613～1682）等人的主張「經世致用」到乾嘉時期戴震（1724～1777）等人的重視功利、肯定人欲，乃至於晚清嚴復（1854～1921）提倡的「善功」思想以及「己利」與「共利」並存的思維〔註 1〕，清代儒學以

〔註 1〕嚴復說：「趙宋之道學、朱明之氣節，皆有善志，而無善功。」參考嚴復《法意》的《按語》部分。嚴復譯：《法意》，轉引自嚴復《社會劇變與規範重建——嚴復文選》，上海：遠東出版社，1996 年，頁 452。

「實學」為主的思想道路基本上已經確定，而儒學思想通過這樣的演變和發展歷程，不僅更加貼近於經驗現實面，當然也能更加適合於當時已逐漸走向功利主義的中國社會。

不過，儒學思想終究不能只是束之高閣而淪為理論性的空談，考察先秦孔孟等哲人的思想，本來也非常的貼近現實人生，相信從戴震到嚴復一系的清儒，想必也希望自己的主張和理論，能夠真正落實在經驗世界。而清代中葉以後，中國的政治和社會確實因為西方文化的侵襲而遭遇前所未有的衝擊，傳承千年的儒學思想是否能適合於這個遭逢巨變的歷史時空背景，這是本文探討的最主要課題，因此筆者嘗試利用足以剖示一個時代的社會橫切面、具有史料參考價值的晚清諷刺類、譴責類小說作為考察對象，藉以論述晚清儒學在發展和落實上的困境，除了利用可以代表太谷學派的《老殘遊記》來說明清儒面對現實世界時的真實心境和內心困惑，更特別把關注焦點放在揭露清末政治社會亂象的《官場現形記》，利用李寶嘉（1867～1906）對晚清現實世界的描述，首先把晚清人士概分為接受新式思維和堅守傳統觀念兩大類型，並進一步地分別論述這兩大類型的知識份子對於傳統儒家道德倫常、宋明理學和新儒學的理論的扭曲和誤用，讓中國古代哲人原本最美好的初衷，因為這些人士的言行舉止而無法真正在經驗世界獲得實踐。

李寶嘉〔註2〕在1903年著《官場現形記》並連載於《世界繁華報》，其隨寫隨刊並在兩年後因肺病謝世，全書共六十回，體裁仿《儒林外史》，由各章獨立的短篇故事集結而成，部份故事內容則由歐陽巨源補綴而成。小說這樣的文學作品，有時候也記錄了一些被正史所摒棄的材料，從而補充了歷史的缺陷，所以若是能善加審視小說內容並篩選適當的材料，小說等文學作品必然成為一個時代的歷史側寫，尤其《官場現形記》內容所敘並非子虛烏有，孫寶瑄《忘山廬日記》的《十月一日，晴》:「《官場現形記》所記多時有其事，並非捏造。余所知者，即有數條，但易姓改名，隱約其詞而已。」〔註3〕魯迅

〔註2〕本文對於作者李寶嘉的生平、思想以及《官場現形記》寫作動機創作動機等方面的介紹比較簡略，一方面是礙於本論文的篇幅限制，另一方面是欲將論文焦點放在思想與文學兩大領域的聯繫，再一方面是筆者已在其他論文中述及，此可參考吳秉勳《〈官場現形記〉對清末官場生態及社會現象的批判》，《廈門理工學院學報》，2019年第06期，頁90～95。

〔註3〕續修四庫全書編纂委員會編：《續修四庫全書》，《史部．傳記類》，上海：古籍出版社，1995年。

《中國小說史略》的《清末之譴責小說》一文也用「政令倒行，海內失望，多欲索禍患之由，責其罪人以自快」來補充說明李寶嘉所身處的生活環境〔註4〕，近世更有學者根據史料來對這部小說描寫的人物進行比較，總結出晚清官場人物的八種典型例子〔註5〕。可見李寶嘉塑造的故事人物應有所本，是藉由小說體裁來針砭官場鬼蜮，深刻地揭露了清末官場的現實黑暗面以及封建吏治的陋規舊習，充分體現清末在面臨西潮拍岸、新思潮和舊文化交替時所呈現的一些社會現象，適足地保留了中國處在半封建、半殖民之下的時代性特色，因此在一定程度上確實反應了當時官場文化和真實社會景況。

小說可以剖示一時代的社會橫切面而具有史料參考價值，故筆者結合文學和思想兩個領域，以《官場現形記》為主要考察對象，配合清中葉到末期的儒學發展，論述晚清人士在面對世道混亂、西潮拍岸之際，對道德價值觀和儒學理論之間的界線取捨，藉此呈現晚清儒學在發展和落實上的困境。

二、清中葉以前儒學「義、利」觀念的發展態勢

中國傳統儒家學者一直以來總是嚴分義、利之別，堅守孔子「君子喻於義，小人喻於利」的立場（《論語・里仁》）〔註6〕，將克制一己的私欲作為修身立德的最重要課題，孟子說：「……人之所以求富貴利達者，其妻妾不羞也而不相泣者，幾希矣。」（《孟子・離婁下》）〔註7〕荀子也有「今人之性，生而有好利焉，順是，故爭奪生而辭讓亡焉；……。然則從人之性，順人之情，必出於爭奪，合於犯分亂理而歸於暴。」等說法（《荀子・性惡》）〔註8〕，而董仲舒等漢儒也在繼承孔孟「義利之辨」的思想基礎下而提出「正其誼不謀其利」等觀點〔註9〕。在標舉仁義思想的基本觀點下，秦漢以來的儒家士人總是把「私利」視為人性的醜惡面，有德君子必須引以為恥、引以為戒。

宋明理學家基本上也嚴守這種觀念，並在強調必須杜絕情欲以防止人性

〔註4〕魯迅：《中國小說史略》，上海：上海古籍出版社，2004年，頁205～206。
〔註5〕周貽白：《官場現形記索隱》，《文史雜誌》，1948年第6卷第2期，頁56～63。
〔註6〕（宋）朱熹：《四書章句集注》，臺北：大安出版社，1996年，頁23。
〔註7〕（宋）朱熹：《四書章句集注》，臺北：大安出版社，1996年，頁422。
〔註8〕（清）王先謙：《荀子集解》下冊，北京：中華書局，1988年，頁513～514。
〔註9〕班固《漢書・董仲舒傳》記載董仲舒自言：「夫仁人者，正其誼不謀其利，明其道不計其功」。參考（東漢）班固，（唐）嚴師古注：《漢書》，臺北：鼎文書局，1979年，頁2524。

有所偏差等觀點上，進而提出「存理滅欲」、「無欲則靜」等主張，試圖從人性的最底層處，即以澄明的「本心」來根絕物欲。因此絕大多數的理學家皆反對人欲，甚至視其為毒蛇猛獸，他們將「存天理」、「去人欲」奉為圭臬，如此一來「天理」和「人欲」之間自然成為一種對立狀態，兩者界線分明、是儒家信奉者不得跨越的一道鴻溝，而「天理」底下的「義」，和「人欲」衍生出來的「利」，自然也是涇渭分明，故陸九淵《語錄上》說：「名利如錦覆陷阱，使人貪而墮其中。」〔註 10〕朱熹《論語集注．里仁》告誡「欲利於己，必害於人。」〔註 11〕王陽明也強調「功利之毒淪浹於人之心髓」、「良知只在聲色貨利上用功」〔註 12〕。即便清初有顏元和李塨以及顧炎武、黃宗羲、王夫之等人從實際功利的角度出發，藉此批評宋明理學的空談心性道德，進而提出重視經世致用、強調事功、著重實踐等觀念，甚至有陳確（1604～1677）在其《私說》一文說：「天理正從人欲中見，人欲恰好處，即天理也。」、在其《無欲作聖辨》一文說：「欲即是人心生意，百善皆從此生。」〔註 13〕但是大膽而直接的倡言功利、把人欲和私利視為合理或者是善端的一部分，確實不是傳統儒家士子的思維模式。

儒家學術發展到清代中葉，不論是宋明以來的理學理論系統或者王陽明一系的心學思想流派，都已經有逐漸停滯僵化的現象，再加上封建傳統社會風氣下的道德思想尺度日益緊縮，因此以戴震為代表的一些學者，試圖從傳統儒學的框架中，重新建構一系列重學重智、通情遂欲的新儒學價值觀，藉此擺脫理學的教條式道德倫常以及王陽明學派的空談心性。由於這些學者的宣導，促使儒學得以真正走向適合於彼時的時代背景所迫切需要的「實用性儒學」，並且從以往的封閉守舊、貴義賤利的非功利傳統，過渡至傾向於重現實、重功利，以及突顯個人主義和經驗價值的新時代思維。這是今日學界把清代中葉以來的儒學定義成「實學」的主要原因之一，而張麗珠則歸納這些清儒的思想內涵和特質，進一步以「新義理學」稱之，認為清代中葉前後的以戴震為代表的學者及其學術體系，可謂「十八世紀乾嘉新義理學的『價值

〔註 10〕（宋）陸九淵、（明）王守仁：《象山語錄、陽明傳習錄》，上海：上海古籍出版社，2000 年，頁 37。

〔註 11〕（宋）朱熹：《四書章句集注》，臺北：大安出版社，1996 年，頁 22。

〔註 12〕（宋）陸九淵、（明）王守仁：《象山語錄、陽明傳習錄》，上海：上海古籍出版社，2000 年，頁 225、295。

〔註 13〕（清）陳確：《陳確集》，北京：中華書局，1979 年，頁 258、461。

轉型』」〔註 14〕。

此即說明，清代中葉以前的儒學發展當首推戴震，戴氏以考據學大師之姿，企圖將傳統儒家思想中視道德為形上的觀念，推展成以經驗價值為取向的「言利」價值觀，他試圖從根本上消弭理、氣之間的形上、形下的界限，強調「欲」可以是天理流行的一種呈現，藉此消解了天理和人欲之間的對立狀態，故云：「生養之道，存乎欲者也。」〔註 15〕又：「理者，存乎欲者也。」〔註 16〕如此一來，宋明二程思想中所謂的「不欲則不惑」觀念被徹底推翻，而人欲也因此被肯定，私利更不再是眾惡之源。如果把這種思想理路配合在當時的政治局勢和社會風氣上，則戴震確實是儒家思想得以延續、繼而順利的和現代化思維接軌的重要人物。

在戴震之後又有焦循（1763～1820）繼承其說〔註 17〕。焦循以「能知故善」作為發揚智性的理論前提，主張可以通過是否「合宜」、「合義」來檢驗「智」。焦氏認為「仁義」並非一成不變的道德標準：「知其不宜，變而之乎宜則義也。仁義由於能變通，人能變通故性善。」（《孟子正義．性猶杞柳》）〔註 18〕這種經過大幅度修正、一反傳統儒家思維的仁義觀，在一定程度上承認了人欲、私利也可以是「善」的想法，對儒學發展史而言，無疑是一種新穎的道德價值判准，其所謂「知有己之性，不知有人之欲，情不通而欲窮矣」的說法（《易通釋．性情才》）〔註 19〕，更是明顯在批判理學「去欲」主張，也突破了理學家心中對於「天理／人欲」之間的嚴格界限。而稍後的淩廷堪（1755～1809）也提出「以禮代理」的主張，試圖通過外在的社會規範作為約束人心的一種力量。淩廷堪認為「學禮」之目的在於「復性」，故其在《校禮堂文集》卷四《復禮上》說：「非禮，何以復其性焉？」〔註 20〕這種思維理路

〔註 14〕張麗珠：《清代新義理學：傳統與現代的交會》，臺北：里仁書局，2005 年，頁 1。

〔註 15〕（清）戴震：《原善》卷上，臺北：世界書局，1974 年，頁 6。

〔註 16〕（清）戴震：《孟子字義疏證》，卷上，臺北：廣文書局，1978 年，頁 5。

〔註 17〕焦循《雕菰集》卷十三《寄朱休承學士書》曾經自云：「循讀東原戴氏之書，最心服其《孟子字義疏證》。」其孟子思想正是繼承戴震的思想脈絡而發展。參考（清）焦循：《雕菰集》，臺北：鼎文書局，1977 年，頁 203。

〔註 18〕（清）焦循：《孟子正義》，臺北：文津出版社，1988 年，頁 374。

〔註 19〕（清）焦循：《焦循之易學》卷 5，臺北：鼎文書局，1975 年，頁 6～8。

〔註 20〕（清）淩廷堪，王文錦點校：《校禮堂文集》，北京：中華書局，1998 年，頁 237。

和戴震、焦循的重「學」、重「智」觀念的性質大致相仿，都是企圖把備受宋明理學家重視的形而上的「理」，落實到屬於客觀標準、價值外在的經驗層次。至於阮元（1764～1849）則是強調以禮節來節制情欲的「節性」說，這種說法和前面述及的幾位思想家的觀點異曲而同工，尤其阮元試圖以「相人偶」的概念來重新詮釋「仁」，從而消解了「仁」在傳統儒家和理學家心目中的形上地位，可謂是在承繼戴震論「理」、焦循言「仁義」之後，再次將傳統儒家的這個最重要觀念，轉向到形而下的經驗領域。

綜合上述，可以發現重視形而下的經驗世界，是清代中葉學者的一種普遍思維。宋儒重思、清儒重學，清初政權崇奉朱子等哲人之學，並非重視這些學者在理學道路上的哲學思辨功勞，而是視其為約束人民行為、鞏固封建倫理的道德教條，而乾嘉時期的戴震等學者，有意識的將傳統儒學賦予新解，徹底扭轉傳統儒學「君子喻於義，小人喻於利」的思想指導原則、提出了迥異於理學「嚴辨義利」、「貴義賤利」的義、利對立模式的嶄新詮釋，使得儒學得以趨於經驗世界，依此符合於當時的時代需求。

三、晚清小說及其作者對於功利性新儒學觀的落實

乾嘉時期戴震等人的理論思想對於清代儒學的發展，確實有相當程度的影響，在先秦孟子的觀念中尚有「窮則獨善其身」的道德修養工夫，不過從清初顧炎武的高倡經世致用、顏李學派的利用「以義為利」的義利觀作為德育觀的理論基礎，再到戴震、焦循、淩廷堪乃至於阮元的消解傳統儒家的「仁」和宋明理學的「理」的形而上地位，足以發現清中葉前後的儒學發展，已經明顯的有逐漸走向功利主義的傾向。

這種學術走向在晚清小說中當然也可以窺見端倪，徐復觀《中國文學中的想像與真實》說：「一部成功的小說，都是通過聯想地想像，把散見於社會中的某些現象，以凝縮於成一篇小說中的情節。」〔註21〕例如《老殘遊記》的作者劉鶚（1857～1909）是太谷學派李光炘的學生〔註22〕，雖然太谷學派在清代一直是比較特殊、甚至近乎神秘的儒家思想政治學派，但是其重視「實學」和「實行」、強調「教天下」與「養天下」並重的主張，依然明確而且清

〔註21〕徐復觀：《中國文學論集》，臺北：學生書局，1974年，頁458。

〔註22〕關於劉鶚與太谷學派之間的關係等相關論述，筆者已在其他論文裡進行了詳細的介紹。此可參吳秉勳：《劉鶚〈老殘遊記〉哭泣哲學新探》，《彰化師大文學院學報》，2019年9月第20期，頁121～129。

楚。太谷學派對於拯救國家社會和天下蒼生具有遠大的理想和抱負，並為此提供了一套具體的實踐方案，其思想脈絡主要分為「王道」和「聖功」兩大方面，「王道」是指該學派的修養工夫論，「聖功」則是該學派的政治措施，太谷學派正是藉由「王道」和「聖功」來達到「內聖外王」的最高境界。而李光炘生平所傳弟子中，得意的不過十餘人，其中出類拔萃的有蔣文田、黃葆年、毛慶蕃和劉鶚等人，他們為了實踐內聖外王而履行「教養分則」的工作，例如蔣文田、黃葆年負責講學，是為了實現「王道」的「教天下」職責；毛慶蕃和《老殘遊記》的作者劉鶚則是專門經營實業，為學派籌措經費並且造福百姓，是為了實現「聖功」的「養天下」職責。只要細讀《老殘遊記》就足以發現小說的主角老殘，不論是思考模式、或者實際的待人接物，都不斷地強調並體現這種教天下和養天下並重、以教養天下自命的態度。而作者劉鶚身為太谷學派「養天下」的實業人才，在現實生活中除了私人性質的行醫、開書局、辦商場、設立鹽務公司和經營地產，也主動與當時的清廷合作，承辦治理黃河的工作以及籌辦電車公司、自來水廠、鋼鐵廠和船運公司等業務，這不僅充分體現太谷學派的重視實行以養天下的理想，也展現劉鶚積極入世、欲建功立業而有一番作為的個人抱負。

從《老殘遊記》考察當時儒學思想的發展態勢，足以發現不論是小說內容及其作者，都試圖對傳統的儒家思想進行反思和改造，從而形成了功利性色彩十分鮮明的一種新儒學觀。與劉鶚淵源極深的太谷學派，在學術思想上一方面將宋明理學宗教化、組織化，一方面批評宋儒也批評王陽明等人；在政治思想上結合儒家民本思想而重視實行、強調禮樂教化兵農的實踐方案，而劉鶚身為周太谷乃至於李光炘一系「血統純正」的太谷學派弟子，作為這一學派的上座弟子、老師的得意門生，其思想體系自然深受太谷學派影響，今日考察劉鶚一生的行事風格以及《老殘遊記》中主角老殘的言行舉止等，都能非常清楚呈現這一類的觀點。

四、從《官場現形記》考察當代儒學的發展困境

通過《老殘遊記》所描寫內容、作品思想及作者生平等方面的考察，可以一窺太谷學派等當代儒學意欲強調功利性的鮮明特色，這是在對傳統儒家觀念進行反思和改造，而且對於儒學本身的發展歷程而言，這種高倡實用性儒學的觀點當然也是一次思想上的解放。不過，思想的解放也極易讓儒家的

一些固有觀念逐漸走向極端，尤其配合清代中葉以後的政治時勢與社會氛圍，當充滿理想、篤信儒學的知識份子，驚覺自己提出的救國治世方案並不能實施奏效，甚至原本美好的觀點被有心人士刻意扭曲和誤用時，難免會在作品中逐漸顯露出消極而沉重的悲涼和困惑，因此董國炎特別用「新儒家的困惑」來說明當代士子這種難以排遣的心緒〔註23〕。

《老殘遊記》是如此，《官場現形記》的作者及其故事內容亦是如此，尤其《官場現形記》等譴責性極為強烈的小說，其故事內容皆以激烈辛辣、言詞露骨的諷刺與批判，來描寫晚清時期刻意地扭曲和誤用儒家思想的官員、士子等知識份子的醜態。這和《老殘遊記》等諷刺小說所使用的寫作筆法不盡相同，更重要的是，通過閱讀《官場現形記》等譴責小說所呈現的當時社會現象，便足以發現戴震以後所逐漸發展的功利性、實用性的新儒學價值觀，在清帝國瀕臨崩潰之際已走向觀念偏差的歧路。

（一）強調「重學重智」下的德性偏差

戴震《孟子字義疏證・天道四條》說：「血氣心知，性之實體也。」、又《孟子字義疏證・理十五條》：「有血氣，則有心知。」〔註24〕其所謂「血氣」與「心知」猶如「形」與「神」，是一體的兩面，並無先後或者高下之別，故云：「夫人之生也，血氣心知而已矣。」（《孟子字義疏證・理十五條》）〔註25〕戴震以此作為思想前提，進而提出「學以牖吾心知，猶飲食以養吾血氣，雖愚必明，雖柔必強。」的見解（《與某書》）〔註26〕。依照戴震的觀點，「學」如日常飲食一般，是人類生活的一部分，是讓智性「得其養」的途徑，更因此總結出其在《孟子字義疏證・才三條》所謂的「人之幼稚，不學則愚」、「學以養其良，充之至於賢人聖人」等結論〔註27〕，戴氏重學的觀念由此可見。戴震認為，智、愚與否，並非決定人性善惡、處事成敗的主因，唯有「積學」才能使得心智不惑，而高度繼承戴震思想的焦循，則是更進一步地以「能知故善」凸顯重學、重智的道德觀。

戴震、焦循的原意，本在利用「學」、「知」等觀念來突破眾人秉性的不

〔註23〕董國炎：《明清小說思潮》，太原：山西人民出版社，2004年，頁488。
〔註24〕（清）戴震：《戴震集》，臺北：里仁書局，1980年，頁287、286。
〔註25〕（清）戴震：《戴震集》，臺北：里仁書局，1980年，頁285。
〔註26〕（清）戴震：《戴震集》，臺北：里仁書局，1980年，頁187。
〔註27〕（清）戴震：《戴震集》，臺北：里仁書局，1980年，頁311。

齊，亦即透過頌讀經籍、學習先聖之道來培養知識和智慧。戴震、焦循等清儒著重外在客觀規範，代之以理學家凡事皆向記憶體養省察、以本然良知追求心中本存的道德價值判斷，這是這些清儒得以將傳統儒學推向現實經驗界的一大步，不過時至清末，戴氏等人的美好原意似乎不能有效落實，所謂「德性資於學問」(《孟子字義疏證・理十五條》)〔註28〕的觀念已有被曲解的傾向而無法得以伸張。例如在《官場現形記》第一回中，王仁在訓勉方必開的兒子讀書的目的，竟是在中舉之後、做了官就能賺錢，還可以坐堂打人，而方必開之子聽了竟也「心內也有幾分活動了」，至於方必開在旁聽到「做了官就有錢賺」，甚至「哇的一聲，一大口的粘痰嘔了出來。」〔註29〕又如《官場現形記》第二十二回，標榜理學的傅署院認為：「我們這種人家世受國恩，除了做八股考功名，將來報效國家，並沒有第二條路可以走得。」〔註30〕在傅署院的心中，讀書的目的僅是為了求得功名，深刻地反映出當時的上層官僚階級，一心想借著本身的功名來保持家族的既得利益，以長保其祿位。再如《官場現形記》第七回，陶子堯身為洋務局的文案委員，竟然大膽地抄襲前人整頓商務的陳條，只因「撫台也是外行，不如欺他一欺」，因此陶子堯把去年買的「商務策」、「論時務」等相關書籍拿出來抄上幾條，再將之前從書院裡摘錄下來的《整頓商務策》隨手抄寫幾句，這樣的檔呈上去之後，竟然也大受撫院誇獎：「章程上，有幾條切中現今的時勢，很可以辦得。」〔註31〕而《官場現形記》第四十二回的一位封疆大吏賈世文，則是以盜取風雅聲名為樂，下級官吏闇于此道，也經常藉此來諂媚奉承〔註32〕。

從上述幾個例子可以發現，焦循主張的「能知故善」觀點在清末被一些清末士子所嚴重曲解，當時的官員士子經常利用人們重視文化知識的心理來博得名聲，而其下屬又利用了上級的愛好來撈取好處。這些人物或者把知識才學作為求取功名的工具、甚至不用於正途；或者只知一味抄襲，卻不肯投注閱讀的心力。焦循的人性論本是以經驗領域作為取向，目的是要讓儒學思想能夠直接進入現實生活、人倫日用之中，不僅跨越了傳統「恥言利」的基調，更藉此體現清學所秉持的「實是求是」精神。不過，焦循這種堅持「以利為本」、

〔註28〕（清）戴震：《戴震集》，臺北：里仁書局，1980年，頁281。
〔註29〕（清）李寶嘉：《官場現形記》，北京：中華書局，2013年，頁3。
〔註30〕（清）李寶嘉：《官場現形記》，北京：中華書局，2013年，頁222。
〔註31〕（清）李寶嘉：《官場現形記》，北京：中華書局，2013年，頁59～61。
〔註32〕（清）李寶嘉：《官場現形記》，北京：中華書局，2013年，頁456～458。

主張「趨利變通」的立場，如果不能運用得當，確實很容易淪為《官場現形記》裡一幕又一幕的官場醜態。另外，除了《官場現形記》的小說內容，當代的一些史料記載也可以作為這些社會亂象的旁證，例如清代程畹曾經描繪清末大官巡視鄉里而地方官員極盡奢華款待的景況：「大吏巡邊，行轅必市闤巨室，五彩為蓬，燈火重迭。……及進筵席，極珍錯備肥」〔註 33〕官員巡視不像執行公務，反倒似觀光遊樂。雖然科舉功名本是尋常百姓夢寐以求之事，通過讀書以仕宦在中國社會也本是天經地義，但為了做官賺錢而讀書，德行已經有所偏差，更甚者，汲汲鑽營、士無士行，官場自然變成了「最下流的上流社會」〔註 34〕，此等情狀，想是乾嘉以來戴震等思想家當初所始料未及。

（二）從「通情達欲」到「千里為官只為財」

戴震認為，情欲是性、是理的呈現，只要除卻蔽與私，自能全其善。而焦循繼承戴震思想，除了主張「性無他，食色而已，飲食男女，人與物同之。」之外（《雕菰集・性善解一》）〔註 35〕，更從「趨利故義」的角度切入來強調「趨時行權」、「以權用法」等現實得利的道德實踐原則，並從戴震「理者，存乎欲者也」的理論上發展出「通情遂欲」觀，試圖扣緊在客觀經驗現實面，通過食色、人欲來闡述人性，至於劉寶楠（1791～1855）則是以「義者，天理之所宜；利者，人情之所欲」的主張（《論語集注・里仁》）〔註 36〕，試圖推翻朱熹等理學家的「理欲對立」思想，而陳確甚至說：「真無欲者，除是死人。」（《陳確集・近言集・與劉伯繩書》）〔註 37〕，這些說法著實將程朱理學以來被視為洪水猛獸、避之唯恐不及的「人欲」，徹底轉換而成為在道德實踐方面所不可或缺的基礎觀念。但是反對「禁絕人欲」並不能解救水深火熱的清末社會，尤其從《官場現形記》的故事內容可以發現，晚清官場早已將「通情達欲」、「趨利變通」毫無限度的擴大，最終導致競逐私利、放縱情欲的社會歪風。這即是說，戴震、焦循等人的「以情論性」自然人性論這一套肯定自身內在價值、良知自主的個人行為判斷準則的美意，似乎難以適用於當時的清末中國社會。或許是晚清的西方資本主義抬頭和工商業興盛，在新舊文化交替

〔註 33〕（清）程畹：《潛庵漫筆》卷八，清光緒元年上海申報館鉛印本，年份不詳，頁數不詳。

〔註 34〕陳炳堃：《最近三十年中國文學史》，上海：上海出版發行，1989 年，頁 146。

〔註 35〕（清）焦循：《雕菰集》，臺北：鼎文書局，1977 年，頁 127。

〔註 36〕（清）劉寶楠：《論語正義》，臺北：文史哲出版社，1990 年，頁 23。

〔註 37〕（清）陳確：《陳確集》，北京：中華書局，1979 年，頁 469。

之際的多數群眾面對西潮拍岸、各種新式思想湧進時，一旦從封建禮教的束縛中得到解脫，反而無所適從，甚至不知所措，而身為管理階級的「官」或者墨守禮教成規、或者刻意扭曲進步的形象而趁勢鑽營斂財，造成下級官員乃至於尋常百姓也開始不安本分、競逐私利私欲，造成清末人士逐漸萌生趨利忘義的心理，從而出現許多道德倫常崩潰的亂象。例如《官場現形記》就曾經描寫晚清的經商買辦威脅利誘、公然敲詐官員的故事（《官場現形記》第九回），更有下級官員為了填補其虧空而聯合商販偽作假合同欺瞞上屬，卻在事成之後又被這些不具一官半職的買辦商人聯手敲詐（《官場現形記》第十回、第十一回），在這個新、舊文化交替的清末社會，中國傳統重義的道德觀念似乎正在逐漸消失。

張麗珠說：「（戴震）主要就是想為當時已經沛然莫之能禦的衝破禮教、追求人性自由的時代思潮，建立起真實反映人情的理論根據與思想指導」〔註 38〕不過此語似乎僅能適用在戴震等思想家身上，當時民間百姓似乎未能分辨「衝破禮教」與「違背道德」；「自由」與「我行我素」之間的區別，故「以利為善」確實顛覆了傳統義、利關係，尤其焦循的「趨時行權」、「以權用法」等新觀點，也被日後的嚴復所承繼，進而推導出：「人莫切於自為謀，而各有其所當之時、位；是以故訓成規有合不合者，凡此必聽其自擇，而斷非他人所能旁貸者也。」（《群己權界論》的按語）〔註 39〕嚴復此語，強調道德實踐必須聽由個人自行權衡「其所當之時、位」的客觀條件，是一種可以「自我選擇」的心理活動，但是傳統儒學「恥於言利」的門檻一旦跨過、人欲既然被高度的肯定，再加上西方文化的衝擊，晚清社會陷入一片追求功利主義的風潮，各種弊端與偏差思想自然應運而生。諸如此類的社會現象在《官場現形記》裡的描寫甚多，例如《官場現形記》第十一回的一位候補官員，為了爭取差使而勤跑上司家，希望能因此博得上司的好感，最後甚至厚著臉皮賴著不走，上司面對這種情況，也僅是歎氣道：「這些窮候補的，捱上十幾年，一個紅點子沒有見，家裡當光吃光。我們做上司的再不去理他，他們簡直只好死，還有第二條活路嗎？」〔註 40〕從他對這位候補官員的「窮候補的」

〔註 38〕張麗珠：《清代新義理學：傳統與現代的交會》，臺北：里仁書局，2005 年，頁 206。
〔註 39〕嚴復譯：《群己權界論》，臺北：臺灣商務印書館，1968 年，頁 68。
〔註 40〕（清）李寶嘉：《官場現形記》，北京：中華書局，2013 年，頁 96。

稱呼而論，言語之中的憐憫心境甚少，反而帶著更多的鄙夷和輕視以及無可奈何。可歎的是，如此虛偽不實的牆頭草現象，在晚清往往是官場上最普遍的生存之道！

「升官發財」是中國傳統社會根深蒂固的觀念，在吳敬梓《儒林外史》等清代小說裡，也有不少為了做官而不擇手段的故事，不過《儒林外史》中的故事人物做官的目的，多半是為了威風、顯示身分，發財則是「自然而然、順便之事」，藉此描述時人注重功名的心理。但時至晚清，如《官場現形記》中描寫的官吏，威風是其次，發財才是首要之務，而且泰半是「不義之財」，李寶嘉描述此類情狀之處甚多，本文無法逐一盡述，但不爭的是，小說中所述及的人物，雖然官職、品級和地位有高低尊卑之分，卻無一不被錢財所主宰。例如《官場現形記》第二回的趙溫和王孝廉二人一起進城拜訪王鄉紳，三人在言談之間，王鄉紳提到了他的親戚錢伯芳（錢典史），這位錢伯芳身為典史，雖然因為一些原因而被免職，但是「不料他官雖然只做得一任，任上的錢倒著實弄得幾文回來。」而王鄉紳對錢典史的行徑卻是讚譽有加：「做官不論大小，總要像他這樣，這官才不算白做。」〔註41〕認為錢典史是一個有才幹的官員、是理財的好手，而王孝廉竟然也附和道：「俗話說的好，『千里為官只為財』。」〔註42〕至於錢典史，自己也有一套為官哲學：

> 一年之內，我一個生日，我們賤內一個生日，這兩個生日是刻板要做的。下來老太爺生日，老太太生日，少爺做親，姑娘出嫁，一年上總有好幾回。……大凡像我們做典史的，全靠著做生日，辦喜事，弄兩個錢。一樁事情收一回分子，一年有上五六樁事情，就受五六回的分子。一回受上幾百吊，通扯起來就有好兩千。真真大處不可小算。不要說我連著兒子、閨女都沒有，就是先父、先母，我做官的時候，都已去世多年。不過託名頭說在原籍，不在任上，打人家個把式罷了。……。〔註43〕

小說中的錢典史藉由做壽的名義，以近乎強索的方法向百姓斂財，還洋洋得意地自吹自擂「做小典史勝過大官」的錯誤價值觀。

通過《官場現形記》的故事內容，足以想像晚清官僚體制彌漫著「千里

〔註41〕（清）李寶嘉：《官場現形記》，北京：中華書局，2013年，頁10～11。
〔註42〕（清）李寶嘉：《官場現形記》，北京：中華書局，2013年，頁11。
〔註43〕（清）李寶嘉：《官場現形記》，北京：中華書局，2013年，頁15～16。

為官只為財」，即使此財是不義之財似乎也無可厚非。例如上述的錢典史，當他遇見前程無可限量的「官場新貴」時，心裡想到的第一件事，是「暗裡賺他錢用」、趙溫去拜會自己的老師吳贊善，但身為京官的吳贊善嫌棄趙溫的「贄見禮」太少，竟然因此不見客（《官場現形記》第二回），而尹子崇身為「買辦」，則是為了謀取一己的小利而賣掉安徽省的全數礦產，並且利用各種矇騙的手段，往來於中國官員與洋人之間（《官場現形記》第五十二回）。再如《官場現形記》第十八回的一位欽差，查案過程中所秉持的法則竟是「只拉弓，不放箭」，而宮中得寵的太監甚至還堂而皇之的指導欽差：「一來不辜負佛爺栽培你的這番恩典；二來落個好名聲，省得背後人家咒罵；三來你自己也落得實惠。……，上頭有恩典給你，還不趁此撈回兩個嗎？」〔註 44〕所以這位欽差在查案過程中竭盡所能的恫嚇地方官員，除了樹立威信來博取名聲，首要之務仍然是想藉此來詐財。

另外，晚清盛行的捐官、賣官風氣，也在《官場現形記》中被詳盡的描寫出來，成為小說中許多官吏貪污的主要方式之一〔註 45〕。今日學者許大齡在研究清代捐納制度時，指出捐納的興盛，不外乎軍需、河工、營田、賑災四件事由：

> 國家經費有常，所入之數，由雍正迄嘉、道，都不過四千萬兩，然每週軍需、河工、災歉，則告支絀，其抵償之法，為仗捐納。……自雍乾以後，推而廣之，創定銀數，限以年月，目為大捐。從此有資者趨之若鶩，天下之人，皆以捐納一途為終南快捷方式。乃咸、同籌餉例開，捐納更成市易，不可收拾。〔註 46〕

《官場現形記》等一類譴責小說，也詳細地描寫了這群以金錢作為進身之階的捐官們，這些官員的出身可謂五花八門、無奇不有，或許李寶嘉為了吸引讀者而難免有些較為誇張的描寫，但是小說中揭露的捐班官吏在任用上的寬鬆輕率、出身的雜亂不堪等，仍具有相當程度的歷史真實性，從而成為記載這批捐官詳細活動的參考性文獻。

古代的統治階級為了延續國家體制的正常營運、不得已而開捐納官，如

〔註 44〕（清）李寶嘉：《官場現形記》，北京：中華書局，2013 年，頁 184。
〔註 45〕我國古代的賣官風氣與捐納制度，可以參考王士禎《池北偶談》卷九：「英宗復辟，石亨、曹吉祥等恃寵賣官至三千餘員，昭（張昭）奏之。」詳參（清）王士禎撰，勒斯仁點校：《池北偶談》，北京：中華書局，1997 年，頁 6。
〔註 46〕許大齡：《清代捐納制度》，香港九龍：龍門書店印行，1968 年，頁 21～22。

果真的能在無損吏治的情況下裨益國家度支，本來也無可厚非，此誠如張麗珠在論述焦循思想時所謂「（焦循）強調只要能變通，便皆能在現實中得利。」〔註 47〕畢竟戴震、焦循乃至於清末嚴復等儒學思想家，皆承認「權衡」、「變通」可以作為道德實踐的方式，進而藉此檢驗是否能切合現實並且在現實中得利。但是在清末的現實政治和社會狀況中，捐納制度最大的弊端，在於容易導致仕途龐雜、官吏素質降低，因為官職既然可以經由金錢購得，則「市井駔儈及劣幕蠹書，土痞無賴與台僕隸之徒」皆可縱橫官場〔註 48〕。因此《官場現形記》第十九回的浙江署院，直接把「捐班」比作嫖客：「張三出了銀子也好去嫖，李四出了銀子也好去嫖。……張三有錢也好捐，李四有錢也好捐，誰有錢，誰就是個官。這個官，還不同窯姐兒一樣嗎？」〔註 49〕這些異途出身的官吏，形成了中國政治史上最奇特的一個階層，尤其他們在花了大錢捐官之後，接下來當然就是要想盡辦法回本，於是貪污舞弊、虧空詐財之事自然無可避免，這是清代文廷式所謂：「……輸財之時，已預計取償之地，而入仕之後又每為士論所輕，此其心欲欲效忠於國者蓋時無一二焉，其餘則竭智盡力以謀自利。」（《文廷式全集》冊二）〔註 50〕朝廷高官利用出賣官缺來中飽私囊，而捐官在得勢之後也想盡辦法撈回本錢，不論捐班、正途、保薦，都把做官當作是「投資買賣」，猶如市井無賴的生意。

這種社會亂象在李寶嘉的小說中比比皆是，例如《官場現形記》第四回裡擔任鹽法道署的藩台大人，不僅叫幕友、親近的官員，四處為他招攬這一類的買賣，甚至訂下了固定的行情，從「平價」的中等差使到二萬兩銀子的「好缺」，各種官位品級任憑買家挑選，即使買方無法拿出現錢也無妨，可以出具一張到任之後的期票作為憑證，因此小說作者不禁諷刺道：「誰有銀子誰做，卻是公平交易，絲毫沒有偏枯。」〔註 51〕其他再如《官場現形記》第二回的錢典史、第三十五回的黃胖姑、第四十八回的欽差大臣童子良等，從未

〔註 47〕張麗珠：《焦循以易入道的新義理觀析論》，《興大中文學報》，2009 年 12 月第二十六期，頁 106。

〔註 48〕劉錦藻《清朝續文獻通考》卷九三《選舉十》記載咸豐二年，郭祥瑞上奏的內容。參（清）劉錦藻：《清朝續文獻通考》，臺北：新興書局，1959 年，頁 8531。

〔註 49〕（清）李寶嘉：《官場現形記》，北京：中華書局，2013 年，頁 195。

〔註 50〕（清）文廷式：《文廷式全集》，臺北：大華印書館影印本，1969 年，頁 29～30。

〔註 51〕（清）李寶嘉：《官場現形記》，北京：中華書局，2013 年，頁 33。

入流的小官典史、地方到中央的各級官吏，紛紛投入這場「投資買賣」，正是徐珂所謂「貪官墨吏，投貲一倍而來，挾貲百倍而去，吏治愈不可問矣。」（《清稗類鈔》卷十二「贈知縣知府聯」條）〔註52〕

通過《官場現形記》生動的描述，足以想像清末的官場根本無異於「商場」！名、器為貨品，官吏則是買賣人，就連彈劾官員的參案、各種重大的罪刑，都能利用金錢來交易，買得輕判甚至是無罪開釋，所以《官場現形記》第十七回的魏竹岡說：「……你不知道他們這些都老爺賣折參人，同大老官們寫信，都與做買賣一樣，一兩銀子，就還你一兩銀子的貨；十兩銀子，就還你十兩銀子的貨，卻最為公氣，一點不肯騙人的。」〔註53〕而《官場現形記》裡還有一類官員尤為可惡，他們居中牽線，除了賺取牽線費用之外，又會分別向買、賣二方瞞天哄抬價格，趁機賺取當中的差額，但是請托之人似乎習以為常、並不點破。這一類官場的「眾生相」，是清末社會的一大弊端，張中說：

> 官場，如同做買賣的市場。《官場現形記》中寫到的地方官，有知縣、知府、道台、巡撫、總督，大大小小的官員近百人，無不是這個骯髒的市場上卑鄙的市儈。雖然他們手法各有不同，共同的目標則是一個：錢！〔註54〕

官場淪為猶似市場上卑鄙的市儈，作為公器的職位不僅「明碼標價」，買賣之間還可以討價還價，清末官場的「宦途流品混雜，蘭艾同升」（《蕉軒隨錄》卷九）〔註55〕、烏煙瘴氣的社會亂象，依此自見。

清代戴震、焦循等學者，為了賦予儒家思想以實用的價值，所以提出「理者，存乎欲者」、「通情遂欲」等嶄新的思考點，希望為傳統儒學找到一條新的出路，並依此提出「終善」等概念，利用「以利為善」來兼顧「善」的客觀實踐和「利」的落實實現。尤其焦循所強調的變通法則——「趨時行權」、「以權用法」等現實得利的道德實踐思想，其所依據的「權」之「理」、亦即道德是非的價值判准，本該以「義」作為度量標準，故引《公羊傳》而云：「行權有道，自貶損以行權，不害人以行權。」〔註56〕此外，儘管戴震以來的清儒

〔註52〕（清）徐珂：《清稗類鈔》，臺北：臺灣商務印書館，1966年，頁67。
〔註53〕（清）李寶嘉：《官場現形記》，北京：中華書局，2013年，頁174。
〔註54〕張中：《李寶嘉與官場現形記》，瀋陽：遼寧教育出版社，1993年，頁65。
〔註55〕（清）方濬師：《蕉軒隨錄》，臺北縣永和：文海出版社印行，1969年，頁25。
〔註56〕（清）焦循：《孟子正義》，臺北：文津出版社，1988年，頁522。

已經在一定程度上肯定富貴利達、美衣甘食等利己方面的追求，不過這並不代表清儒提倡沒有節制的縱情聲色和欲望，畢竟他們在肯定求利的正當性之後，也進一步地處理了始終無法避免的「義」、「利」如何合一而又不害儒家傳統意義上的「義」的問題，故而提出「去蔽」、「去私」等能夠「求利而不害義」的涵養工夫，來節制人性中各種「害義」的不當行為以及不自覺地「意見為理」的陷溺〔註 57〕，這也是劉寶楠會說：「君子明於義利，當趨而趨，當避而避。其趨者，利也，即義也；其避者，不利也，即不義也。」之故〔註 58〕，更足以說明清儒確實也注意到「通情」、「遂欲」和「趨利」走向極端的可能性和危險性，也深知這是他們必然要面對而且解決的課題。

綜合上述，戴震以來的清儒標舉「人欲」而不再「恥於言利」；強調仁義可以變通、並經由變通而尋得人類性善本質等觀點，如果不能嚴謹的權衡、正確的把握，甚至刻意的誤解和濫用，一旦落實在經驗世界，確實很容易造成李寶嘉小說筆下所敘寫的情狀。這即是說，戴震、焦循等學者原本美好的立意，在《官場現形記》中卻反而成為一種極盡扭曲的價值觀，變成了新儒學在落實上的一種思維模式上的極端，而其所謂「通情達欲」、「利不利即義不義，義不義即宜不宜」（《孟子正義・天下之言性也則故而已矣》）〔註 59〕，更被晚清官員徹底地誤用成「千里為官只為財」，這或許是時人根本未能真正分辨焦循「合宜」、「合義」的真諦，「宜」與「義」的定義未明，焦氏「求利而不害義」的義利合一主張、「知己有所欲，人亦有所欲」的真正內涵無法彰顯，反而變成了毫無底線的「趨利變通」、一味競逐利欲的思想偏差。

（三）公領域和私領域之間的界限取捨

在中國傳統儒學的觀念中，有志之士「逐利」的唯一理由是追求天下之大利，這是一種純粹、客觀的公心，是在強調「天理之公」、反對「人欲之私」並且高倡「貴義賤利」的基礎上所自然表現出來的「崇公抑私」精神。不過，隨著明清時代社會價值的逐漸轉型、情欲覺醒等思想基調的轉換，清儒也在學術思想上不斷反省和改造，最終有意識的在「私」、「利、「欲」之中，尋得

〔註 57〕關於清儒在這方面上的探討課題，張麗珠已有十分詳盡的論述，可以參考張麗珠：《焦循以易入道的新義理觀析論》，《興大中文學報》，2009 年 12 月第 26 期，頁 122～123。

〔註 58〕（清）劉寶楠：《論語正義》，臺北：文史哲出版社，1990 年，頁 320。

〔註 59〕（清）焦循：《孟子正義》，臺北：文津出版社，1988 年，頁 586。

一個「不害義」的層次。如此一來，「逐利」、「遂欲」被賦予了正當性，而追求一己之私利的人性，也因此被清代儒者所肯定。所以，從顧炎武的「天下之人各懷其家，各私其子，其常情也。」（《亭林文集・郡縣論五》）〔註60〕、顏元的「正其誼以謀其利，明其道而計其功。」（《四書正誤》，收於《顏李叢書》卷1）〔註61〕到焦循的「利不利即義不義」（《孟子正義・天下之言性也則故而已矣》）〔註62〕和「利在天下，即利即義」（《雕菰集・君子喻於義小人喻于利解》）〔註63〕、陳確的「有私所以為君子」和「為學亦當治生」以及「治生尤切於讀書」等說法（《陳確集・學者以治生為本論集》）〔註64〕、劉寶楠的「人未有知其不利而為之，則亦豈有知其利，而避之弗為哉？」〔註65〕乃至於嚴復所謂「義利合，民樂從善」的「善功」思想（《社會劇變與規範重建——嚴復文選》按語）〔註66〕，足以發現當代儒學史上肯定「私利」的思想脈絡，尤其和焦循同為揚州學派的劉寶楠，甚至引舉董仲舒對策所謂：「夫皇皇求利，唯恐匱乏者，庶人之意也；常恐不能化民者，卿大夫之意也」來說明尋常百姓追求私利的行為，其實符合了《堯曰》裡孔子回答子張問政時所說的「因民之所利而利之」，以及孟子「若民則無恆產，因無恒心」的論述〔註67〕，藉此肯定庶民求利在道德上的合理性與正當性，而如何「利己」又「利群」的課題，也隨著這個思想脈絡而被清儒所關注。

清儒能正視「利己」思想的價值，能夠不再局限於「非功利」傳統、拘泥於「諱言利」思想框架，並且擺脫傳統「君子食無求飽，居無求安」的「安貧樂道」保守氛圍，對於中國儒學發展史而言，確實是一種非常嶄新的開創性觀點。不過，這自然會衍生出公領域的「利他」和私領域的「利己」之間要如何拿捏的重要課題，而肯定自利、追求實功，也本是中國傳統社會邁向現代化的必然歷程，如何正確地在公利與私利之間衡量取捨、劃分公、私領域的界限，對甫入平等、公平與進步世界的中國人而言，確實是一門學問。尤

〔註60〕（清）顧炎武：《亭林文集》，臺北：中華書局，1982年，頁9。
〔註61〕（清）顏元：《顏李叢書》，北京四存學會排印，1923年，頁6。
〔註62〕（清）焦循：《孟子正義》，臺北：文津出版社，1988年，頁585～586。
〔註63〕（清）焦循：《雕菰集》，臺北：鼎文書局，1977年，頁137。
〔註64〕（清）陳確：《陳確集》，北京：中華書局，1979年，頁158。
〔註65〕（清）劉寶楠：《論語正義》，臺北：文史哲出版社，1990年，頁320。
〔註66〕嚴復：《社會劇變與規範重建——嚴復文選》，上海：遠東出版社，1996年，頁342。
〔註67〕（清）劉寶楠：《論語正義》，臺北：文史哲出版社，1990年，頁154～155。

其古代中國可能是世界上「公務權力私有化」與「職業權力私有化」最嚴重、最氾濫的國家，每當統治階層有了一項新政策，中下階層的官吏乃至於民間百姓即有相應對策，例如《官場現形記》第六回描述山西歷經一場水旱，必須開辦賑捐，而小說中的人物三荷包收到官府消息之後，馬上到處拉攏、叫人捐官，趁機從中賺取「扣頭」，而膠州營的營官王必魁，則是克扣糧餉、化公為私。

再如《官場現形記》第十二回的胡統領帶兵剿匪，卻只考慮自己在沿路上的舒適性，因此行船所乘坐的竟是「江山船」、亦即錢塘江裡專門承值差使、不能載貨的大船，而船上女子各個擦脂抹粉、插花帶朵，有如官妓一般地專門伺候他，胡統領的隨員、師爺等，也另外搭乘了性質和「江山船」相仿、只不過艙深些而足以裝載貨物的「茭白船」，至於胡統領的手下兵丁，這些實際參與作戰的前線士卒，卻都乘坐在只能不斷地用槳撥水行駛的小船「炮划子」。胡統領帶兵作戰卻猶如出遊一般的尋歡作樂，只因「橫豎用的是皇上家的錢，樂得任意開銷，一應規矩，應有盡有……」〔註 68〕而剿匪之後，又向上級浮報開銷多達三十八萬銀兩，並從中提出一萬銀兩，用來派發給他的文武隨員、家人親友：「一來叫他們感激，二來也好堵堵他的嘴。」〔註 69〕

上述諸例，是《官場現形記》中描寫的公、私不分的腐敗官僚，小說裡的官員當是晚清政治和社會的真實寫照，清末劉錦藻就曾經上奏朝廷，指出官員奢糜浪費之狀在於「知有私不知有公」，以「奢」為當時貪風的起因（《清朝續文獻通考》卷一四二）〔註 70〕。這是因為官場上應酬逢迎的排場太多，開銷自然龐大，僅僅依靠薪俸很難維持日常花費，一般官員根本入不敷出。至於京官大員雖然不需要逢迎拍馬，但已經習慣過著揮霍無度、衣食奢華的生活，再加上當時狎妓、逛堂子等風氣盛行，京官的主要經濟來源，如果僅靠陋規和饋贈，也是無法滿足其龐大的開銷，故揮霍之餘，必定想方設法地尋求其他途徑來斂財，假公濟私、虧空公款早已被視為尋常之事。因此在《官場現形記》第十八回裡的老佛爺慈禧都說：「通天底下一十八省，那裡來的清官。……就是辦掉幾個人，前者已去，後者又來，真正能夠懲一

〔註 68〕（清）李寶嘉：《官場現形記》，北京：中華書局，2013 年，頁 111。
〔註 69〕（清）李寶嘉：《官場現形記》，北京：中華書局，2013 年，頁 176。
〔註 70〕（清）劉錦藻：《清朝續文獻通考》，臺北：新興書局印行，1959 年，頁 9035。

儆百嗎？」〔註 71〕

雖然清代在開國初期，鑒於明代貪官污吏對國家社會的危害，所以對貪官的懲罰甚厲〔註 72〕，但是仍然不能有效遏止貪污歪風，例如清高宗時期，三品以上大員觸犯貪贓之罪而被斬絞或者自盡的官吏，高達四十餘人〔註 73〕，不過即使是這樣的嚴刑峻法，似乎也未能達到殺雞儆猴的效果。時至清末，由於政治時局的混亂以及宦途的雍塞，官場上甚至形成了窮者越窮、富者愈富的亂象，所以李寶嘉在《官場現形記》第二十八回諷刺道：「京城裡的窮司員比狗還多。」〔註 74〕深刻呈現貪官污吏橫行、但同時又窮官林立的奇特景象。在這種僧多粥少的情況之下，官吏又不願意在混亂的時代共體時艱，統治階級也不思振作圖強之法，一個帝國走向覆亡之途，是可以預見之事。

客觀來說，戴震等清儒願意肯定「利己」的價值、擺脫「非功利」的思想束縛，不僅是儒學在發展的一種新方向，更使得儒學能從「存公滅私」、「恥於言利」的傳統價值，自此轉進了崇尚個人主義和自由主義的尊重「私領域」現代化思維。另一方面，戴震從「性善論」的立場出發來強調道德踐履的工夫，並強調人可以在無害於他人、無妨於公義的前提下盡情的追求現實生活的富貴利達，焦循也在以強調「終善」為目的的前提下，主張在公利與私利之間，可以在「無妨公利」原則下主張兼重義利，更不忘強調：「舍利不言，可以守己、而不可以治天下；天下不能皆為君子，則舍利不可以治天下之小人。小人利而後可義，君子以利天下為義。」（《雕菰集．君子喻于義小人喻於利解》）〔註 75〕可見焦循在主張人可以去追求被理學家否定正當性的「利己」等私利的同時，仍然重視公領域的「利天下」，而嚴復更是從焦循「利不利即義不義」的主張中，進一步地提煉出「己利」與「共利」並存的思想，希望能合於逐漸走向功利主義的中國社會。雖然這些論述都尚未正式觸及區別公、私領域的觀念，但是這種「利天下」和「利己」並重的思維模式，足以作為知

〔註 71〕（清）李寶嘉：《官場現形記》，北京：中華書局，2013 年，頁 183～184。
〔註 72〕例如《清史稿．朱之弼傳》中記載：「世祖惡貪吏，命官得贓十兩、役得贓一兩，皆流徙。」參考（清）趙爾巽等撰，國史館校注：《清史稿》冊十一，卷二百七十，列傳五十，臺北：臺灣商務印書館，1999 年，頁 8550。
〔註 73〕鐘越娜：《晚清譴責小說中的官吏造型研究》，台中：東海大學中國文學系碩士論文，1977 年，頁 30。
〔註 74〕（清）李寶嘉：《官場現形記》，北京：中華書局，2013 年，頁 298。
〔註 75〕（清）焦循：《雕菰集》，臺北：鼎文書局，1977 年，頁 137。

識份子、甚至是當時中國人在價值轉型上的重要先行理論。不過，這種公領域和私領域之間的概念分辨和界限取捨，在當時的政治和社會狀況下完全無法落實，似乎只能存在於清儒的學術理論之中，從《官場現形記》的很多故事內容和人物的言行舉止，足以發現一些晚清人士為了一己之私，刻意混淆了「利他」和「利己」之間的界線，遊走在公領域的「共利」和私領域的「自利」之間的灰色地帶，從而造成各種公、私不分的官場和社會上的亂象。

五、《官場現形記》中堅守「傳統道德」的「理學支持者」

從上述可知，清代中葉到末期的儒家學者，已經提出不少新的思維和理論來重新詮釋、甚至改造傳統儒學。不過，這些理論在實際運用於經驗世界時卻是困難重重。除此之外，通過《官場現形記》的很多故事內容和人物的言行舉止，可以發現清末仍有一批標榜固有道德、以傳統儒家道統自居而打著「清官」招牌的理學「支持者」，這些或者表裡不一、或者思想近乎迂陋陳腐的人士，也是阻礙當時新儒學發展的因素之一。

（一）刻意扭曲和誤用理學思想

通過《官場現形記》的描述，可以發現一些清末官員以理學為飾，藉此沽名釣譽、矯作清流，將「清官」當作「貪官」的面具，他們表面上堅守理學立場，實際上卻是在自欺欺人，這在《古今尺牘大觀》已有深刻的揭露：「今日所稱好官，纔到任，便減陋規，革常例，標榜清節，矯飾聲譽。而其實私門……欺世盜名，尤為可恨。」〔註 76〕這足以說明理學思想發展到清末，不僅無法進行內在的深化，僅徒留外表框架而被「尤為可恨」的貌似清官的官吏刻意地扭曲和誤用。

《官場現形記》中有甚多諸如此類的例子，例如小說中的山東撫院在上房裡另外設置小廚房，平日飲食極為講究，但是宴客時卻總是端出豆腐、青菜之類的四盆兩碗，而且不論寒暑都總是穿著一襲灰布袍、一件天青哈喇呢外褂，再打上幾個補釘。可是表面上極為清廉的他，卻時常暗地裡接受孝敬，而且為人又世故，凡有過孝敬的一定另眼看待（《官場現形記》第六回）。此類清末官場的亂象，並非李寶嘉虛構，清人李慈銘在《桃花聖解盦日記》記載：「近日有直隸人李如松號虎峰者，以優貢捐一內閣中書，自名理學。對客

〔註 76〕（清）嚴虞惇《與沈位山書》一文。收於姚漢章、張相同輯：《古今尺牘大觀》冊十二，臺北：中華書局，1962 年，頁 31。

必危坐，所食惟脫粟豆腐，常食於門屏間，欲令人皆見之。目不識數字而著語錄盈尺。」〔註 77〕這種情況也如同伍承喬《清代吏治叢談》所載矯飾虛偽、沽名釣譽的福建撫軍鄂元：「初任皖時以廉節自重，布衣疏食……人爭快之。」〔註 78〕正所謂「既想當婊子，又要立牌坊；一邊貪污受賄，一邊欺世盜名。」〔註 79〕都是人前人後判若鴻溝、雖然看似清流高尚，實際上卻是惡劣至極的彼時官員面貌。再如小說第十九回描寫到奉旨查案的兩位欽差，副欽差眼見正欽差收受不少賄賂，雖然自己也貪財，但他素以「道學」自命，所以貪的不多也不敢吭聲，既要名、又要利的「假道學」形象躍然紙上！

這些表裡不一的人物在《官場現形記》裡通常十分快活，不僅未被時人明顯揭露，反而以此為習常，官員之間也彼此心照不宣，可見晚清官場充斥著刻意扭曲、誤用理學思想的「假道學」者，例如《官場現形記》第二十回中，私底下為了解決往日的風花雪月而出賣官缺的傅署院自詡為理學人物：「我們講理學的人，最講究的是『慎獨』工夫，總要能夠衾影無慚，屋漏不愧。」〔註 80〕並且讚揚一生信奉理學的父親深怕「因人欲之私，奪其天理之正」，所以從來不正眼看待端茶、送點心給他吃的丫頭，傅署院自己身上也總是穿戴著舊衣、破靴和發黃的老式帽子，在旁伺候他的人，身上的衣著更全是補釘，浙江的官場風氣依此為之大變，大小官員以穿著破爛袍褂為升官途徑，估衣鋪、古董攤的舊衣舊帽竟價錢飛漲，而傅署院更因此獲得居官清正的名聲而被朝廷賞識，從出京時一個三品京堂，半年之間已升至封疆大吏。在李寶嘉小說的筆下有太多這一類的官吏大員，都是理學誤國的最真實寫照，即使不至於誤國、無害於政治，但是假倡理學來故作清高，也無疑是在本已迂腐、頹弊的官場上，平添更多的歪風。

這足以想見一些晚清人士對於當初宋儒大力提倡的理學，早已盡失敬心，空有道學家架式者、官場上固守傳統而淪為迂腐者，充斥在小說陳述的故事中，理學僅剩空談，無濟於事。尤其一般所認知的言談虛假、行事卑鄙在《官場現形記》中往往都是「做人、做官成功」的案例而受到眾人尊崇。這種經過扭曲、變相重組的善惡觀念，無疑已顛倒了傳統的社會價值觀念與社

〔註 77〕（清）李慈銘：《桃花聖解盦日記》，臺北：臺灣商務，1973 年，頁 48。
〔註 78〕伍承喬：《清代吏治叢談》，臺北：文海出版社，1966 年，頁 268。
〔註 79〕張中：《李寶嘉與官場現形記》，瀋陽：遼寧教育出版社，1993 年，頁 72。
〔註 80〕（清）李寶嘉：《官場現形記》，北京：中華書局，2013 年，頁 201。

會運行秩序；而儒家理想中的「善」和「正途」也徒留外在形式，「非正途」反而成為「成功」的有效手段。

（二）封建政治傳統陋習的延續

中國古代長期處於封建統治並且依靠傳統的倫常道德觀念維持社會的穩定，社會的各階層依此各得其所、各司其職而不至於紊亂，雖然不可否認的也因此建立了一些太平盛世，但就在晚清這麼一個傳統社會逐漸崩解的時代，再加上官僚階層的生活腐敗與道德墮落，原先傳統的權威與支柱漸形失墜，即便諸多守舊人士仍然勉強地支撐著搖搖欲墜的帝國，但是如此不分優劣地堅守傳統，反而更加暴露封建社會的黑暗和官僚佐吏的積習難改。

除了威權統治和階級制度等封建餘緒之外，一些傳統的優良思想和觀念一旦被誇大或濫用，也容易造成光怪陸離的社會亂象。例如《官場現形記》第二十二回中的賈筱芝在新官上任前，每到一處即跪下等著後方母親乘坐的轎子，嘴裡報一句「兒子某人，接老太太的慈駕」，老太太則在轎子裡吩咐道：「你現在是朝廷的三品大員了，一省刑名，都歸你管。你須得忠心辦事，報效朝廷，不要辜負我這一番教訓。」賈某聽到這裡，一定要回過身來，臉朝向轎門，答應一聲「是」，再說一句「兒子謹遵老太太的教訓」又趕緊攙扶母親下轎進屋〔註 81〕。通過沿途的多次、刻意上演的固定「戲碼」而博得孝子的名聲，可見封建傳統社會的以孝為本，早已被無止境的濫用，而中國傳統的優秀品格思想和崇尚道德的學術風氣更是已然變了調。

六、結語

通過本文的論述，足以發現從清初顧、黃、王等學者的提倡「經世致用」，到戴震以來的清儒對於傳統儒學「義／利」等道德層面之間的兩難思考，都已經有意識地在經驗層面、善的客觀事實上，投以更多的關注，更試圖在私、利、欲等人性上尋求一個「不害義」的層次來重新詮釋儒家思想，而清末嚴復等學者更是不斷地思考並試圖解決儒學如何真正落實在經驗世界的問題。這即是說，清儒在顛覆傳統儒學「嚴辨義利」和理學「求天理、去人欲」等命題的同時，關於如何在理、欲之間取得平衡點而不致於讓「人欲」走向極端；如何既變通、又得利，又能有效防止人心流於縱情肆欲的道德對立面，也自

〔註 81〕（清）李寶嘉：《官場現形記》，北京：中華書局，2013 年，頁 229。

然成為清儒的共同課題。尤其晚清在即將覆滅之際，正面臨著日益強大的西方世界在各種面向的侵襲，梁啟超《清議報一百冊祝辭並論報館之責任及本館之經歷》一文說：「十九世紀與二十世紀交點之一刹那頃，實中國兩異性之大動力相搏相射，短兵緊接，而新陳嬗代之時也。」〔註 82〕晚清是一個封建政體、傳統社會皆瀕臨崩解的時期，新的時代及其訊息不斷湧進，千古不容推翻的舊文化、舊思想卻依然矗立在士人心底，雖有一片氣象萬千之景，但一方面不願坦然面對信奉已久的倫常觀念逐漸崩潰，卻又希冀未來仍有一絲希望，社會的衝突矛盾自然無可避免。當古老的華夏文明與世界新興文明交會之際，中國當時的政治和社會在這樣的過渡期，並未因此隨之富強進步，反而暴露許多社會問題，不少行之已久的舊式傳統、習慣和學術思想，都被赤裸裸地攤開來反省與檢驗。

有志之士面對國家如此的處境，或者會如李寶嘉等小說作家一般，把對於清末政治的腐敗和各種社會的亂象之不滿寄託在作品裡，將一幅「窮形盡相的大清官國寫真」（胡適《五十年來中國之文學》）〔註 83〕，徹底展現在世人面前，希望以揭露和譴責的方式來替這個病態的社會，下一帖靈丹妙藥，藉此挽救即將面臨瓦解的帝國。或者有如康有為、梁啟超、譚嗣同、嚴復等人，則想盡辦法地思以救亡圖存之道，力圖從政治主張、社會改革、學術思想的重新詮釋等多種面向來扭轉頹勢，希望能跟上西方的科技、文明等步伐。而中國傳承千年的儒學思想，必然也會因應這樣的現實環境氛圍而需要變通或者有所改造，如此一來，「儒學思想如何從傳統邁向現代化？」〔註 84〕成為一個值得深刻反省與思考的問題，而運用在政治理論的層面上，也自然形成了必須該「外化為船堅炮利」抑或是「內化成義理人心」的課題，從乾嘉時期一直到帝國的最後瓦解，清儒在肯定自利、追求實功等理論基礎上所闡述的「重學重智」、「通情達欲」以及「義利合趨」的「即利即義」觀點，其實在一定程度上都是試圖同時解決這個問題，或者是在這兩個命題之間取得一個平衡點。

如果單就這樣的角度來看待清代中葉到末期的儒學發展史，則這些學者

〔註 82〕梁啟超：《飲冰室合集》文集，冊三，上海：中華書局，1936 年，頁 56。
〔註 83〕胡適：《胡適文存》第二集，臺北：遠東圖書公司，1979 年，頁 234。
〔註 84〕張麗珠：《清代新義理學：傳統與現代的交會》，臺北：里仁書局，2005 年，頁 231。

的主張和思維理路，的確真實的反映了中國在進入 18 世紀之後工商繁榮、人心趨利的社會普遍現象，更成為儒學融入世界性現代化進程中、傳統與現代的過渡思想。但是在促使儒學邁向現代化之餘，其實又牽涉了「如何有效落實」的難題，清末的康有為、梁啟超、嚴復等人也確實開始思考，中國堅守多年的儒學信仰，是否能真正在經驗現實面落實並成為一種普世價值，而中國人的性格又是否真如聖人所云之「善性本具」？故梁啟超在《新民說》第十一《論進步說》一文說：

> 然則救危亡求進步之道將奈何？曰：必取數千年橫暴混濁之政體，破碎而齏粉之，使數千萬如虎如狼如蝗如蝻如蜮如蛆之官吏，失其社鼠域（城）狐之憑藉，然後能滌蕩腸胃以上於進步之途也；必取數千年腐敗柔媚之學說，廓清而辭闢之，使數百萬如蠹魚如鸚鵡如水母如畜犬之學子，毋得搖筆弄舌，舞文嚼字，為民賊之後援，然後能一新耳目以行進步之實也。〔註 85〕

依梁氏之說，足見時人漸對官僚制度生厭惡之心，並思考「數千年腐敗柔媚之學說」的儒學，對中國社會的衝擊。而清儒對於傳統儒家思想的重新詮釋和對於理學的改造，確實在一定程度上反映了現實人情，更為儒學在未來發展上尋得一個新的方向，但是就民族個性而言，或許「低劣的人性」才是中國社會長期積弱相對衰落的根本原因，從《官場現形記》裡貪腐的眾生相、以及呈現出來的各種社會問題，就足以證實清儒美好的初衷在經驗世界落實的時候所遭遇的重重困境。

篇後小記

本論文刊載於《弘光人文社會學報》第 23 期（台中：弘光科技大學通識教育中心，2020 年 6 月，頁 39～65），這篇文章是筆者在寫完獲刊於 2019 年第 6 期《廈門理工學院學報》的《〈官場現形記〉對清末官場生態及社會現象的批判》一文之後，總是覺得尚有一些學術問題未能徹底地解決，有一些當時的歷史背景和哲學思潮之間的聯繫並沒有交代清楚，更重要的是我國固有的儒家學術及其文化如何在現實世界得以有效落實的問題，故而進一步地在該篇論文的基礎之上，將理學思想在宋朝的興盛時期、明朝的轉化演變時期，乃至於明末到清朝的僵固時期做一個學術發展和流衍上的梳理，藉以闡釋清

〔註 85〕梁啟超：《飲冰室合集》，專集，冊三，上海：中華書局，1936 年，頁 64～65。

末儒家人物在將學問落實于現實世界時所遭遇到的困境，最後總結出傳統的儒家學術、理學思想等在面對新舊文化交替時，在未來繼續發揚、實踐和傳承上的一些反思。這是本書在第三輯【展望】的初衷，亦即把古典文學、哲學思想和敘事學放置在近代乃至於現代的實際生活中，讓彼此產生碰撞，藉以激發具有學術意義和價值的火花，更借此證明「學院派」的學術思想和文學理論，仍然可以在如今日新月異的現代社會裡得到落實，依然可以渾然地融入在現代人的日常生活裡。

參考文獻

一、古籍文獻

1. （宋）朱熹：《朱子大全》，臺北：中華書局，1966 年。
2. （宋）朱熹：《朱子文集》，北京：中華書局，1985 年。
3. （宋）陸九淵、王守仁：《象山語錄、陽明傳習錄》，上海：上海古籍出版社，2000 年。
4. （清）王士禎撰，勒斯仁點校：《池北偶談》，北京：中華書局，1997 年。
5. （清）文廷式：《文廷式全集》，臺北：大華印書館影印本，1969 年。
6. （清）方浚師：《蕉軒隨錄》，臺北永和：文海出版社印行，1969 年。
7. （清）劉寶楠：《論語正義》，臺北：文史哲出版社，1990 年。
8. （清）劉錦藻：《清朝續文獻通考》，臺北：新興書局，1959 年。
9. （清）李寶嘉：《官場現形記》，北京：中華書局，2013 年。
10. （清）李慈銘：《桃花聖解盦日記》，臺北：臺灣商務，1973 年。
11. （清）陳確：《陳確集》，北京：中華書局，1979 年。
12. （清）趙爾巽等撰，國史館校注：《清史稿》，臺北：臺灣商務印書館，1999 年。
13. （清）顧炎武：《亭林文集》，臺北：中華書局，1982 年。
14. （清）徐珂：《清稗類鈔》，臺北：臺灣商務印書館，1966 年。
15. （清）淩廷堪，王文錦點校：《校禮堂文集》，北京：中華書局，1998 年。
16. （清）程畹：《潛庵漫筆》，清光緒元年上海申報館鉛印本，年份不詳。
17. （清）焦循：《孟子正義》，臺北：文津出版社，1988 年。
18. （清）焦循：《雕菰集》，臺北：鼎文書局，1977 年。

19. （清）顏元：《四書正誤》（收于《顏李叢書》），北京四存學會排印，1923 年。
20. （清）戴震：《孟子字義疏證》，臺北：廣文書局，1978 年。
21. （清）戴震：《原善》，臺北：世界書局，1974 年。
22. （清）戴震：《戴震集》，臺北：里仁書局，1980 年。

二、近人著作

1. 伍承喬：《清代吏治叢談》，臺北：文海出版社，1966 年。
2. 許大齡：《清代捐納制度》，香港九龍：龍門書店印行，1968 年。
3. 嚴復譯：《社會劇變與規範重建——嚴復文選》，上海：遠東出版社，1996 年。
4. 嚴復譯：《群己權界論》，臺北：臺灣商務印書館，1968 年。
5. 吳秉勳：《劉鶚〈老殘遊記〉哭泣哲學新探》，《彰化師大文學院學報》，2019 年 9 月第 20 期，頁 121～129。
6. 張中：《李寶嘉與官場現形記》，瀋陽：遼寧教育出版社，1993 年。
7. 張麗珠：《清代新義理學：傳統與現代的交會》，臺北：里仁書局，2005 年。
8. 張麗珠：《焦循以易入道的新義理觀析論》，《興大中文學報》，2009 年 12 月第 26 期，頁 95～132。
9. 陳炳堃：《最近三十年中國文學史》，上海：上海出版發行，1989 年。
10. 周貽白：《官場現形記索隱》，《文史雜誌》，1948 年第 6 卷第 2 期，頁 56～63。
11. 胡適：《胡適文存》，臺北：遠東圖書公司，1979 年。
12. 鐘越娜：《晚清譴責小說中的官吏造型研究》，東海大學中國文學系碩士論文，1977 年。
13. 姚漢章、張相同輯：《古今尺牘大觀》，臺北：中華書局，1962 年。
14. 徐復觀：《中國文學論集》，臺北：學生書局，1974 年。
15. 梁啟超：《飲冰室合集》，上海：中華書局，1936 年。
16. 續修四庫全書編纂委員會編：《續修四庫全書》，上海：古籍出版社，1995 年。
17. 董國炎：《明清小說思潮》，太原：山西人民出版社，2004 年。
18. 魯迅：《中國小說史略》，上海：上海古籍出版社，2004 年。

第二篇　敘事學語境下中國小說從古典過渡至近代體現的獨特性——以蘇曼殊《斷鴻零雁記》的兩個敘事技巧為例

一、前言

《斷鴻零雁記》是近代蘇曼殊（1884～1918）撰寫的一部自傳體短篇小說，本文嘗試從敘事學理論的研究視角切入，分別論述這部小說裡的兩大類敘述行為：「敘述者隱身於文本」和「故事主人公不斷試圖與讀者對話」。筆者認為，這兩類小說敘事手法和技巧，不僅能與近世學界所關注的一些敘事學觀點緊密相契，更希望藉由這種方式的探討，重新展現《斷鴻零雁記》這一類古典過渡到近代階段的小說的文學意義與藝術價值。

筆者曾在近幾年陸續發表了《從敘事學理論重審《斷鴻零雁記》的藝術價值》、《從叔本華的悲觀主義哲學論蘇曼殊詩》等文〔註 1〕，前者是利用里蒙．肯南和胡亞敏二位學者的敘事學理論作為研究基礎〔註 2〕，並且輔以其

〔註 1〕吳秉勳：《從敘事學理論重審〈斷鴻零雁記〉的藝術價值》，《有鳳初鳴年刊》，2011 年 7 月，頁 77～99。吳秉勳：《從叔本華的悲觀主義哲學論蘇曼殊詩》，《東海中文學報》，2013 年 12 月，頁 199～228。

〔註 2〕里蒙．肯南認為，敘事文本有三個最重要元素：「時間」、「人物刻劃」與「聚焦」。詳參里蒙．肯南（Shlomith Rimmon-Kenan），姚錦清等譯：《敘事虛構作品》，北京：三聯書店，1989 年，頁 77。

他敘事學者的觀點，進一步闡釋《斷鴻零雁記》裡的各種敘事手法，一方面讓敘事學理論能在《斷鴻零雁記》中獲得實踐；一方面凸顯其作為自傳體小說的價值與成就。可惜在早期礙於論文的篇幅和本人的筆力，當時僅能對於《斷鴻零雁記》裡的敘述行為和敘事技巧進行概論性的綜述，泛論了這部小說中的幾個比較粗淺的觀念，諸如：一，論述《斷鴻零雁記》作為「內部聚焦」類型的「第一人稱」敘事小說的價值和特色，並界定其「內聚焦型」中的「固定內聚焦型」敘述方式。二，分析小說故事裡的「主要敘述者」和三種類型「的次要敘述者」與二個「類故事敘述者」，藉此論述《斷鴻零雁記》的利用多重「敘述者」所構成的故事敘述「層次」。三，分析小說故事裡的「外敘述者」與「內敘述者」，藉此探討曼殊利用此種模式所構織出來的悲劇故事意蘊，以及小說故事佈局中對於時序方面的安排、小說中「預敘」與「暗示」的技巧等課題。至於《斷鴻零雁記》的一些較為重要、獨特的敘事技巧，卻無餘力再詳細陳述，故本文擬從學術界先進以及近幾年個人的研究成果之上，針對這部小說裡幾個特出的敘述方式，進行更深入的分析和探究。

二、《斷鴻零雁記》的價值以及近世學界的研究成果

陳平原認為「中國古代小說缺的是由「我」講述「我」自己的故事，這正是第一人稱敘事的關鍵及魅力所在。〔註3〕胡亞敏在定義「同敘述者」概念時也謂：「故事中的人物，他敘述自己的或與自己有關的故事。」並云：「同敘述者可以是故事中的主人公，……在西方早期自傳體小說中就已盛行，但在中國白話小說中則顯見，……。」〔註4〕胡氏所言誠然不誣，中國古典小說中以「第一人稱」或「敘述自己相關故事」作為寫作手法者，雖非創新之舉，但是客觀而論，確實也屈指可數，這是羅鋼所謂的以第一人稱敘事方式寫作小說，無論在中、西方，皆有悠遠之歷史，唯有「中國古典小說習慣用第三人稱敘事，……。」〔註5〕余靜甚至直言：「直到近代，西方小說傳入中國，以第一人稱敘事角度創作的小說大量出現，才真正改變了這種單一的敘事格

〔註3〕陳平原：《中國小說敘事模式的轉變》，北京：北京大學出版社，2003年，頁73。

〔註4〕上引二語，參胡亞敏：《敘事學》，武漢：華中師範大學出版社，2004年，頁41～42。

〔註5〕羅鋼：《敘事學導論》，昆明：雲南人民出版社，1994年，頁166。

局。」〔註6〕這是因為中國古典小說除了自唐代張鷟《遊仙窟》、王度《古鏡記》、李公佐《謝小娥傳》，乃至於清代沈復《浮生六記》、曹雪芹《紅樓夢》開篇之數語，以及吳趼人《二十年目睹之怪現狀》有稍微出現類似的手法以外，似乎必須遲自蘇曼殊《斷鴻零雁記》的問世，這種敘事技巧方有較為明顯的發展與突破，這也正是成書於中國從古典走向近代化歷程的《斷鴻零雁記》的價值所在〔註7〕。

因此，這部小說自 1911、1912 左右問世以來，即頗受世人的關注，而近世學界對於這部小說的相關研究，不論是故事角色與真實人物之間的考證；或者從內容分析故事人物形象；或者研究其寫作時的心路歷程和主題意蘊；或者研究其內容所顯的浪漫特質與情調；甚或是從佛教文學入手，研究《斷鴻零雁記》的思想等，著實累積了豐碩的研究成果。不過，綜觀近世學界對於蘇曼殊及其作品的相關研究，大多關注在其寫作的心路歷程、作品的風格情調與內容指涉；或者圍繞在《斷鴻零雁記》各個角色與蘇曼殊生平之間等方面的考證〔註8〕。唯有利用敘事學理論的視角來探尋此小說在主題意蘊、作者心理狀態以外的藝術性等的相關研究則相對較少，即便近幾年已有一些學者開始進行此種較為嶄新的研究方式，但是時至今日仍較乏人問津，主要著作也僅有寥寥數篇而已〔註9〕。這即是說，利用敘事學理論以審視《斷鴻零雁

〔註6〕余靜：《晚清民初小說第一人稱敘事的演變——從〈浮生六記〉到〈沉淪〉》《宜賓學院學報》，2010 年 9 月第 10 卷第 9 期，頁 48。

〔註7〕中國的「第一人稱限制敘事手法」，必須遲至五四時期，才成為小說創作的主流。依此，蘇曼殊《斷鴻零雁記》實成為促進中國小說的近代化以及中國小說敘事模式從傳統轉向現代的橋樑。所以近世的學界總以「從古典轉向近代（甚至是現代）的過渡的代表作品之一」、「徹底顛覆中國傳統小說全知敘事」稱之，上述二語並見余靜：《晚清民初小說第一人稱敘事的演變——從〈浮生六記〉到〈沉淪〉》《宜賓學院學報》，2010 年 9 月第 10 卷第 9 期，頁 48～49。《斷鴻零雁記》作為自傳體小說的價值與意義即是在此。

〔註8〕《斷鴻零雁記》作為蘇曼殊的自傳性小說，已被學界普遍認同，而作為一篇自傳體小說，其內容或者能與曼殊的真實生活相互對照或參證，這是近世諸多學者總圍繞在「《斷鴻零雁記》與曼殊生平」等課題的主要原因之一，關於這方面課題的研究與考證，學界已有不少重要的成果，此可參柳無忌的介紹，參柳無忌：《蘇曼殊傳．斷鴻零雁》，北京：三聯書店，1992 年，頁 117。

〔註9〕有意識地專門以敘事理論研究《斷鴻零雁記》，並且特開專篇以探討者，較明顯的僅有四篇。如：胡俊飛：《感傷主義與中國小說敘事形式的嬗變》，《涪陵師範學院學報》，2007 年第 3 期，頁 15～22。向貴雲：《〈斷鴻零雁記〉之轉型期敘事特徵》，《滄桑》，2008 年第 04 期，頁 219～220、233。黃曉垠：《從

記》，仍有很寬廣的研究空間。

三、《斷鴻零雁記》的二種敘述行為

蘇曼殊在《斷鴻零雁記》中展現了二種較為獨特的敘事技巧：其一，是敘述者隱身於文本，使讀者忘記敘述者的存在，這是今日學者所謂「自然而然的敘述者」。其二，是故事主人公不斷試圖與讀者「對話」，藉此引發閱讀者的共鳴，這是今日學者所謂「自我意識的敘述者」。作為一部自傳體的短篇小說，蘇曼殊的這兩種敘述方式，確實豐富了其文學作品的藝術性，當然也增添了後世讀者的閱讀樂趣。

（一）敘述者隱身於文本——自然而然的敘述者

關於「敘述者隱身於文本」方面，《斷鴻零雁記》的主要敘述者，亦即主人公三郎，其未婚妻雪梅交代婢女遞交予三郎的一封長信，以及麥氏兄妹之間的對話兩段故事，可以視為這種敘事技巧的代表。小說故事中的雪梅是三郎自幼訂有婚約的女子，理當是一個頗為重要的角色，不過在整部《斷鴻零雁記》中，卻未見作者提供他們近距離接觸、相互對話的時空環境；雪梅的身影總是在「遠方」、與三郎永遠保持一定程度的距離〔註10〕，其本身似乎也不願與三郎當面晤談，彼此之間更沒有出現任何對白，僅是利用一封經由婢女遞交出來的書信，就明白的表述了雪梅的身世、心境以及其與三郎的遭遇。雖然雪梅在整部小說中看似沒有任何「聲音」，但是卻能通過這封書信，讓讀者自然而然地明白她的內心思緒，以及她在故事中，甚或是對三郎這個主人公的重要性。

這種敘事技巧誠如胡亞敏在定義「自然而然的敘述者」時所謂：「敘述者隱身於文本之中，儘量不露出寫作或敘述的痕跡，彷彿人物、事件自行呈現，由此造成一種真實的『幻覺』。」、「這類敘述者往往採用諸如發現手稿、書信、日記等手段以表明作品並非是一種創作，而是發生在某年某月的真實事件，由此掩飾其敘事作品的虛構性，使讀者忘記敘述者的存在。」〔註11〕

創作態度看〈斷鴻零雁記〉內傾性》，《青年文學家》，2009年第19期，頁35。余靜：《晚清民初小說第一人稱敘事的演變——從〈浮生六記〉到〈沉淪〉》《宜賓學院學報》，2010年9月第10卷第9期，頁48～51。

〔註10〕例如《斷鴻零雁記》第四章，雪梅首次出現是在窗臺邊；其最後絕食自盡之事，三郎也是從鄰居口中得知。

〔註11〕胡亞敏：《敘事學》，武漢：華中師範大學出版社，2004年，頁45。

《斷鴻零雁記》的這種敘事技巧和胡氏所論極為契合，而小說故事中的雪梅與三郎之間的現實距離看似遙遠，但是當三郎接到信時，信件又成為兩人最近距離的接觸；尤其曼殊安排故事中的雪梅預先透過信件描述二人不幸的婚姻，又安排三郎閱讀信件之後，作了回憶性質的情節補述，這一連串的內容敘述，便讓胡亞敏所謂「自然而然的敘述者」在《斷鴻零雁記》中得到極為完善的概念性成立。

《斷鴻零雁記》中曾經記述了一段「麥氏兄妹的對話」，是筆者所謂「敘述者隱身於文本」敘事技巧的另一則代表。小說故事中的麥氏兄妹是三郎的兒時玩伴，不過作者在情節安排上，並未在故事的最初階段就直接讓這對兄妹出場，而是讓三郎在法事誦經時，偶然聽到對面座位上有「嬰宛細碎」的交談聲，透過這種敘事模式，交代了一些故事的重要線索，以及三郎當下的心境：

> （女郎）言曰：「殆此人無疑也。回憶垂髫，恍如隔世，寧勿淒然？」時復有男子太息曰：「傷哉！果三郎其人也。」余驟聞是言，豈不驚怛？余此際神色頓變，然不敢直視。女郎復曰：「似大病新瘥，我知三郎固有難言之隱耳。」〔註 12〕

故事中的主人公三郎起初「神色頓變」、「不敢直視」，待定神默察其聲之後，才猛然想起原來這間屋子的主人麥氏，竟是鄉里舊鄰的麥家，而交談的兩人正是「總角同窗」麥家兄妹，原本驚訝惶恐的心緒才逐漸鎮定下來。

作者在此處對於麥氏兄妹的看似情節中不經意安排的對白，實際上代表了舊鄰好友對三郎近況的「全體聲音」，再加上主人公三郎在聽聞交談話語之後所作的個人回憶：「久之，始大悟其即麥家兄妹，為吾鄉里，又為總角同窗。計相別五載，想其父今為宦於此。回首前塵，徒增浩歎耳。憶余羈香江時，與麥氏兄妹結鄰於賣花街。其父固性情中人，意極可親，御我特厚，今乃不期相遇於此，實屬前緣。」如此一來，即看似不著痕跡的、很自然的完整交代了一部分兒時生活的來龍去脈。

（二）故事主人公不斷試圖與讀者「對話」——自我意識的敘述者

《斷鴻零雁記》另一項獨特的敘事技巧，是經常不斷地忽然以真實的故

〔註 12〕蘇曼殊，馬以君編，柳無忌校訂：《蘇曼殊文集》上冊，廣東：花城出版社，1991 年，頁 141～142。

事作者身分進入故事情節中，試圖用這種方式與讀者對話，也時常預設閱讀者的心理狀態，並以此作為出發點，再予以反駁。筆者推測蘇曼殊使用這種敘事技巧的最終目的，當是在爭取閱讀者的同意或同情，也藉此抒發自身情感，讓《斷鴻零雁記》的沉重、悲哀的情緒，能夠引起廣大讀者的共鳴。

蘇曼殊的這一類撰寫模式，著實契合於後世學者所歸結的一些敘事觀點，例如胡亞敏曾經介紹法國學者熱拉爾．普蘭斯的論述，普蘭斯在其《敘事學》裡提出四種「敘述者」類型，其中一類是敘述者意識到自己在寫作，並經常出面說明自己在敘述，普氏稱之為「自我意識型」〔註 13〕，胡亞敏正是在普蘭斯的理論基礎之上，更進一步地將這個概念定義作「自我意識的敘述者」:「經常在作品中討論寫作情境，表明書中的人物只是些出來的文學形象，是受敘述者操縱的，敘事文中的唯一真實就是寫作本身。」〔註 14〕本文認為這種論述也是胡氏在後文所謂的「干預敘述者」的概念之一〔註 15〕。蘇曼殊在《斷鴻零雁記》中也確實經常在敘述過程中，嘎然頓止地接上:「讀吾書者識之，……」、「讀者試思，……」、「讀吾書者，至此必將議我陷身情網，……」、「讀者殆以余不近情矣」、「讀者尚憶之乎？」等句法，他會刻意的不時地忽然跳出原本的故事情節之外，直接以作者的身分進入故事中，用以表明自己在講故事的「我」，正在試圖與臆想的在和「敘述接受者」，亦即《斷鴻零雁記》所提及的「讀者」展開雙向的對話。諸如此類的寫作模式，皆是上述學者所論之明顯例證。

羅鋼認為，在「第一人稱」敘事小說中，「第一人稱敘述者」身上能包含兩種「自我」，亦即「經驗的自我」與「敘述的自我」，二者彼此對立、交叉與統一，形成故事獨特的戲劇張力〔註 16〕。其中後者即是《斷鴻零雁記》此處所使用的敘述方法，而蘇曼殊的這種寫作方式，除了深刻地證實了敘述者本人與作品中所描寫的人物之親密關係，也著實造成了羅鋼所謂小說故

〔註 13〕普蘭斯在《敘事學．敘述者》中列出了四種敘述者類型：干預型、可靠型、自我意識型和距離型。參胡亞敏：《敘事學》，武漢：華中師範大學出版社，2004 年，頁 40。

〔註 14〕胡亞敏：《敘事學》，武漢：華中師範大學出版社，2004 年，頁 46。

〔註 15〕胡亞敏認為:「干預敘述者具有較強的主體意識，它可以或多或少自由地表達主觀的感受和評價，在陳述故事的同時具有解釋和評論的功能。」參考胡亞敏：《敘事學》，武漢：華中師範大學出版社，2004 年，頁 49。

〔註 16〕此說詳參羅鋼：《敘事學導論》，昆明：雲南人民出版社，1994 年，頁 171。

事與敘述者之間的「一種生命體上的聯繫」而且「必然具有一種性格化的意義」〔註17〕。換言之，《斷鴻零雁記》的這種敘事方法，足以讓讀者體會作者或敘述者的鮮明性格，甚至瞭解到作者切身的感受，更藉此闡明作者的創作動機。

另外，筆者曾經在早年所撰寫的論文裡針對《斷鴻零雁記》中用以提醒讀者、與讀者對話的頻率作了統計〔註18〕。筆者根據這樣的統計表格，探究這部小說的這種敘事手法到第六章之後，亦即三郎準備東行尋母的時刻便徹底消失，從第七章以至第二十六章，大約是三郎在日本與母親共同生活、與靜子結識並相戀時，則完全不使用此種敘事手法，直到故事尾聲第二十七章，才又開始再度出現。另外，《斷鴻零雁記》運用這種敘事手法到達最高潮的階段，是在接獲雪梅長信的第五章，根據主人公三郎在此章所表現的態度，似乎迫切地想傾吐自己全部的內心狀況，急於讓讀者明白自己當下的情緒。蘇曼殊此般與讀者對話的使用頻率，不失為《斷鴻零雁記》裡敘事技巧的一種有趣的現象！

四、獨特寫作技巧所凸顯的敘事成就和藝術價值

小說中的敘述者，本是真實作者想像的產物，這是美國學者布斯所謂「作者第二個自我」〔註19〕，因此在很多的自傳體小說中，真實作者與其創造的敘述者之間，總有諸多可徵的聯繫，並且在一定意義上，自然成為真實作者的代言人，這已經是近世作家經常使用的一種寫作技巧。小說家如此的敘事方式，總是能讓讀者置身在真實與虛構之間，這是柳無忌所謂的「整篇小說都在激發讀者的好奇心，特別是，如果讀者不管小說裡的許多漏洞和不合理的地方，竟然相信三郎和雪梅、靜子的愛情故事是來自作者本人生活中的某些篇章，不幸的三郎就更能得到同情。」〔註20〕。後世讀者或許無法探知蘇曼殊創作《斷鴻零雁記》時，是否已有意識地混淆真實與虛構的界限，不過蘇曼殊這種寫作方式，確實已經讓後世讀者不斷地試著探尋「三郎／曼

〔註17〕二語參見羅鋼：《敘事學導論》，昆明：雲南人民出版社，1994年，頁172。
〔註18〕詳參吳秉勳：《從敘事學理論重審〈斷鴻零雁記〉的藝術價值》，《有鳳初鳴年刊》，2011年7月，頁77～99。
〔註19〕（美）布斯（W. C. Booth），華明等譯：《小說修辭學》，北京：北京大學出版社，1987年，頁80。
〔註20〕柳無忌：《蘇曼殊傳》，北京：三聯書店，1992年，頁117～118。

殊」之間的聯繫，這種情況以及引發出來的結果本是一個不爭的事實，更是作為自傳體小說的《斷鴻零雁記》之所以能躋身為從古典轉向近代的過渡性代表作品之一，成為促進中國小說的近代化乃至於中國小說敘事模式從傳統轉向現代的橋樑，甚至徹底顛覆中國傳統小說全知敘事方式等價值成就與文學藝術意義之所在。

《斷鴻零雁記》的跨時代價值和意義已誠如上述，筆者此處所論述的二種敘述模式，則是補充了蘇曼殊在創寫這部小說時，關於敘事寫作方面上的文學藝術技巧，因為蘇曼殊的這種敘事手法不僅豐富了小說的故事內容，當然也加深了小說的閱讀趣味性。例如：關於「敘述者隱身於文本——自然而然的敘述者」的敘述行為，足以使讀者忘記敘述者的存在，不僅掩飾了敘事作品的虛構性，也較容易使讀者自己置身於小說故事之中，造成「進入主人公的真實生命歷程」的錯覺，而小說中的一些角色，更能透過作者的這種敘事技巧，依然能在不需要「登場」或「露面」的情況之下，完整的鋪陳自己或其他角色的身世背景，交待彼此之間的相互關係，藉此勾勒出鮮明的角色性格和立體的人物形象。關於「故事主人公不斷試圖與讀者『對話』——自我意識的敘述者」則是高度善用了閱讀者的「移情作用」心理，藉由引人入勝、扣人心弦的故事情節，趁著閱讀者尚在浸淫角色的生平遭遇、其「心裡距離」已和角色人物渾然相契時，又冷不防地忽然跳出故事裡正在構織的時空環境，直接和閱讀者展開雙向的對話，這種敘事手法確實足以成功的引發讀者的共鳴，也促使讀者在相當程度上參與並體驗了小說人物的境遇和心理活動。

另外，本文再進一步針對「故事主人公不斷試圖與讀者『對話』——自我意識的敘述者」一項來進行論述。客觀來說，中國古代學者一直以來似乎比較關注在小說文本的客觀描述，此誠如晚清阿英引舉同時代的黃人（1866～1913，原名振元，字摩西）所言：

> 小說之描寫人物，當如鏡中取影，妍媸好醜令觀者自知，最忌攙入作者論斷，或如戲劇中一角色出場，橫加一段開場白，預言某某若何之善，某某若何之劣，而其人之實事，未必盡其言。……夫鏡，無我者也。〔註21〕

此語足見中國學者對小說中「客觀敘述者」的重視，而且即便是中國現代小

〔註21〕轉引自阿英：《晚清文學叢鈔．小說戲曲研究卷》，北京：中華書局，1960年，頁351～352。

說，在描述故事人物內心世界時，也較傾向忠實地記錄，亦即力圖維持客觀敘述的寫作方式。

不過，早在中國的古代史傳中，諸如：《史記》的「太史公曰」、《漢書》的「贊」、《三國志》的「評」等，似乎即已開啟一書籍作者與閱讀者之間的對話平臺。這種敘事方式到了中國古典小說成熟期的清代，諸如：《初刻拍案驚奇》的「看官，你道小子說到此際，……。」（《初刻拍案驚奇》卷十八）、《紅樓夢》的「看官！你道此書從何而起？」（《紅樓夢》第一回）以及《聊齋志異》中的「異史氏曰」等，這一類的寫作方式確實都有試圖與閱讀者對話的傾向，已經初步具有敘事學理論中所謂「自我意識的敘述者」、「干預敘述者」等的雛形。

即便如此，像蘇曼殊這般直接跳出文本，明顯地叫喚讀者、盼能與讀者展開對話，並且尋求讀者的支持與認同的敘述手法，不僅悖逆了上引黃摩西所論之觀點，在中國古典文學作品中，也誠屬稀有罕事。尤其蘇曼殊在創作《斷鴻零雁記》的同時，本無現代性的敘事理論可以供他參證，換句話說，《斷鴻零雁記》中「讀者……」這般特殊的語言風格，似是《紅樓夢》等古典小說中「看官……」的變形，唯「看官」屬於古代話本遺留的說話形制，而蘇曼殊的「讀者」則是刻意為之，而且並非頻繁或規律性的出現，使之又傾向於隨手撚來的句式，此自成為《斷鴻零雁記》中另一項特出的敘事手法。

篇後小記

本論文原題為《敘事學角度下中國小說從古典過渡至近代體現的獨特性——以蘇曼殊〈斷鴻零雁記〉的兩個敘事技巧為例》，刊載於 2019 年《廈大中文學報》第 6 輯（頁 213～219）。這篇論文是 2011 年發表的《從敘事學理論重審〈斷鴻零雁記〉的藝術價值》的進一步「拓展和發揮」，因為早年發表這篇論文時，筆者剛開始接觸敘事學領域，對於這個領域的涉獵甚淺，因此在利用理論來分析文本時，只能以較為泛論性質的角度、偏向於「套用公式」的研究方法來處理蘇曼殊的小說作品。經過這些年對於相關理論性書籍的持續閱讀以及不斷地反思，更自我勉勵當秉持「前修未密，後出轉精」的精神，因此客觀來說，所謂的「拓展和發揮」反而是更加限定研究範圍，重點式的以強調「自然而然的敘述者」和「自我意識的敘述者」作為分析《斷鴻零雁記》的敘事原理，並將其獨特寫作技巧所凸顯的敘事成就和藝術價值，視為中國小說家在寫作方式上從古典到近代的過渡階段，藉以彰顯這部作品的代表性意義。

參考文獻

1. （以色列）里蒙・肯南（Shlomith Rimmon-Kenan），姚錦清等譯：《敘事虛構作品》，北京：三聯書店，1989 年。
2. （法）熱拉爾・熱奈特（Gerard Genette），王文融譯：《敘事話語　新敘事話語》，北京：中國社會科學出版社，1990 年。
3. （俄）弗拉基米爾・雅可夫列維奇・普羅普（Propp，Vladimir IAkovlevich）著，賈放譯：《故事形態學》，北京：中華書局，2006 年。
4. （美）布斯（W. C. Booth），華明等譯：《小說修辭學》，北京：北京大學出版社，1987 年。
5. 馬以君編，柳無忌校訂：《蘇曼殊文集》，廣東：花城出版社，1991 年。
6. 楊聯芬：《晚清至五四：中國文學現代性的發生》，北京：北京大學出版社，2003 年。
7. 何宏玲：《蘇曼殊〈斷鴻零雁記〉新論》，《南京師範大學文學院學報》，2009 年第 4 期，頁 78～82。
8. 余靜：《晚清民初小說第一人稱敘事的演變——從〈浮生六記〉到〈沉淪〉》，《宜賓學院學報》，2010 年 9 月第 10 卷第 9 期，頁 48～51。
9. 張寅德：《敘述學研究》，北京：中國社會科學出版社，1989 年。
10. 陸梅林主編：《讀者反應批評》，北京：文化藝術出版社，1989 年。
11. 阿英編：《晚清文學叢鈔》，北京：中華書局，1960 年。
12. 陳平原：《中國小說敘事模式的轉變》，北京：北京大學出版社，2003 年。
13. 陳平原：《關於蘇曼殊小說》，《杭州師範學院學報》（社會科學版），1995 年第 2 期，頁 39～43。
14. 羅鋼：《敘事學導論》，昆明：雲南人民出版社，1994 年。
15. 胡亞敏：《敘事學》，武漢：華中師範大學出版社，2004 年。
16. 胡俊飛：《感傷主義與中國小說敘事形式的嬗變》，《涪陵師範學院學報》，2007 年 3 月第 23 卷第 2 期，頁 15～22。
17. 柳無忌：《蘇曼殊傳》，北京：三聯書店，1992 年。

第三篇 《史記‧列傳》對現代「軟新聞」寫作的啟發

一、前言

在人類文藝創作的歷史長河中，新聞寫作是一種新興的寫作文體。其正式的名稱及其概念，是在20世紀以後隨著科技、網路的發展逐漸形成的，新聞報導也為了滿足受眾的需求而被分為「硬新聞」和「軟新聞」兩大類型。「軟新聞」又稱為「非事件新聞」，其與題材比較嚴肅、著重於思想性、指導性和知識性的「硬新聞」的最大不同處，是它往往不是最新發生的，是已存在一段時間而且比較沒有完備的主體內容和時效性，它更側重事件發生的階段性、概括性和傾向性〔註1〕，因此在寫作上通常比較靈活自由，在表達上也較為豐富和多元化，對於受眾而言，其特色在內容生活化、戲劇化以及表達形式的趣味性。如今，「軟新聞」和「硬新聞」已成為現代新聞報導的兩種最基本方式，兩者之間也有明顯的區別，目前很多學者更試圖通過內容的策劃、方式的創新、形式的多樣、視野的開闊等方面，在與「硬新聞」相互參照之下，探討兩者之間的轉化方式，為「軟新聞」尋求更新、更廣的出路〔註2〕。

中國古代對於「新聞」及其寫作等觀念尚未有明確的認識，但許多作家早已致力於類似「軟新聞」的寫作形式，漢代的司馬遷即是一例，其《史記》

〔註1〕唐紅波：《淺析「軟新聞」報導「真實性」的幾種變異》，《湖南大眾傳媒職業技術學院學報》，2003年第3期，頁112～113。

〔註2〕熊夢雪：《軟新聞的發展趨勢初探》，《科技資訊》，2010年第10期，頁213。

的「本紀」、「世家」和「列傳」等處之寫作方式多以人物為主線，再聯繫至該人物發生的事件，緊密地串聯出人物與人物之間的關係，並且善用精准的詞彙和描述，讓原本比較枯燥的歷史事件變成具有閱讀趣味的故事。這種在寫作上的思考邏輯和敘事方式值得現代新聞工作者借鑒。因此《項羽本紀》描寫「鴻門宴」裡發生的爾虞我詐之情景，至今仍是人們津津樂道的名篇。另外，司馬遷在《孔子世家》中自云：「余讀孔氏書，想見其為人。適魯，觀仲尼廟堂車服禮器，諸生以時習禮其家，……。」自敘其目睹收藏於「仲尼廟」的衣冠書車禮器等物件，令讀者想像出當時眾多學子求學的盛況〔註 3〕。他彷彿化身為現代記者，實況轉播了自己參訪景點的現場情景，極盡所能地描繪現場情境，帶領讀者穿越時空，回到百年之前的場景。《史記》這類寫法在「列傳」裡也很多，因此本文從「軟新聞」的角度出發，以《列傳》諸篇作為研究物件，考察其與現代「軟新聞」寫作的契合之處，總結出其對現代新聞寫作的啟發。

換言之，雖然中國古代沒有這些詞彙，但是以漢代司馬遷的《史記》為例，其在內容上即已出現了很多類似於今日「軟新聞」的寫法。尤其司馬遷認為其撰寫《史記》的目的之一是「通古今之變」，從這個觀點出發，可以發現漢代的史書筆法和現代的「軟新聞」寫作，確實出現很多可以互相參照之處，對於現代新聞工作者而言，也能借此以古鑒今，讓新聞類型的寫作能有更加多元化的發展。

二、「軟新聞」視域下《史記・列傳》的寫作特色

（一）善用背景材料和歷史事實講故事

新聞寫作最重要的是「講事實」，即便是寫法比較靈活自由的「軟新聞」也要站在報導事實的基礎上，有限度的在內容裡「加油添醋」。因此作者在「講故事」之前必須做好收集材料的準備，再根據歷史事實展開對於人物和事件方面的描寫。《史記》在描寫歷史人物及其故事時，對於事實和虛構之間的掌握，拿捏得非常準確，例如《淮陰侯列傳》以楚漢戰爭為背景，生動詳細地描繪了戰爭始末以及軍事上的權謀算計，猶如現代新聞裡的戰事實況報導和戰局情勢分析。

又如《樂毅列傳》除了介紹樂毅生平事蹟，更詳錄了其回信給燕惠王的

〔註 3〕（漢）司馬遷：《史記》，北京：中華書局，1982 年，頁 1947。

全文。主人公的身世和信件內容是司馬遷收集到的材料，樂毅在軍事上的長才以及燕、齊兩國的連年交兵是真實的歷史事件，司馬遷結合這些材料和史事，再以樂毅文情並茂的信件內容作為補充，揭示樂毅的內在精神世界及其人格特質，清楚且完整地塑造了一位兼具軍事與政治頭腦，沉著冷靜且具有高尚情懷的將軍形象。

再如《伍子胥列傳》則描述了楚國大夫申包胥為了拯救國家而「立於秦廷，晝夜哭，七日七夜不絕其聲」〔註 4〕連敵國君王都感動了。司馬遷以秦、楚之爭的歷史，配合申包胥在秦國朝廷大殿上哭泣作為背景材料，姑且不論司馬遷是否為了營造出主人公悲歎國家將亡的愁苦心情，從而使用了「七天七夜不斷痛哭且日夜沒有中斷」的誇飾法，至少讀者從中獲得了閱讀趣味，同情主人公的遭遇，加深了申包胥哭秦廷的印象。

（二）細緻生動地描述現場重要情景

「軟新聞」的特色之一是可讀性強，因此新聞工作者會經常使用「散文化」的筆法，藉由作者的視角，通過細緻而生動的描寫激發受眾對新聞事件的想像。司馬遷也很重視讀者的想像力，其對於鴻門宴的記載是通過描述人物座位的安排而創造出足以想像的空間感，讓讀者深臨其境，彷彿親身參與了宴局。司馬遷尚有另一種寫法，是通過縱向的時序性描述，營造強烈的時間感，讓主人公和相關角色在作品的一段時間之內緊湊地「表演」一連串的肢體動作。例如《刺客列傳》對荊軻刺秦王的過程描述是先通過縱向的時間軸，描繪荊軻從「圖窮匕見」到追殺秦王的經過，再到秦王反擊、主人公神色從容地慷慨赴義的最後場景，在過程中創造強烈的時間感，也營造了緊張刺激的氛圍。此外，司馬遷甚至會利用文字敘述來放大時間過程，例如作者在交代刺客荊軻的早年生平、受太子丹的禮遇以及樊於期的犧牲等事件時比較言簡意賅，也多以平順和緩的口吻。相反的，司馬遷著重放大了故事主人公在擊殺秦王的過程，這個刺殺的時間過程本應是緊湊而且短暫的，但《史記》作者卻刻意地放慢了敘述節奏，以超過 300 字的篇幅，巨細靡遺的描繪當時的情形。此即說明，對於荊軻刺秦王這一篇「新聞報導」而言，司馬遷要體現的是故事主人公擊殺秦王且從容赴死的始末，因此簡單交代作者認為的故事支線，著重於作者最關注的也是受眾最感興趣之處。

〔註 4〕（漢）司馬遷：《史記》，北京：中華書局，1982 年，頁 2177。

《史記》裡有許多類似現代「軟新聞」的直接敘寫人物情緒和動作的寫法，例如《伍子胥列傳》描述伍子胥為了泄私憤，命人掘開楚平王墳墓「出其屍，鞭之三百，然後已」〔註5〕，這則故事在整段敘述過程中雖然沒有描寫伍子胥的面部表情，不過憤恨的怒鞭屍體、報仇雪恨之後才願意平息怨氣的情景，已經透過文字描述而清楚地表達出來。再如《蘇秦列傳》的韓王聽了蘇秦的譏諷之後「勃然作色，攘臂瞋目，按劍仰天太息」〔註6〕，生動且細緻地呈現其突變臉色，再捋起袖子、憤怒地瞪大眼睛且手緊按著寶劍，最後仰天空長歎的情緒轉折；《廉頗藺相如列傳》描述藺相如發現秦王沒有打算把城池作為酬報交還給趙國的意思，立刻「持璧卻立，倚柱，怒髮上衝冠」並說「大王必欲急臣，臣頭今與璧俱碎於柱矣！」〔註7〕如此生動地描寫藺相如的肢體語言，再配合疾言厲色的說話方式，清楚呈現其怒急攻心的情緒。此種描寫方式在一定程度上和現代「軟新聞」所重視的「散文化」筆法不謀而合。

然而《史記》的另一種寫法是刻意不描述故事主人公當下的情緒，卻通過其他相關人物的肢體動作和言行舉止，烘托出主人公的性格，這對於現代新聞寫作也甚有啟發。例如《孫子吳起列傳》描述吳王闔閭帶著後宮女子，要求齊國的孫武以這些婦女作為操演兵法的對象，婦人們一開始不斷地「大笑」、「復大笑」，直到孫武要將隊長斬首立威，吳王「從臺上觀，見且斬愛姬，大駭」〔註8〕，連忙下來好言相勸，但根據《史記》的描寫，最後孫武是「沒有任何表情和情緒」的把兩位女隊長斬首示眾。讀者可以在《孫子吳起列傳》的敘述裡發現，後宮女子把操演兵法當作兒戲而不斷地嬉鬧；吳王也持著玩笑心態，直到自己的愛妃要被人斬首才驚慌失措地出來阻止，但是文章中的主人公卻始終未被《史記》描繪任何的動作、聲音和情緒，如此一來反而更加凸顯了主人公的沉著和冷靜。

《孟嘗君列傳》也使用了類似的寫法。司馬遷在大段篇幅裡，運用生動的描寫讓孟嘗君的人物形象變得極為鮮活，各種情緒和肢體動作躍然於紙上，唯獨敘述到其預先安排侍從躲在屏風後面記錄主人公和賓客的聊天內容

〔註5〕（漢）司馬遷：《史記》，北京：中華書局，1982年，頁2176。
〔註6〕（漢）司馬遷：《史記》，北京：中華書局，1982年，頁2253。
〔註7〕（漢）司馬遷：《史記》，北京：中華書局，1982年，頁2440。
〔註8〕（漢）司馬遷：《史記》，北京：中華書局，1982年，頁2161。

及賓客親戚的住處，使之能在賓客一離開就能馬上派使者到賓客親戚家裡問候並獻上禮物，以及賓客懷疑自己的飯量與孟嘗君不同而惱火，最後發現並非如此而慚愧自刎，在《史記》這一大段的敘述過程中刻意壓低了孟嘗君的人物形象，主人公沒有聲音和情緒，而是依靠故事中其他相關人物的言行舉止，來體現主人公的性格。

（三）刻意借用直接引語

新聞工作者在寫文章時，為了說服受眾、促使受眾和作者之間產生更大的情感共鳴，經常會借用知名人物的言論，作為個人在報導上、陳述觀點上的立足點，進而產生更大的新聞感染力。早在先秦時期的莊子寓言中，即有「重言」形式，其呈現的方式和「刻意借用直接引語」類似，然而《莊子》的「重言」被今日的學者發現，其部分篇章所引用的知名人物的言論，可能是莊子及其學生捏造的。換言之，《莊子》只是在借用這些人物的知名度以期望讀者能夠信服自己的觀點，對於這些人物實際的言論，《莊子》反而不在意，這在現代新聞寫作中是一種重大錯誤。

司馬遷一方面能善用這種寫作技巧，一方面也避免了《莊子》的這種「錯誤引用」方式，因此《史記》引用知名人物言論，不僅為其所述事件或評論的觀點增加了可信度，更加深了讀者對《史記》所載所論的心理印象。例如《伯夷列傳》刻意借用孔子對伯夷、叔齊的評論：「伯夷、叔齊，不念舊惡，怨是用希」〔註 9〕，以至聖先師的「招牌」為二人的優良品格做了保證，具有強烈的說服力。再如《李將軍列傳》篇末引用了《論語》裡孔子說的「其身正，不令而行；其身不正，雖令不從」來總結漢代名將李廣的一生〔註 10〕，清楚表達了李廣令人尊敬的原因是自身行為端正，讓下屬打從心裡佩服，進而達到軍令皆能徹底落實的結果。

（四）寓主觀評論於客觀描述

相較於「硬新聞」的話題嚴肅和措詞嚴謹，「軟新聞」的題材通常比較廣泛與靈活，在寫作上被允許加入更多的個人觀點，甚至在內容裡寫出主觀評論。不過為了避免受眾產生「作者過於武斷、不夠客觀」的心理，因此高明的新聞工作者會盡可能地寓主觀評論於客觀描述之中，讓自己的寫作主旨通過

〔註 9〕（漢）司馬遷：《史記》，北京：中華書局，1982 年，頁 2121。
〔註 10〕（漢）司馬遷：《史記》，北京：中華書局，1982 年，頁 2878。

文字或影像等作為媒介，令受眾自己發掘該新聞事件所欲表達的觀點。例如《刺客列傳》描寫聶政因母親在世而拒絕了擔任刺客的要求，行刺成功之後又「因自皮面決眼，自屠出腸」，然而作者在這段描寫過程裡，始終不解釋聶政為何要在臨死前自毀面容，直到故事敘述到聶政的姐姐在街頭認屍：「然政所以蒙污辱自棄於市販之閑者，為老母幸無恙，妾未嫁也。親既以天年下世，妾已嫁夫，……」通過她哭訴的內容，讓讀者自然領悟到《史記》想傳達的俠義精神和孝悌觀念。

司馬遷刻意地描述聶政的自毀面容，實際上是想暗示讀者，聶政不是一位暴躁魯莽的刺客，其具備了整部《史記》想要強調和推崇的傳統儒家的優良品格。只是司馬遷故意在文章中先暫時隱藏了自己真正的想法，反而是以故事主人公外在的行為舉止等客觀描寫，讓讀者在閱讀過程中自然而然地接收到「敘述者的信號」〔註 11〕，故而成功地傳遞了自己所欲表達的主觀意見，此種高明的寫法，是「軟新聞」寫作者可以參考的典範。

三、《史記．列傳》帶給現代新聞工作者的啟發

精心安排結構是現代新聞寫作的一項「基本功」，早在千百年前的《史記》已為世人提供了極為具體的學習範本，例如司馬遷善用背景材料和歷史事實來講精彩的故事，這種敘事方法對於現代新聞寫作的啟發，是作者能站在報導事實的基礎上，讓內容表現得更加充分而富有光彩，從而吸引了受眾對於人物和事件的關注程度。另外，司馬遷在《史記．列傳》裡細緻生動地描述現場重要情景，則是《史記》作為一部記載先秦乃至於西漢史事的著作卻不會令人覺得枯燥無味的原因，因為作者不斷地幫助讀者去創造想像空間，促使讀者自主的參與到被觀察事物當中，和作者一起去還原當時的情景。

《史記．列傳》刻意借用直接引語的例子很多，而且在記載和批評負面人物時也經常使用這種寫法。根據筆者的統計，雖然《史記》的寫法看似靈活自由，或開篇直接介紹主要人物並描寫與其相關或相涉的事蹟，或先借用直接引語作為開頭，或先以自己主觀的評論逐漸引導讀者進入故事情境裡，然而在《史記》中，除了介紹當時傑出商人的《貨殖列傳》以外，當司馬遷要介紹比較負面形象的主人公，或事件中涉及負面觀點時，多會在文章的開頭

〔註 11〕（法）熱拉爾．普蘭斯，袁憲軍翻譯：《試論對敘述接受者的研究》，轉引自陸梅林主編：《讀者反應批評》，北京：文化藝術出版社，1989 年，頁 64～65。

就先借用直接引語，為故事的始末預先作了總結，《史記》裡的《酷吏列傳》、《遊俠列傳》、《佞幸列傳》和《滑稽列傳》都是如此，例如《酷吏列傳》不直接講述故事，而是先借用分別代表儒家的孔子和道家的老子之語，為文章揭開序幕，引導讀者去認識漢武帝時代兇狠殘暴的酷吏。《史記》這種寫作方式已具備了現代文藝理論「移情說」的雛形，作者刻意借用直接引語，讓受眾產生移情作用，使其在閱讀或觀賞之前，有了「先入為主」的想法，因此受眾在進行閱讀的過程之前，在心理上已經認同了作者的所敘之事，至於作者試圖讓受眾理解的內容和觀點，當然會在這個過程中油然而生了！

四、結論

根據本文的研究和分析，可以發現司馬遷在撰寫《史記》時，很重視作品的可讀性和讀者在閱讀過程中產生的心理過程，這和現代「軟新聞」發表目的相同。其重視背景材料和歷史事實的使用，再以此基礎來讓故事變得充實且豐滿，也和「軟新聞」的基本要求一致。另外，《史記》善用直接引語來增加內容的說服力，更刻意使用客觀描述來暗示個人的主觀意見，這種寫法對於「軟新聞」工作者也頗有參考價值。此即說明《史記》裡的很多敘寫方法，與現代新聞的寫作方式互相契合，甚至有一些寫法是時至今日仍能讓人為之驚歎！換言之，現代新聞工作者仍能從中國古代的文學作品中吸取寶貴的寫作經驗，進而讓新聞類型的發展道路更寬廣。

參考文獻

1. （漢）司馬遷：《史記》，北京：中華書局，1982 年。
2. （法）熱拉爾．普蘭斯，袁憲軍翻譯：《試論對敘述接受者的研究》。轉引自陸梅林主編：《讀者反應批評》，北京：文化藝術出版社，1989 年，頁 64～65。
3. 唐紅波：《淺析「軟新聞」報導「真實性」的幾種變異》，《湖南大眾傳媒職業技術學院學報》，2003 年第 3 期，頁 112～113。
4. 熊夢雪：《軟新聞的發展趨勢初探》，《科技資訊》，2010 年第 10 期，頁 213。

第四篇　從小說敘事學的角度解讀廣播劇的編劇藝術

一、前言

古代雖然沒有視聽娛樂設備，不過中國明清時代以後的小說逐漸成為群眾在日常生活的休閒消遣產品之一。日後，隨著科技文明的不斷發展，如今的廣播劇作為一門綜合性的表演藝術，在一定程度上延續了小說創作的精神，也出現了類似於小說作品的庶民文化的特色以及作為精神食糧的功能性。小說通過文字來讀，廣播劇通過聲音來聽，小說作品會有忠實的讀者，廣播劇會有固定的聽眾，兩者之間有許多的相似性，都因為引人入勝的故事內容，扣人心弦的劇情發展，富有特色的人物說話方式，吸引了許多的忠實支持者。

既然廣播劇和小說的創作精神、文化特色有類似之處，同樣具備一般廣大群眾足以滋養心靈、充實精神生活的功能性，近世學界也常通過西方敘事學的角度來闡釋小說等文學作品，本文則是利用小說敘事學的理論來探討廣播劇的編劇藝術，從「讀者反應理論」來解讀廣播劇的聽眾的收聽感受，從英國學者福斯特（Edward Morgan Forster，1879～1970）對於建構小說人物上的理解，探討廣播劇對於劇中人物的安排以及人物的說話技巧。

換言之，現代廣播劇繼承了小說的創作精神、文化特色，也具備了和小說一樣的功能性，通過小說敘事學的角度來解讀廣播劇的編劇藝術，發現廣播劇和小說在作者創作、作品審美接受者等方面都具有很多的共通點。因此，本文嘗試以讀者反應理論來解讀廣播劇，主要目的是把重心從作者的創作意圖轉向欣賞作品的接受者，把注意力從作品本身轉至接受者以及其反應上面，藉此說明「收聽」的行為不再是編劇者單方面來主導；以小說理論來營造空間感，能讓聽眾更快融入廣播劇的故事情境；以圓形人物和扁平人物來解讀廣播劇，目的是讓編劇者更有效的安排角色，讓聽眾更快的去分辨劇情裡的人物類型。這樣新穎的研究視角不僅可以重新解讀廣播劇的編劇藝術，更期望能聯繫不同領域的學科專業，激蕩出更多的學術火花。

二、應用「讀者反應理論」的概念

廣播劇和小說都重視作者在創作時的態度。以小說為例，古今中外已經有很多的學者對小說創作提出個人見解，但是在 20 世紀後，學者關注的焦點正在逐漸轉向，探討範圍已經從作者本身和作品本身轉變成作為作品受眾的閱讀者。30 年代的波蘭學者羅曼．英加登（Roman Ingarden，1893～1970）主張讀者是文藝作品的共同創造者，這個理論後來又被一些學者繼續發揮〔註 1〕，到了 1980 年美國學者簡．湯普金斯把讀者閱讀接受的代表性論文收集起來，出版《讀者反應批評》一書，這種批評思潮從此便被稱為「讀者反應理論」（Theory of Reader-esponse）或「讀者反應批評理論」（Reader-Response Criticism），這些學者一致認為「文學」並非被局限在文本之中，而是要藉由讀者的閱讀才可以實現的過程。

如果從美學理論的角度來說，這種批評思潮可以說是源自於德國在 70 年代初開始展露頭角的「接受美學」亦稱作「接受理論」或「接受與效果研究」，是一種傾向以「審美接受者」為中心的審美理論，這些學者試圖把文藝作品的創作和欣賞聯繫起來，成為創作者和接受者之間的互動過程，審美接受者以及其心理過程逐漸受到重視。這種思維觀點起於對文藝研究典範的革新，不僅是文學領域的「讀者反應理論」的啟蒙，也是製作廣播劇時可以應用的方式。

小說作品的接受者是讀者，廣播劇的接受者是聽眾，以小說為例，主張「讀者反應理論」的學者認為「閱讀」的行為不再是「作者」一方主導，不是作者在作品的某些文句刺激了一個被動的讀者而產生感受，這不過是作者假想的讀者，猶如被有宣傳目的的廣告所誘騙的「冒牌讀者」〔註 2〕。相反的，

〔註 1〕劉峰：《當代西方文藝批評的走向》，轉引自陸梅林主編：《讀者反應批評》，北京：文化藝術出版社，1989 年，頁 3。

〔註 2〕（美）沃克．吉布森，何佰華翻譯：《作者、說話者和冒牌讀者》，轉引自陸梅林主編：《讀者反應批評》，北京：文化藝術出版社，1989 年，頁 50。

一般讀者在還沒拿起作品之前，便已經有了某些預存的興趣和動機，在閱讀過程中也會隨著自己的主觀意志和作品內容互動，這些預存的心理因素建構了每個讀者所見到的作品，創造了每個讀者在閱讀過程中的不同感受。群眾在收聽廣播劇的情況也有類似的心理活動，聽眾在收聽廣播劇之前，在他聽到或看到廣播劇的節目名稱時，就已經開始對內容產生期待，也會因為個人經驗的不同而對廣播劇的內容產生各種程度的思考。

廣播劇的製作過程比小說創作複雜，小說可以由作者獨立完成，廣播劇卻是眾多工作者的共同智慧結晶。但是廣播劇作為現代人生活的休閒娛樂產品之一，甚至足以成為現代兒童美育的一種施教方式，在編寫劇本和製作節目的初衷，仍然可以取法於以往只會應用在文學領域的「讀者反應理論」，把注意力從作者的創作意圖轉向欣賞作品的「接受者」以及其反應。接受者和創作者是不同的精神主體，接受者的心靈感受不會只是被動的對作品產生反應，而是有機會主動的創造各種審美經驗，小說讀者會自覺的產生閱讀經驗，廣播劇聽眾也會自覺的產生收聽經驗，「收聽」的行為不再是編劇者單方面來主導。

三、故事開場營造的空間感

小說的基本面是「讀故事」，廣播劇的基本面是「聽故事」。美學家普遍認為人類的眼、耳、腦和神經系統，是進行審美活動最主要的生理基礎〔註3〕。利用眼睛來讀的小說和利用耳朵來聽的廣播劇，都會讓受眾的感官在接收訊息之後，透過複雜的大腦和神經系統，經由想像甚至是領悟的心理過程，轉化成某種特定感覺和情感，把抽象化的內容營造成具象化的圖像。如果要把上述的「讀者反應理論」應用在廣播劇，在講故事時就必須從聽眾的角度出發，預先考慮故事的氛圍情境在聽眾心裡留下了什麼樣子的畫面。尤其廣播劇不論整體內容如何，它開場所呈現的「面貌」往往是決定聽眾是否被吸引，進而產生興趣並繼續收聽或專心收聽的關鍵。

小說和廣播劇都可以營造出時間感、地域感和空間感，而小說的基本構成元素是人、事、時、地、物，英國學者福斯特也認為，小說在創作上有七個面向，包括故事、人物、情節、幻想、預言、圖式和節奏〔註4〕，小說中關於

〔註3〕尤西林主編：《美學原理》，北京：高等教育出版社，2018年，頁45。
〔註4〕（英）愛．摩．福斯特，蘇炳文翻譯：《小說面面觀》，廣東：花城出版社，1984年，頁21。

人物的描寫、人物的對白，事件在發生時的跌宕起伏，都是小說吸引讀者閱讀興趣之處。廣播劇的整體情況更複雜，在小說中人物對白以外的敘述部分，廣播劇會用旁白等方式來呈現，是現代劇本的「畫外音」形式。如果把小說和廣播劇在故事開場交代的人、事、時、地、物作更進一步的整合，便是它們對劇情所營造出來的空間感。以 2019 年五一工程獎的得獎作品《閩寧鎮》為例，劇本的引子通過「滄桑男聲」和「旁白」兩種不同表現形式的「畫外音」，讓聽眾通過廣播劇的聲音描述，在心裡轉化成一個具有空間感的立體畫面，彷佛回到過去的時空背景裡，置身在發生缺水之苦的嚴酷生存環境。

1997 年到 2017 年是廣播劇開場營造的時間感，荒涼貧瘠、人煙稀少、民生物資吃緊的西部地區小縣城則是廣播劇營造的地域感，再加上旁白介紹的解放軍戰士以克難的精神、堅定的信念，費盡心力的救助和協同居民開墾，清楚而且完整的在聽眾心中建構出一幅具有強烈空間感的動態畫面。

四、來自圓形人物和扁平人物的啟發

小說可以通過文字描述，利用角色的說話方式來表現特定的人物性格，如果被朗讀出來，利用朗讀者巧妙的音調和節奏，必然會讓受眾更加心領神會。可見小說的創作也涉及「聲音」問題，當小說被朗讀出來時，已經很接近沒有背景音效的廣播劇。小說和廣播劇為了豐富故事內容、加深接受者的印象，會盡可能的讓角色的形象更鮮活，通過角色的說話方式、表情動作、內心狀態等描述來呈現人物性格。但是故事裡總有主角和配角的分別，所以小說作者和廣播劇編劇對於每個角色的形象設定，都要有全面性的規劃，要仔細的考慮和適當的取捨，避免喧賓奪主的情況。

英國學者福斯特把小說人物分為「圓形人物」和「扁平人物」，又被稱為「典型人物」的圓形人物性格複雜，遭遇比較「繁重」，其人物形象具有立體感，扁形人物又被稱作「類型人物」，其往往具備「易於辨認與記憶的人物性格」，「容易預測其舉動」和「能用三言兩語即能清楚交代其人」等特質〔註 5〕，這種人物比較容易描寫，其性格早已「自成氣候」，不需要一直重複介紹，可以只用幾個簡單的句子來描繪，他們在劇情的發展過程裡通常不會「離開正道」，就像「早已安排在太空和繁星之間的光環那樣，不管放到什麼地方都會

〔註 5〕（英）愛・摩・福斯特，蘇炳文翻譯：《小說面面觀》，廣東：花城出版社，1984 年，頁 59～68。

令人滿意」〔註6〕。

不過扁平人物仍然具有重要性，其在故事裡的言行舉止往往暗藏玄機，巴赫金在評述阿普列烏斯（Apuleius，Lucius）的小說《金驢記》時，認為小說中的某些特定角色，例如騙子、僕人、妓女、冒險家與交際花等，往往以第三者、局外人的立場，在主角的生活周遭，引導主角的言行或思維〔註7〕。讀者也能借此窺伺主角的一切活動，瞭解故事情節行進的主軸。近世學者葉朗：「有的次要人物，作家把他們創造出來，並不是著眼於這些人物本身的性格和命運，而是推動故事情節的發展。」並且認為中國小說中的配角可以視為作者的修辭策略，他們的出現是為了對比和襯托主角〔註8〕。中外學者皆肯定扁平人物的存在價值，認為他們經常要承擔喜劇性效果，也承擔了推動情節發展的功能。以《三國演義》為例，即使故事內容製作成廣播劇，魯肅在「草船借箭」事件中仍然是扁平人物的典型，他來回往返在蜀、吳兩大陣營，透過刺探和諮詢等舉動，讓讀者知道孔明和周瑜的計謀和策略。魯肅不僅承擔了故事主軸繼續進行的功能，作為圓形人物的劉備、孔明和周瑜的想法、姿態和樣貌等，也必須通過魯肅而勾勒出更鮮明的輪廓〔註9〕。

廣播劇的播放時間通常在30分鐘左右，不可能要求聽眾耗費心力的去仔細分辨裡面的圓形人物和扁平人物。不過這種人物區分方式，對廣播劇編劇者在安排出場人物以及塑造角色形象的啟發甚大，編劇者可以取法這種方式來讓聽眾在短時間內分辨出主角和配角，更快速的融入故事情境。2019年五一工程獎的得獎作品《大愛人間》是以周總理侄女周秉德的視角來描述周恩來的故事，雖然周秉德在故事裡出現的次數很多，但這個角色大多是在客觀描述故事的時空背景，屬於扁形人物。周恩來有大量的言行舉止和心境、情緒的細緻描寫，烙印在聽眾心底的是對事業、愛情和親情洋溢著激情的有血有肉的人物形象，充分展現周總理作為無產階級革命家的為國為民、忠於愛情等精神追求和道德品質，他在廣播劇故事裡體現出來的夫妻情、戰友情、

〔註6〕（英）愛．摩．福斯特，蘇炳文翻譯：《小說面面觀》，廣東：花城出版社，1984年，頁60。

〔註7〕（俄）巴赫金，白春仁、曉河翻譯：《小說理論》，山東：河北教育出版社，1998年，頁306～320。

〔註8〕葉朗：《中國小說美學》，臺北：里仁出版社，1994年，頁113、168。

〔註9〕吳秉勳：《〈三國演義〉魯肅的形象與角色定位》，《弘光人文社會學報》，2014年5月第17期，頁25～51。

同志情和生死情等，是圓形人物的鮮明案例。

五、結語

廣播劇應用「讀者反應理論」是一種「換位思考」，廣播劇工作者把一部分的注意力轉向聽眾的收聽經驗，從聽眾的角度出發來製作廣播劇，可以在題材、內容、背景音樂等多處激發更多的創意。小說閱讀者是用眼睛來「讀故事」，廣播劇聽眾是用耳朵來「聽故事」，兩種產品都希望在最短時間內讓接受者進入故事情境，隨著劇情內容而有身歷其境的感覺，因此故事的一開場所營造的空間感，成為值得玩味的編劇藝術。廣播劇的故事開場，可以在聽眾心中展現出地域感、時間感和空間感，但是空間感除了足以綜合前面兩者，它建構在聽眾大腦裡的圖像也更有立體感，也許是旁白念的一首詩、一首曲子、一段簡單的介紹，或是某個故事角色的一席話，甚至是各種多樣的「畫外音」，目的都是希望聽眾能更快的融入故事裡情境。圓形人物和扁平人物對廣播劇的編劇藝術也有啟發作用，編劇者會細緻刻劃圓形人物，使其在聽眾心裡的形象更鮮明。扁平人物的整體形象上不如圓形人物豐滿，卻具有聯繫事件、人物的重要功能。編劇者塑造出足以充分想像的圓型人物，並適當安排一些始終貫串在故事裡的扁平人物，廣播劇的內容必定更加的豐富多彩。

參考文獻

1. （英）愛·摩·福斯特，蘇炳文翻譯：《小說面面觀》，廣東：花城出版社，1984 年。
2. （俄）巴赫金，白春仁、曉河翻譯：《小說理論》，山東：河北教育出版社，1998 年。
3. （美）沃克·吉布森，何佰華翻譯：《作者、說話者和冒牌讀者》。轉引自陸梅林主編：《讀者反應批評》，北京：文化藝術出版社，1989 年。
4. 尤西林主編：《美學原理》，北京：高等教育出版社，2018 年。
5. 葉朗：《中國小說美學》，臺北：里仁出版社，1994 年。
6. 吳秉勳：《〈三國演義〉魯肅的形象與角色定位》，《弘光人文社會學報》，2014 年 5 月第 17 期，頁 25～51。

第五篇　中國古代神話改編兒童廣播劇的必要性

一、前言

廣播劇是一門綜合性藝術，聽眾可以通過角色具有感染力的說話方式來想像故事人物的神態和情緒，可以通過配樂的聲調流轉和節奏快慢來感受劇情的發展，進而隨著內容在收聽當下的心情，藉由「移情作用」而對於劇情本身或自己的生活經驗進行深度思考；藉由「心理距離」而在一定程度上體會編劇者想傳達的訊息。這是從美學原理來探討廣播劇時可以發現其所具備的特殊功能性。所以編劇者必須把握它的傳遞訊息和傳達理念等優勢，讓聽眾在作為日常休閒的同時，又能獲得豐富的知識和學養以及正確的價值觀。

美學教育簡稱為美育，其不論是施教方式、實踐方法、主要功能和最終目的，都和德育、智育有很大區別。智育主要是通過判斷、概念、推理的邏輯形式來施行於受教者，達到訓練理性能力的目的。德育的主要方式也是說理，目的是藉由理性的教育使受教者接受社會共同體的所有成員都必須遵守的行為規範，進而內化為正確的道德意識。美育是利用感性的方式讓受教者在潛移默化之下接受薰陶，甚至在過程中獲得感官的享受和精神的愉悅。一部廣播劇從編寫到播出的理念、功能、目的以及呈現方式，都能符合美育的特性。

綜合筆者在上文的論述，既然從審美角度來探討廣播劇，可以發現聽眾會對它的內容產生共鳴，出現美學原理中所謂的移情作用，那麼兒童廣播劇作為眾多優秀的作者、作曲家、少兒工作者和編輯的智慧結晶，確實足以成為現代社會裡值得推廣的一種兒少美育方式。現今社會充滿各種娛樂形式，收聽廣播仍然是極有效用也極富價值的一種，因為它可以有效地避免孩童在長期注視螢幕後對視力造成的損傷以及注意力的缺損，也避免了孩童受到過多的聲光圖像的干擾而專心感受語言和音樂之美，對於培養學習力、想像力、審美能力和思維能力的幫助極大。尤其廣播劇不是強制的受教方式，它讓聽眾自覺地參與在故事情境裡，這和美育的「寓教於樂」模式相同。此即說明，兒童廣播劇可以通過「優美」的美學概念來表演其語言、音樂、節奏等藝術形式。

另一方面，中國古代神話中有很多至今仍然值得推廣的道德品格和值得效法的優良精神。從審美角度來探討中國古代神話，可以發現這些故事表達的勇敢對抗暴力，實施人道關懷等正面精神，鍥而不捨的奮鬥態度，以及在困境中努力不懈的堅強意志等高尚品格，屬於美學原理中「崇高美」的概念。也就是說，兒童在收聽廣播劇的審美心理過程，以及神話故事本身所凸顯的美感，都符合古今中外的美學家所定義的美學教育，中國古代神話改編成廣播劇因此成為了未來值得推廣的兒童美學教育方式之一。所以筆者從審美和美育的角度來探討中國古代神話改編兒童廣播劇，除了證明廣播劇是一種審美活動的展現，也論述了兒童在收聽時的審美過程，以及神話本身所透露的美感，借此總結並肯定廣播劇是發展兒童美育的一個未來重要方向。

二、廣播劇的移情作用

中國古代神話是先民在生活上的想像力結晶，即使時至今日，仍然有許多值得兒童學習之處，例如尊敬自然萬物的環保意識，鍥而不捨的奮鬥精神，在艱苦困境中鬥爭的堅強意志，友愛同胞手足和保護弱小的人道關懷，適應團體生活和領導統御的能力等，甚至是解釋日月西行、江河東去的科學現象等。兒童在收聽節目時，除了因為精彩的劇情而有無盡的想像空間，更能在收聽時或者結束之後，把故事想要傳達的精神和觀念，聯繫到日常生活，在潛移默化中對言行舉止進行反思，這從美學的角度來說，是廣播劇的移情作用。

「移情」意指情感的移入甚至是神入，是情感或感受從自我向物件的投射，一般來說有兩個方向，一是「由我及物」的將自我情感向外界移入，二是相反方向的「由物及我」，是主體將物件狀態移入內心而產生情感共鳴〔註1〕，廣播劇的移情作用屬於後者，是聽眾對劇情產生聯想並且和自身經驗以及自我價值聯繫起來。

德國學者立普斯認為，人的審美活動實際上都和移情有關，而中國學者進一步地把他的理論區分為四種類型〔註2〕，其中「氛圍移情」完全契合廣播劇的功能特色，因為廣播劇成功塑造各種聲音方面的情境，聽眾在非常自然的狀態下，享受角色的語言對白和背景音樂，不僅獲得作者想表達的內容，也自覺的在心裡進行審美活動，並且和審美物件——廣播劇，產生各種程度的共鳴。這是廣播劇作為美育的重要證明，對受教者而言，美育是一種情感教育，它不僅激發受教者的感情活動，也通過情感的體驗作用于其心靈，人在收聽廣播劇時產生的「移情作用」，符合美育的施教方式和目的。

三、兒童廣播劇所呈現的優美

美學原理的「優美」是指感性、和諧的美感，表現為柔和平穩、秀麗、清新、輕盈等形式〔註3〕。其核心概念是「和諧」，不論是主體和客體之間，或內容與形式之間，或理智與情感之間，都在追求一種和諧統一的境界。優美的本質通常偏向單純而輕巧甚至靜態，不需要經歷激烈、曲折的主體和客體的對立矛盾和衝突鬥爭才能呈現，舉凡色彩協調、結構完整、比例勻稱、狀態平穩、表現合宜等讓人舒服的狀態，都是優美的展現。

兒童廣播劇所呈現的優美，主要展現在背景音樂和劇中人物的說話方式上。編劇者必須以真誠的孩童之心來對待創作，讓伴隨著劇情發展的背景音樂和節奏，以及人物在說話口吻、聲調和速度等，都能適合孩童。作曲者會選擇悠揚悅耳、輕快活潑，令人開心舒暢的曲目，讓兒童置身在沒有壓力的情境氛圍裡，人物的說話方式也很重要，例如中央人民廣播電臺在1956年開播的《小喇叭》利用兒童最有興趣的童話廣播劇形式來呈現，除了公主、仙子、漁夫等人類或近似人類的角色，好幾個段落故事中的動物也分別成為主角，小熊、狐狸、貓咪、赤毛猴、烏龜都被擬人化並以清新響亮又可愛的口吻，成功塑造各種形象鮮活的個性。這些角色都是現實生活的眾生相，《小喇

〔註1〕這是德國學者谷魯斯對移情作用的表述。轉引自朱光潛：《西方美學史》下卷，北京：人民出版社，1979年，頁616～617。

〔註2〕尤西林主編：《美學原理》，北京：高等教育出版社，2018年，頁76。

〔註3〕尤西林主編：《美學原理》，北京：高等教育出版社，2018年，頁183。

叭》這個系列的兒童廣播劇有效的善用各種聲情並茂的表演形式，使之符合兒童的身心特點，成為中國好幾代人在成長過程中最難忘的童年記憶。

四、中國古代神話所呈現的崇高美

《列子》的「愚公移山」故事曾被改編成兒童廣播劇，旨在宣揚不畏艱難、排除險阻的勇氣，以及身處劣勢或困境，也應該抱持奮鬥不懈的精神。中國古代神話值得改編成兒童廣播劇的一個重要原因也是如此，這些故事裡有很多傳統優秀品格，仍然值得在現代社會推廣。這些可以培養道德和情操的內容，屬於「崇高」的審美範疇。

「崇高」突出了主體與客體、感性與理性的矛盾和對立，它充滿動能，情感力度強烈，具有以痛感、壓抑感為基礎，由不和諧到和諧、由痛感到快感的複雜心理體驗〔註4〕。「崇高美」表現在經驗現實面，是人在對抗強大的外部力量後所獲得的成就感，是人在實踐中自我生成的過程，在社會領域裡，凡是體現實踐主體的巨大力量，展示主體征服和掌握客體的堅強意志，表現主體由弱到強所付出的艱苦卓絕的鬥爭和努力，顯示出巨大潛力和堅強鬥爭精神的各種行為，都是崇高美的表現。康德認為崇高是審美轉向道德過渡的型態，是依附於倫理道德內容的審美，屬於一種「道德的象徵」〔註5〕。民族英雄、忠誠愛國的烈士等令人感動、震憾的事蹟，以及其大義凜然、寧死不屈等正面精神，都是崇高的表現。

崇高總是讓人先壓抑、不快、畏懼、痛苦，然後才提升轉化為審美快感，進而體現出令人感動和敬仰的善的價值。中國神話裡有很多這方面的內容，盤古奮力的將天地分開，精衛想用石子和樹枝把大海填平，女媧為了拯救苦難的子民，上天下地的來回奔波。再如黃帝戰蚩尤，禹治水三過家門不入等人類想像征服自然和對抗暴虐的故事，有感性的浪漫色彩和扣人心弦的內容，也有理性的奉獻、犧牲、勇於追求目標或理念的教育意義。

中國神話裡激勵人心的成功故事，或是最終失敗的悲壯精神，都是兒童在收聽廣播劇時可以獲得的審美心理狀態，收聽改編女媧補天、黃帝戰蚩尤、大禹治水等廣播劇，兒童隨著劇情的跌宕起伏，和主角一起置身在精彩的故事氛圍裡，最後聽到主角歷經艱難而終於成功的結果，這種能如自己的

〔註4〕尤西林主編：《美學原理》，北京：高等教育出版社，2018年，頁185～186。
〔註5〕（德）康德，鄧曉芒譯：《判斷力批判》，北京：人民出版社，2004年，頁198。

心理預期而獲得的滿足感，以及故事透顯出來的獲得成功之後在精神上的成就感，是兒童在收聽之後會不斷思考以及回味之處。

足以給人心靈震撼的崇高美是中國神話改編成兒童廣播劇時必須重點突出的觀念，除了屬於自然審美範疇的山川規模宏大壯闊而給人的氣勢雄偉、格調高昂等美感，屬於社會審美範疇的堅強奮鬥精神，更是神話的故事背後可以帶給兒童的啟示，這些先民展現的實踐意志，或者振奮人心，或者悲壯而令人動容，都反映了人在面對困境時的堅毅態度。這種對於個人價值和理念的堅持不懈，以及不畏艱難、持之以恆的優良品格，是編劇者必須融入在廣播劇之處。

五、結語：兒童廣播劇是發展美育的未來方向

美育側重踐行，是兒童在成長時期非常重要的教育活動。孔子以「興於詩，立於禮，成於樂」說明樂教是完成詩教和禮教的最後手段，柏拉圖重視對兒童實施藝術教育，他認為最好的方式是音樂，強調為了防止「罪惡、放蕩、卑鄙和淫穢」對青年的影響，就「應該尋找一些有本領的藝術家，把自然的優美方面描繪出來……使他們不知不覺地從小就培養起對於美的愛好，並且培養融美於心靈的習慣」〔註 6〕，古羅馬詩人賀拉斯則是首先提出「寓教於樂」的思想〔註 7〕。由此可見，美育是完成道德教育的重要手段，它的一個重要環節是藝術，藝術教育是利用溫和的道德教育手段來滋養心靈，培養高尚品格，並非強迫灌輸、強制接受的方式。明代王守仁主張給兒童講述關於倫常道德的歷史故事，法國的盧梭也強調美育可以培養兒童的想像力。現代生活中的音樂、歌唱、舞蹈、詩歌、書畫、體操等，是我們熟知的、而且非常普及的美育方式。廣播劇也非常符合美育所要求的教育方式，更契合美育強調的主要精神，可以成為培養兒童美育的方式之一。

兒童廣播劇不是枯燥無味的說教和呆板的機械性訓練，是用感性的聽覺饗宴來呈現理性的、正確的學養和知識，編劇者以生動的劇情、豐富的內容、可愛又吸引人的說話聲音，配合輕快悠揚的背景音樂來引起兒童的收聽興趣，使之很自然的接受廣播劇想傳達的理念。兒童廣播劇的作家、編劇者

〔註 6〕（古希臘）柏拉圖，朱光潛譯：《柏拉圖文藝對話集》，北京：人民文學出版社，1980 年，頁 62。

〔註 7〕（古羅馬）賀拉斯，楊周翰譯：《詩藝》，北京：人民文學出版社，1982 年，頁 155。

以及作曲者，已經不僅是單純的少兒工作者，而是在扮演柏拉圖所謂培養兒童對於美的愛好的「有本領的藝術家」。

中國古代神話改編兒童廣播劇是值得發揚和推廣的美育形式，編劇者通過廣播劇的緊密結合故事劇情、語言聲音和樂曲節奏等藝術技巧的獨特優勢，宣揚神話中愛護自然、奮鬥精神、堅強意志、人道關懷等優良觀念，利用美育來培養兒童的智育和德育，以較為輕鬆活潑的表演形式來傳播嚴肅的話題，以看似偏向娛樂消遣的休閒活動性質，取代普遍被認為比較沉悶呆板的傳統教條式說理。如此一來，足以作為美育的兒童廣播劇，除了激發想像力和創造力、陶冶性情、培養健康心靈和良好的人生態度等功能，更具有道德和文明發展以及社會安定的重要使命。

參考文獻

1. （古希臘）柏拉圖，朱光潛譯：《柏拉圖文藝對話集》，北京：人民文學出版社，1980 年。
2. （古羅馬）賀拉斯，楊周翰譯：《詩藝》，北京：人民文學出版社，1982 年。
3. （德）康德，鄧曉芒譯：《判斷力批判》，北京：人民出版社，2004 年。
4. 尤西林主編：《美學原理》，北京：高等教育出版社，2018 年。
5. 朱光潛：《西方美學史》，北京：人民出版社，1979 年。